# 물처럼 살고 싶다

**1판 1쇄 발행** | 2020년 5월 15일

**지은이** | 이용해
**발행인** | 이선우
**펴낸곳** | 도서출판 선우미디어
　　　　　등록 | 1997. 8. 7 제305-2014-000020
　　　　　02643 서울시 동대문구 장한로12길 40, 101동 203호
　　　　　☎ 2272-3351, 3352 팩스: 2272-5540
　　　　　sunwoome@hanmail.net
　　　　　Printed in Korea ⓒ 2020. 이용해

**값 13,000원**

ISBN 978-89-5658-640-3　03810

재미성형외과 전문의의
열네 번째 수필집

# 물처럼 살고 싶다

### 이용해 수필집

선우미디어

# 삶과 접목된 튼실한 나무

김정기 재미 시인

　평양에서 서울로, 그리고 태평양을 넘나든 의사이자 작가인 이용해 박사님의 14번째 나무 역시 푸르고 튼실하고 향기롭습니다.

　박사님의 글은 뜬구름 잡는 이상향만 표현되지 않고 진정성 있게 하나같이 삶과 연결 짓는 전개과정이 자연스러울 뿐만 아니라, 그 내용 역시 오늘날의 세상풍조에 대한 가볍지 않은 통찰을 담고 있습니다. 구성 역시 짜임새가 있고, 일면 다소 모범답안 같아서 읽는 이들에게 각성과 반성도 아울러 선물하기도 합니다. 나이 듦에 대한 색다른 시각과 마음에 남을 수 있는 신선한 방향제시 등이 함께 노년의 짐을 짊어지고 가는 동시대인들에게 다양한 다른 글들과 차별성을 확보할 수 있는 방법을 안내하고 있으며 그 반론까지도 정겨웠습니다.

　또한 올바른 길을 안내하는 나무그늘을 느낍니다. 낯선 대상을 섬세한 눈으로 바라보는 이용해 박사님의 작품들은 그래서 여러 애독자들로부터 높이 평가받는 이유일 것입니다. 길을 통해서 방향감각을 상실해 가는 현대인들에게 인간 본연의 정신과 고귀한 가치를 각성시켜 주는 진솔한 이야기로 가득합니다. 완전히 은퇴하신 후에 세상을 바라보는 완숙한 세계관도 더욱 더 공감이 가는 부분입니다. 유머러스하게 묘사된 인간적인 시각이 주는 묵직한 깨달음으로 이어지기도 하는 것은 박사님의 오랜 내공이며 열매이며 닳지 않는 상상력이라고 사료됩니다. 결코 독자를 실망시키지 않을 수필집입니다.

　저녁에 가만히 누워 생각했습니다. '그래, 물을 닮으라니까'라면서 나 자신을 타일렀습니다. 나 자신에게 몇 번이나 물처럼 살라고 스스로 일렀던가.

　노자는 '수유칠덕'이라고 물을 최고의 선이라고 가르쳤습니다. 또 '상선약수'라고 하여 물처럼 좋은 것은 없다고 했습니다. 물은 일곱 가지 덕을 가졌으니 "항상 낮은 곳으로 흐르는 겸손을 가지고 막히면 돌아 흘러가는 지혜와 여유가 있고 구정물도 받아주는 포용력이 있고 어떤 그릇에나 담기는 융통성, 바위도 뚫는 끈기와 인내, 장엄한 폭포를 이루어 투신하는 용기, 유유히 바다로 흘러가는 대의를 가졌으니 물이야말로 최고의 덕을 지녔다."라고 했습니다.

　그렇지요. 오늘도 막혔으면 돌아가는 지혜와 구정물도 받아주는 포용력이 있었으면 고객만족센터에 민원도 안 올라갔을 것이고, 원로 교수님이 또 장로님이 환자에게 막말을 했다고 시말서를 쓰지 않았어도 되었을 것이 아닙니까.

　누가 물처럼 살았을까요? 예수님이십니다. 그는 겸손했고 이스라엘 사람들이 돌로 치려 하면 피했고, 원수도 받아주었고, 어떤 때는 파도를 꾸짖어 잠잠케 하는 능력을 보여주기도 하고, 제사장의 하인들이 몽둥이를 들고 왔을 때 잠잠히 잡혀갔습니다. 또 독사 같은 바리새교인들아 하고 폭포같이 야단을 치시고, 십자가를 지고 골고다로 죽음의 길을 유유히 가시기도 하고….

　그렇습니다. 물을 닮으려면 예수님의 행적을 보면 될 것 같습니다. 그런데 그게 그렇게 어렵습니다.　　　　　　　　　　　　　－〈물처럼 살고 싶다〉 중에서 이용해 박사님은 기독교 신자로서 신앙에 대한 참 진리나 크리스천으로서 몸가짐을 실천하고 계신 평소의 모습을 보여 왔습니다. 제사장의 하인들이 몽둥이를 들고 오면 조용히 잡혀가기도 하고 독사 같은 바리새 교인들아 하고 폭포같이 야단을 치시고 십자가를 지시는 골고다로 유유히 가시기도 하고…. 그렇습니다. 물을 닮으려면 예수님의 행적을 보면 될 것 같습니다. 그리고 노자경에 나오는 말도 '물은 일곱 가지 덕을 가졌으니 항상 낮은 곳으로 흐르는 겸손을 가지고 막히면 돌아 흘리가는 지혜와 여유가 있고….' 예를 들어 엄숙하고 정결한 물의 교훈을 설파하고 있습니다.

물길이 만난다는 뜻의 표현은 순수한 우리말로는 아우라지, 두물머리로 사용하지요. 이 글 안에는 잔잔하면서 수필로서 최고의 경지를 나타내셨습니다. 새로운 환경에 적응하고 함께 어울려 흐르는 江이 되고자 하는 마음으로 우리 모두를 다독이고 있습니다.

우리가 초등학교와 중·고등학교에 다닐 때만 해도 우리는 단일민족, 배달의 민족이라고 교육받았습니다. 그래서 우리의 순수한 혈통은 우리의 긍지이고 전통이고 자랑이라고 선생님들은 가르쳤습니다. 우리는 그 말씀을 그대로 믿었고 세계의 여러 나라들이 혼합 민족으로 나라가 세워졌지만 우리나라만은 단일 혈통의 나라로 알고 자라왔습니다. 나는 단일민족인 우리나라가 자랑스러웠습니다.

맨 처음 누가 역사를 왜곡시킨 줄은 모르겠습니다. 그런데 내가 우리나라가 단일민족이라는 것이 거짓임을 깨달은 것은 역사를 공부하면서였습니다. 이것은 그저 웃어넘길 일이 아닙니다. 이런 왜곡된 역사와 주장을 몇 백 년 동안 국민과 학생들을 가르쳤다면 그런 주장을 시작한 사람은 어떤 처벌을 받아야 할까요? 그래서 2007년부터 교과서에서 우리가 단일민족이라는 구절은 빼버렸다고 합니다.

이 지구상에는 약 3,000여 종족들이 살고 있으나 나라는 약 200여 개국에 불과합니다.

생물학에서는 사람도 人·種·族·類·同胞로 구분을 한다고 합니다. 그리고 민족이라는 말은 Nation이나 국가의 개념으로 알고 있습니다. 종족은 미국의 인구조사 때 나오는 Race Ethnic Group으로 분류되어 백인이냐, 흑인이냐, 히스패닉인가 아니면 아시아 사람인가로 다시 구별이 되곤 합니다. 그런데 5천년의 역사를 자랑하는 우리민족은 오천년 동안 오로지 한 종족으로 이어 왔을까요? 지금은 중학생이라고 하더라도 피식 웃고 말 이 이야기를 우리는 오랫동안 단일민족이라고 배웠고 믿었습니다.             –〈단일민족〉 중에서

이용해 박사님 개인뿐 아니라 세계로 흩어진 우리 핏줄은 많이 뒤섞이고 있고, 또 그 고통에 공감합니다. 우리나라도 '단일민족'이 아님을 오랫동안 이루어져 온 한민족의 종족적 섞임을 그 근거로 들고 있고, 또 그 주장이 왜곡되고 잘못되었음을 말합니다. 그럼에도 하나의 민족이 구성되는 과정에서 여러 종족이나 인종, 민족들이 섞이는 것은 당연한 일인데 민족형성 과정에서 아무리 많은 혈통이 섞였더라도 일단 하나의 민족이 형성되었으면 그것은 하나의 '단일'한 민족입니다. 민족은 오랜 기간에 걸쳐 공통의 역사를 지니고 같은 문화를 공유한 사회·문화적 공동체입니다. 중요한 사실은 한민족이 아무리 피섞임이 많았다고 하더라도 또 하나의 정치, 문화적 민족으로 성립하였다는 사실입니다. 그리고 대한민국은 민족 구성상 한민족 하나이고 또 한민족의 피가 조금씩 바뀌

어 가고 있기도 하지만 한민족으로 부르게 됩니다. 여기에 많은 이민1세 부모들의 혼란과 고민이 없지는 않습니다. 삶은 여전히 기대와 다른 방향으로 흘러가겠지만, 그때마다 생에 대해 질문하고 사랑하기를 포기하지 않는다면 우리 모두 자신만의 길에서 삶의 의미를 찾아낼 수 있을 것입니다. 그리고 그 길에서 오늘보다 내일, 더 나은 사람이, 민족이 될 수 있을 것입니다.

나는 하루에 카톡 메일을 50개 이상 받습니다. 나를 기억해주고 연락해주는 친구들이 많다는 것이 감사하지요. 그 많은 메일들 중에는 우리들에게 주는 충고가 있습니다. 노인 십계명, 나이 들어가면서 지켜야 할 것, 아름답게 늙는 법, 노인 수칙, 노인들의 몸가짐 등. 그런데 대개 그 내용들이 비슷합니다. 몸을 항상 깨끗하게 하라는 것, 매일 샤워를 하여 노인 냄새가 나지 않게 조심하라는 것, 옷을 깨끗하게 입으라는 것, 매일 적당한 운동을 하라는 것, 노인 대접을 받으려고 하지 말라는 것, 잘난 체 하지 말라는 것, 젊은이들에게 훈계하지 말라는 것, 말을 적게 하고 많이 들으라는 것, 지갑을 풀어 남을 대접하라는 것, 긍정적인 사고를 가지라는 것, 젊은 사람들의 말에 공감을 하라는 것, 새로운 것을 배우라는 것 등등 입니다.

몸이야 매일 씻고 얼굴에 로션도 바르고 옷을 깨끗하게 입지만 유행 따라 다닌다고 쇼핑만 하다가는 집안이 Good Will 창고가 될 수도 있습니다. 그러니 아무리 멋을 낸다고 하더라도 내가 입는 옷은 요새 최신식 유행이 아닙니다. 그러니 시대에 뒤떨어진 모습을 완전히 감추기는 힘들겠지요. 또 여자는 유행에 더 민감하고 유행이 자주 바뀌니 할머니들은 더하겠지요.

　　　　　　　　　　　　　　　　　　　　－〈나이 먹는 것도 서러운데〉 중에서

참신한 착상과 문학적 형상화로 강한 인상으로 받아들여지는 '나이 듦에 대하여'입니다. 늙어가면서 감출 수 없는 일들이 눈에 보이듯 선명하게 그려집니다. 깊이 있는 주제를 이끌어내는 솜씨가 인상적입니다. 수필의 소재는 먼 데서 찾을 필요가 없이 자연과 일상사의 사소한 것에서 얼마든지 얻을 수 있고 연상하여 깊은 사고력도 취할 기회를 갖게 됩니다. 평상시 주의를 기울인다면 모두 작품이 됩니다. 이 작품에서 많은 교훈을 받으며 생의 마무리를 어떻게 할까도 다시 숙고하게 되었습니다. 무르익은 정취의 깊은 맛이 노년의 숨겨진 고민과 생활 습관에 잘 접목하여 우러나고 있습니다. 현대사회의 노인문제를 비판적 성찰로 바라보면서 인간성의 회복을 멀리서 응시하게 해준 글입니다.

옛날 농담에 "북에서 피난 나온 사람치고 금송아지 없는 집 없고 미국에 이민 오기 전 회사 사장이나 전무 아닌 사람이 없다더라." 하는 말이 있습니다. 모두 과거의 찬란한 추억 속에서 생의 전성시대가 그리워서 '내가 왕년에는 이랬는데'라고 말하고 싶은 것이겠지요.

여자들은 '내가 젊었을 때는 나를 따라 다니는 남자들이 줄을 섰었어.' 그리고 '이름을 대면 알 만한 사람들이 나를 좋아했지.'라고 합니다. 남자들도 '옛날 내가 젊었을 때는 나를 따라 다니는 여자들이 두 트럭 하고 세 명이 걸어 왔지.'라고 말하고 '나도 왕년에는 한 가닥 하던 사람이다.'고 자랑합니다.

그런데 무슨 모임이든 '내가 왕년에는…'로 시작하는 이야기로 판을 잡고 자기 말만 계속하는 사람들이 더러 있습니다. 물론 그 내용은 벌써 몇 번이나 들은 이야기로 그 사람에게는 재미있을지 몰라도 다른 사람들에게는 별로 흥미가 없습니다. 그래도 개중에는 뻥을 섞어 가면서 '내가 왕년에 싸움을 잘 했는데 어디에서 누구와 싸움을 하다가 몇 명을 때려눕히고 누구와 싸워서 이겼다.'면서 팔뚝의 근육을 보여주는 사람을 보면 재미있기도 합니다. 제일 재미없는 사람이 자기가 초등학교 때 우등을 하고 고등학교 때 몇 등을 하여 어느 학교를 졸업했다는 자랑입니다.

너무나 아름다웠던 엘리자베스 테일러도 늙어서 얼굴에 주름이 지고 군살이 덕지덕지한 얼굴은 아무래도 아름답다고 할 수 없고, 여자들의 우상이던 로버트 레드포드와 아랑 드롱도 늙어서 주름이 진 얼굴은 아무런 매력이 없습니다. 그러니 나이가 들면 외적인 아름다움으로 젊은이들과 겨눌 생각을 말고 겸손해질 줄 아는 것이 미덕이 아닐까 합니다.

－〈나도 왕년에는〉 중에서

〈나도 왕년에는〉는 좀 다혈질 남성들이 허풍스럽게 말하는 경우도 있지만 정말 북한에서 남하한 분들은 대지주가 많았고 옛날에 미국 이민 온 사람들은 엘리트들이 수두룩한 것은 사실입니다. 모든 것이 사라져도 마지막 순간 우리가 기억할 일, 살아 있는 동안 온 힘을 다해 끌어안지 않으면 후회할 단 한 가지, 타인이 함부로 재단하지 못할 인간의 불행과 행복, 생명력에 관한 일들을 위트 있게 묘사하셨습니다. 인생은 언제나 기대와 다른 방향으로 흘러가니까 지난일이라도 화려하게 치장하고 싶은 인간의 욕심이지만, 이 작품은 어긋나버린 인생과 후회의 시간을 잘 애도하며 생을 버텨내려는 노력이 사람마다 있다는 모습들이 보입니다. 인생은 한 편의 예술처럼 삶이 계속되어야 하는 이유에 대해 일깨워 준다는 생의 진실을 말없이 암시해 주시고 있습니다. 늙음을 경험 못한 어린 사람은 있지만 나이든 사람들은 누구에게나 팽팽했던 젊은 시절은 있게 마련이니까요.

　스티브 잡스 등 유명인들의 본보기 삶을 수록한 〈초심으로 돌아가〉, 성실한 예술인으로 빨간 마후라로 명성을 떨쳤던 우리들 젊은 날의 우상 〈배우 신영균〉, 〈황혼 결혼〉을 비롯해서 요즘 유행하는 〈007 본드〉에서 제임스본드 이야기나 고전 영화감상, 〈어머니날에〉, 〈인생은 나그네 길〉, 〈목사님의 자격〉 등등… 주옥같은 수필들이 14번째 책을 기다리는 독자들을 찾아가고 있습니다. 이 책에 담긴 살림과 사랑과 사람만은 일방적으로 아름답다는 생각을 했습니다.

　수필은 체험의 문학입니다. 개인의 체험과 느낌을 형식에 구애받지 않고 쓸 수 있습니다. 그러나 또한 수필은 체험이나 느낌의 단순한 기록에 그치지 않고. 개인의 체험과 느낌을 객관화하며 관조할 줄 아시는 이용해 박사님의 수필들입니다. 그렇게 자신과 세상을 탐구하며 얻게 된 삶에 대한 성찰을 나누는 것이 수필이지요.

　문학을 완성하는 것은 독자입니다. 생명의 귀중함을 생각하고 이해하고 공감할 수 있도록, 독서의 맛을 잃어가고 있는 우리의 메마른 정서에 단비 같은 글을 계속 써 주시기 바랍니다. 항상 건강하셔서 앞으로도 따뜻한 시선과 감동을 얻기에 충분한 공간을 열어주시길 당부 드립니다.

# 차례

## 1 나도 왕년에는

# 1

나도
왕년에는

# 카톡방

　우리는 정보의 시대에 살고 있습니다.

　좀 창피한 말로 내가 서재에서 방귀를 뀌어도 서울에 있는 친구가 알 정도이고, 같은 도시에 있는 친구의 일도 모르는데 한국의 친구가 "야, 누구 누구가 어쨌다."며 연락이 오는 정도입니다. 재작년 친구가 세상을 떠났을 때도 카톡으로 연락을 받았고, 목사님의 설교나 교회의 알림도 전부 카톡으로 받고 있습니다. 내일 점심을 같이 하자는 연락도 카톡으로 받고, 플로리다의 동창회 저녁식사 연락도 카톡으로 받습니다.

　서울에 어느 고등학교는 동창회의 멤버가 몇 백 명이나 되는데 모두 카톡으로 연락을 한다고 합니다. 이렇듯 요즘은 카톡이 가장 간편하고 효과적인 통신수단입니다. 이메일은 열어보는 친구가 있고 열지도 않고 심지어 보지도 않고 휴지통으로 들어가기도 하는데 카톡은 몇 초도 안 돼서 휴대폰에 "카톡!" 하는 알림까지 있습니다. 그러니 이보다 더 편리하고 더 정확한 것은 없을 것 같습니다. 나 같은 촌놈에게도 하루에 카톡이 한 50통은 옵니다. 교회 장로회, 남전도회, 목요회, 동창회, 같은 병원에서 일하던 은퇴 교수들 모임, 플로리다 동창회원들의 알림이 카톡으로 옵니다. 더욱이 친구들이 모여 있는 단톡방에는 "카톡, 카톡!" 하고 쉴 새 없이 울리기도 합니다. 그전에는 크리스마스카드가 오더니 이제 는 크리스마스카드는 몇 장이 안 되고 카톡으로 전하는 크리스마스카드 가 대부분입니다.

그런데 카톡은 최소한 서로 전화번호가 연결이 되어 있어야 합니다. 전화번호도 모르는 친구들과는 카톡 연결이 안 됩니다. 그래서 요새는 카톡도 안하는 친구라는 말이 생겨났습니다. 전화번호도 모르는 친구라 는 말입니다. 또 카톡은 친구가 같은 도시에 있거나 멀리 알래스카에 있거나 태평양 건너 한국에 있어도 상관이 없습니다. 낮이나 밤, 공휴일 도 상관이 없습니다. 그저 메시지를 치고 노란 화살표를 누르기만 하면 갑니다.

사실 어떤 때는 친구에게 전화를 하려다가도 그 친구가 지금 무엇을 하는지도 모르고 전화를 안 받을 수도 있으니까 카톡으로 연락하면 틀림 없습니다. 뉴욕 뉴저지 지역에서는 운전 중에 전화를 하다가 발각되는 날에는 벌금 250불 내야 하고, 두 번째에는 500불을 내야 합니다. 그러 니 친구가 내 전화를 받다가 잘못되어 벌금을 내게 되면 안 되니까 전화 대신 카톡으로 연락하는 것이 좋습니다.

아내는 전자기기나 컴퓨터에 아주 약합니다. 그래서 이메일을 잘 이 용하지 않습니다. 한국에 있을 때 내가 이메일을 보내도 며칠 동안 열지 않곤 하는데, 전화를 하면 왜 진작 알려 주지 않았냐며 항의하여 나를 당황하게 했습니다. 그런 아내도 몇 년 전 카톡을 시작하더니 지금은 카톡에 푹 빠졌습니다. 갑자기 친구가 많아져서 하루 종일 커톡만 들여 다보고 있습니다. 첫사랑 남자 친구에게서도 오는지 알 길이 없지만 친구들이 좋은 글, 음악, 추수 감사의 인사들, 크리스마스캐럴, 가십, 유튜브의 뉴스들을 보내주어서 그것을 모두 섭렵하노라면 하루 종일도 모자란 것 같습니다. 어떤 때는 귀찮은 건지, 아니면 장난기가 발동해서인지 부엌에서 방에 있는 나에게 카톡으로 밥 먹으러 나오라고 연락합니다. 내 일을 방해하지 않으려고 한다지만 자못 놀리는 모양새입니다.

어떤 친구는 나에게 카톡을 자주 하는데 말 한마디 없이 유튜브의 소식이나 음악을 만들어 보내줍니다. 그래도 그 친구가 건강하고 잘 있으니까 소식을 보내주려니 싶어 반갑습니다. 어떤 친구는 카톡을 보내도 답이 없습니다. 열 번 스무 번 카톡으로 인사를 보내고 유튜브의 뉴스나 음악, 카드를 보내도 아무런 답장이 없습니다.

카톡은 1:1 채팅을 하는 것도 좋지만 친구들이 단톡방에 모여서 수다를 떠는 것도 재미있습니다. 한 친구가 소식을 보내면 단톡방에 있는 친구들이 다 볼 수 있고, 이 친구 저 친구들이 주고받는 이야기들이 마치 다 같이 모여앉아 수다를 떠는 것 같습니다.

그런데 1:1의 카톡으로는 비밀이 잘 유지가 됩니다. 소식을 주고받다가 지워버리면 검찰이나 경찰에 가기 전에는 아무도 우리가 무슨 이야기를 했는지 알지 못할 것입니다.

또 카톡에서 전달되는 유튜브에는 헛소문도 많습니다. 카톡으로 소개가 되는 유튜브의 이야기 중에는 진실보다는 지어낸 이야기, 남을 깎아내리는 이야기들도 많습니다. 그래서 너무도 허황한 이야기를 대하면서 한숨을 쉬기도 합니다. 유튜브에 나오는 이야기대로라면 박근혜 대통령이 사면이 되어서 감옥에서 열 번도 더 나왔을 것입니다. 그러나 아직 그는 감옥에 있습니다. 그리고 김정은이 죽거나 북한에 쿠데타가 아마도 다섯 번 이상 일어났을 것입니다. 모두 허황된 소리였습니다.

그러나 유튜브를 통하여 플라톤 아카데미의 좋은 강의도 듣기도 하고 역사에 대한 지식도 배웁니다. 또 아무리 사실이 아닌 말이 많이 떠돌아다닌다고 해도 유튜브의 뉴스를 통해서 세상이 어떻게 돌아가는지를 짐작하기도 합니다. 왜냐하면 친구들이 그래도 사실과 가까운 이야기를 골라 보내주기 때문입니다. 그래서 가끔 아내와 언쟁을 하기도 합니다. 누가 어쩌고저쩌고 했다고 하던데, 라고 하면 나는 또 카더라 방송을 들었구나. 그건 사실이 아니라고 하면, 아니 방송에서 그러던데 당신이 방송보다도 정확하단 말이요, 하고 침을 줍니다. 그래서 부부간의 이야기꺼리가 생기기도 합니다.

정부에서도 하도 엉터리방송이 떠돌아다니니까 유튜브를 통제해야 되겠다고 이야기를 한 모양입니다. 유튜브에서 돌아다니는 미국 CIA조사에는 문재인 대통령의 지지율이 4~5%라고 하고, 오늘 나온 리얼미터의 통계에는 문재인 대통령의 지지도가 57%라고 합니다. 이 둘의 차이가 황당해서 어느 것을 믿어야 할지는 읽는 사람의 자유입니다. 그래서 이제는 카톡으로 전해주는 친구의 이야기밖에 믿을 곳이 없게 되었습니다.

이제는 사람들이 기차나 지하철, 버스를 기다리면서 왜 휴대폰을 그렇게 들여다보고 있는지 이해가 갈 것 같습니다. 하긴 나도 하루에 한 시간 이상 카톡을 보게 되니까요.

# 내일이 지구의 종말이라 하더라도

세월이 지나면 젊은이들이 좋아하는 명언들도 바뀌는가 봅니다. 요새는 스티브 잡스나 빌 게이츠의 말을 젊은이들이 좋아합니다. "학교 교육이 인생에 꼭 필요한 것이 아니다. 너희들이 좋아하는 것을 해라."는 말에 솔깃하여 대학공부를 중요시하지 않는 젊은이들이 생긴다고도 합니다. 우리가 젊었을 때는 "내일 지구의 종말이 오더라도 오늘 나는 사과나무를 심겠다."고 한 스피노자의 말을 중얼거렸습니다. 빌 게이츠나 스티브 잡스는 사업에 성공하여 큰 재벌이 된 사람이고, 스피노자는 평생저주와 고통 속에서 살았습니다.

바뤼흐 스피노자는 네덜란드의 암스테르담 유대인의 가정에서 태어났습니다. 그는 어려서 탈무드를 배웠고 토라를 읽었으며 신학과 철학을 공부하며 유대인 공동체 속에서 성장했습니다. 그는 철학을 공부하며 플라톤과 데카르트를 사사했습니다. 그런데 그가 유대교와 가톨릭을 비판하는 논문을 썼다는 이유로 유태교와 가톨릭에서 미움을 받아 파문과 출교를 당하여 축출되었습니다. 그가 파문을 당하던 이야기는 우리들을 너무 무섭게 합니다. 많은 축복을 상징하던 촛불이 하나하나 꺼지면서 무서운 저주의 음성이 들려 왔습니다.

"너는 잘 때나 깨어 있을 때나 저주를 받을 것이며 들어 갈 때나 나올 때 저주를 받을 것이다. 너는 누구의 보호도 받을 수 없으며 너를 해하는 자는 살인자로 취급되지도 않을 것이다. 주는 그를 용서하지 마시고 분노로 그를 태우게 하소서. 그리고 누구도 그와 교제하지 말 것이며 한 지붕 밑에 살아도 안 되고 그가 쓴 책을 읽어도 안 되고…."

그래서 그는 바뤼흐라는 이름을 버리고 베네딕트 스피노자로 이름을 바꾸었습니다. 아마 그는 늘 죽음의 위협을 받았을 것입니다. 그는 평생 대학교수도 못 되고 안경알을 깎는 일을 하다가 안경알 가루가 폐에 쌓여 폐병으로 44세에 죽었다고 합니다. 그는 하루하루를 죽음의 그림자를 보며 살았습니다. 그런 그가 절망 속에서도 오늘 사과나무를 심겠다고 했습니다. 우리는 누구나 절망적인 앞날을 보며 사는지도 모릅니다. 까뮈의 ≪이방인≫이라는 책에서 뫼르소는 살인으로 재판을 받고 사형 선고를 받습니다. 그런데 신부가 찾아와서 이런 말을 합니다. 우리는 누구나 죽습니다. 당신이 상고를 하여 사형을 면한다고 해도 또 죽음을 맞을 것이고 오늘 같은 고민과 불안을 겪게 될 것입니다. 그렇지요. 100 살을 살아도 죽음의 그림자가 가까워 오면 누구나 불안해지고 무서워집니다.

시리아의 사람들은 언제 자기 가슴에 대포가 날아올지 모르는 상황 속에 오늘을 살고 있고, 서울의 광화문 앞에서는 언제 김정은이 핵폭탄을 시청 앞으로 떨어트릴지도 모르는 긴장 속에서 살고 있습니다. 그래도 집을 짓는 사람은 열심히 벽돌을 쌓고 고등학생들은 시험공부를 하느라고 밤을 새웁니다.

지구의 종말은 전쟁이나 지진이나 태풍만을 의미하는 것은 아닙니다. 이제 나이가 들어 친구들의 부음이 들리면 언제 나에게도 Microcosmos 의 종말이 닥쳐올지 모릅니다. 그래서 옛 사람들은 60이 되면 나무를 심지 말라고 했습니다. 그러나 옛말에 보면 송율이라는 사람은 70세에 귤나무를 심어 10년 후부터 귤을 따먹기 시작하여 그 나무의 귤을 먹으며 10년을 더 살았다고 합니다. 황흠이라는 사람은 80세에 밤나무를 심었는데 밤이 열리도록 살았답니다.

홍언필의 아내는 세 번 평양에 갔었다고 합니다. 첫 번째는 평안 감사로 간 아버지 송질을 따라갔고, 두 번째는 남편인 홍언필을 따라갔고, 세 번째는 아들인 홍섬을 따라갔다고 합니다. 첫 번째 갔을 때는 장난삼아 배나무를 심었고 두 번째 갔을 때는 배를 따 먹었고 세 번째 갔을 때는 나무를 베어 다리를 놓는데 썼다고 ≪송천필담≫이라는 책에 기록되었습니다. 이 이야기는 너무 늦었다고 포기하지 말라는 이야기이기도 하지만 내일 지구의 종말이 오더라도 오늘 사과나무를 심겠다는 스피노자의 정신이기도 합니다.

지금 우리 친구들은 모이면 이제 늙었는데 무얼 시작하겠냐 하고 미리 포기하는 사람들이 있지만 70이 넘어 아코디언을 배우기 시작하여 상록악단의 단원이 되어 연주를 하시는 분들도 있습니다.

사실 제가 처음 수필집을 낸 것은 60세가 되던 1996년이었습니다. 그런데 책을 읽어 보신 분들이 재미있게 썼다고 칭찬하는 분들이 있었습니다. 칭찬은 고래도 춤추게 한다던가요? 그래서 쓰고 또 쓰고 하여 14권째 쓰고 있습니다. 요새 백세시대라고 합니다. 욕심이 있어 자식들에게 돈을 남겨주지 않고 오래 사는 것이 아니라 죽지 않으니 사는 것이고 이왕 사는 것이니 우리의 삶을 아름답게 살고자 책을 읽고 열심히 쓰는 것입니다. 사실 사과나무를 심거나 밤나무를 심어 자식들에게 남겨 주면 후손들이 따먹지만 그까짓 책을 남겨주면 누가 읽기나 하겠느냐고 핀잔할지 모르지만 그래도 배운 재주가 그것밖에 없으니 내 재주껏 열심히 하는 것입니다. 그러다가 김형석 선생님처럼 백 살을 살면 나도 한 30권짜리 전집을 낼지 누가 압니까.

하여간 자식들에게 아프다고 도와달라고 하지 않고 돈 달라고 손을 내밀지 않는 것이 그들을 도와주는 것 아닙니까. 돈을 달라고도 않을 뿐 아니라 내 생일에도 자식들이 그들의 지식들을 돌보느라고 밥 한 끼 사주지 않지만 나는 그들의 생일마다, 손자들 생일마다 돈도 보내고 학비도 보태주니 이만하면  괜찮은 부모 아닙니까. 그리고 내일이 비록 하나님이 나를 부르시는 날일지라도 나는 오늘 내가 쓰던 원고를 마감하고 가고 싶습니다.

# 단일민족

　우리가 초등학교와 중·고등학교에 다닐 때만 해도 우리는 단일민족, 배달의 민족이라고 교육받았습니다. 그래서 우리의 순수한 혈통은 우리의 긍지이고 전통이고 자랑이라고 선생님들은 가르쳤습니다. 우리는 그 말씀을 그대로 믿었고 세계의 여러 나라들이 혼합 민족으로 나라가 세워졌지만 우리나라만은 단일 혈통의 나라로 알고 자라왔습니다. 나는 단일민족인 우리나라가 자랑스러웠습니다.

　맨 처음 누가 역사를 왜곡시킨 줄은 모르겠습니다. 그런데 내가 우리나라가 단일민족이라는 것이 거짓임을 깨달은 것은 역사를 공부하면서였습니다. 이것은 그저 웃어넘길 일이 아닙니다. 이런 왜곡된 역사와 주장을 몇 백 년 동안 국민과 학생들을 가르쳤다면 그런 주장을 시작한 사람은 어떤 처벌을 받아야 할까요? 그래서 2007년부터 교과서에서 우리가 단일민족이라는 구절은 빼버렸다고 합니다.

　이 지구상에는 약 3000여 종족들이 살고 있으나 나라는 약 200여 개국에 불과합니다.

　생물학에서는 사람도 人·種·族·類·同胞로 구분을 한다고 합니다.

그리고 민족이라는 말은 Nation이나 국가의 개념으로 알고 있습니다. 종족은 미국의 인구조사 때 나오는 Race Ethnic Group으로 분류되어 백인이냐, 흑인이냐, 히스패닉인가 아니면 아시아 사람인가로 다시 구별이 되곤 합니다. 그런데 5천 년의 역사를 자랑하는 우리민족은 오천년 동안 오로지 한 종족으로 이어 왔을까요? 지금은 중학생이라고 하더라도 피식 웃고 말 이 이야기를 우리는 오랫동안 단일민족이라고 배웠고 믿었습니다.

이런 전통 속에 가르침을 받았던 우리들은 한국전쟁 때 미군과 결혼을 하거나 미군을 사귀는 여인들을 극도로 미워했습니다. 우리민족의 피를 더럽히는 사람들이라고 비난했습니다. 우리가 중·고등학교 다닐 때 거리에서 미군의 팔을 끼고 다니는 여인들을 양갈보라고 하며 사람들 중에 가장 천한 사람으로 여겼습니다.

그런데 우리 부부는 미국으로 이민을 왔습니다. 우리는 미국 문화 속에 살아야 했고 자식들은 여러 다른 피부의 색깔을 가진 애들과 어울려 공부를 했습니다. 초등학교, 중·고등학교, 대학을 다녔습니다. 그러면서 기회만 있으면 아들에게 한국인과 결혼을 해달라고 부탁했습니다.

아마 1994년 여름이었습니다. 아들은 시카고에서 대학원에 다니고 있었고, 나는 아들을 찾아갔습니다. 아들과 같이 시카고의 호숫가에서 에반스톤까지 드라이브하고 왔습니다. 그리고 점심을 먹고 차를 마시면서 나는 정말 간절한 마음으로 이야기를 했습니다.

"너는 우리 집안의 4대 독자이다. 우리 아버지는 3형제가 있었지. 큰 아버지는 아들이 하나 있었지만 교회 일을 하면서 결혼을 하지 않았고, 작은아버지는 딸만 3명을 두었다. 그래서 우리 아버지만 아들을 3명 두었는데 너도 잘 아는 것처럼 형님은 17살에 북한에서 반정부운동을 하다가 체포되어 시베리아로 끌려간 후 소식이 없고, 내 동생은 딸만 2명 두었고, 나는 아들을 너 하나만 두었구나. 그러니 나의 할아버지, 아버지, 우리와 네 세대에 남자라고는 너 혼자뿐이다. 나의 아버지는 너를 그렇게 보고 싶어 하시면서 살았고, 돌아가실 때에도 네 이름을 부르면서 돌아가셨다. 이것은 나의 소망일뿐만 아니라 우리 온 집안의 소망이다. 그러니 한국인과 결혼하여 한국인의 자손을 낳아주었으면 한다."

장황하게 아첨하듯이 아들에게 우리 가계 4대까지 들먹였습니다. 시카고 미시간 거리의 백화점에서 점심을 사 주고 아들이 원하는 것까지 사주었습니다.

그런데 한 일 년 있다가 주말에 아들이 아이리쉬 계통의 여자를 데리고 집에 왔습니다. 그리고 결혼을 허락해 달라는 것이었습니다. 나는 망치로 머리를 얻어맞은 듯 했습니다. 나는 잠시 시간을 달라고 하고는 나의 방에 들어와 그대로 무너졌습니다.

"하나님, 어찌하여 나에게 이렇게 하십니까."

순간적으로 아버님, 어머님 얼굴이 떠오르며 눈물이 쏟아졌습니다. 그러나 반대한다고 내가 이길 일이 아닙니다. 내가 반대를 한다면 자식의 마음에 상처만 줄 뿐이고 결혼은 그대로 할 것이기 때문입니다. 나는 지금도 우리 친구들이 한국인 며느리를 두고 아버님 소리를 듣는 것을 보면 그렇게 부러울 수가 없습니다.

몽골에 가서 일 년을 살았습니다. 그러면서 몽골에도 70여 개의 종족이 모여 국가를 이루고 있음을 알았습니다. 단일민족이라고 우리를 가르치던 일본민족도 여러 민족의 혼합체라는 것을 알았고, 그렇게 민족의 순수성을 주장하는 이스라엘 민족도 단일민족이 아니라는 것도 깨달았습니다. 그렇게 종교로 율법으로 순수성을 주장했지만 유대 민족도 모압, 암몬, 블레셋의 피가 섞인 것을 성경에서 읽게 되었습니다. 아프리카의 콩고에 가도 단일 종족이 아니고 멀리 섬나라인 뉴질랜드에 가도 단일민족은 아닙니다. 아마 순수한 피를 가진 단일민족의 자손은 박물관에 가도 찾을 수 없는지도 모릅니다. 결국 국가란 여러 민족이 같이 모여 공동의 이익을 위하여 뭉쳐 사는 것이구나 하는 것을 깨달았습니다.

2차 대전 때 미국에서는 Japanese American이 전투기나 폭격기의 조종사가 되어 일본을 폭격했다는 기록도 읽었습니다. 우리는 한국전쟁 때 같은 형제끼리 가슴에 총을 겨누었다는 사실을 슬퍼합니다. 그러나 지금 국가 간에 전쟁이 난다면 같은 민족의 후예 등이 서로 총을 겨누는 일이 얼마나 많을까요? 아이리쉬가 아이리쉬에게, 체코인과 미국에서 사는 체코의 자손이 총을 겨누지 않을까요? 생각해보면 단일민족이라는 생각이 잘못된 생각이라는 것을 깨닫게 됩니다. 아마 고대에 바벨탑을 쌓아 올리다가 이를 보신 하나님이 언어를 달리하여 인간을 세상에 흩어지게 하였다는 말이 맞는지도 모릅니다.

내가 한국인으로만 이어진 손자 손녀를 본다고 나의 인생에 달라질 것이 무엇이고 우리 집안의 역사가 달라질 일이 무엇일까요? 아마도 100년 후에 족보를 쓸 때 달라질 것이라고요? 글쎄요. 그때도 족보라는 것이 있을까요? 또 족보가 그때도 중요할까요?

# 버려야 할 텐데

1950년 12월 3일, 평양의 날씨는 흐리고 찬바람과 함께 눈이 좀 날리고 있었습니다. 5년 동안의 공산치하 지옥과 같은 삶을 살다가 한국군과 유엔군이 평양을 점령하고 우리에게 자유와 평화를 주어 행복했던 날이 한 달 정도밖에 안 되었습니다. 한국군과 미군이 압록강까지 진격을 했다는 라디오 방송이 나온 지 며칠 되지도 않았는데 중공군이 개입하여 한국군이 다시 후퇴한다는 뒤숭숭한 소식이 우리들을 우울하게 만들고 있었습니다.

아침을 먹는데 담장 밖 골목길이 소란해지며 사람들이 뛰는 소리와 '어서 가자.'는 소리가 들렸습니다. 무슨 일인가 하여 문밖에 나가셨던 어머님이 겁에 질린 얼굴로 들어오시면서 "우리도 피난을 가야겠다. 어서 짐을 싸자."고 하셨습니다. 우리는 아침 밥상을 그대로 둔 채 짐을 싸기 시작했습니다. 그런데 갑자기 짐을 싸려니 보이는 것이 마땅히 없습니다. 나는 그저 보이는 대로 이불을 싸서 짊어졌습니다. 도망을 가는데 이불을 가지고 가다니…. 좀 더 돈이 나가고 중한 것이 없었을까요? 그러나 어린 나에게는 이불이 먼저 보였던 것입니다. "어서 어서…" 어머님의 재촉에 우리는 짐을 싸는데 30분도 안 걸렸을 것입니다. 그리고 평양을 떠났습니다. 우리뿐만 아니라 많은 피난민들이 이불을 싸들고 나왔더군요.

나는 살아오면서 우리가 얼마나 어리석었는지를 배웠습니다. 물론 이불은 기차 꼭대기에서 남의 헛간에서 잘 때 요긴하게 덮었지만 사실 앞으로 돈을 벌며 살아가기에 중요한 것은 아니었습니다. 피난민 수용소에 들어갔을 때는 싸가지고 온 이불은 다 해어지고 솜이 뭉쳐져서 쓸수도 없었습니다. 우리는 정말 모든 것을 내려놓고 맨주먹으로 다시 시작했습니다. 그때 부자였던 아는 사람은 집문서 땅문서를 가지고 나왔지만 한국전쟁 후 70년이 흐르는 동안 그 집문서도 쓸데없이 되어버렸고, 피난 나올 때 가지고 나온 것은 아무것도 남은 게 없습니다. 지금 집문서가 있다고 김정은이 집을 돌려 줄 리가 만무합니다.

1970년 6월 26일, 우리는 김포공항을 떠나 미국으로 왔습니다. 이민 백 두 개만 달랑 들고 Northwest Airline 비행기에 몸을 실었습니다. 이민 백에는 옷과 의사면허증 등 몇 가지만 들어 있었습니다. 그리고 우리는 맨주먹으로 다시 삶을 시작해야 했습니다.

미국에 와서 전공의를 하려고 이곳저곳으로 이사할 때마다 U Haul을 끌고 이사를 했는데 그 때마다 U Haul의 크기가 점점 커졌습니다. 전공의가 끝나고 성형외과 전문의가 되고 오하이오에서 27년을 개업했습니다. 그리고 은퇴하여 이사를 하려니 이건 큰 트럭으로도 옮길 수가 없었습니다. 시골의 큰집에서 살던 가구들이 크고 무거워서 플로리다나 뉴저지의 작은 집에는 들여놓을 수가 없었습니다. 그래서 그 가구들을 교회도 갖다 주고, Good Will에도 주고, 아는 사람들에게 인심 좋게 나누어 주었습니다. 그리고 아무 곳에서도 받아 주지 않는 짐도 많았는데 전공의 때 그 적은 봉급으로 한 달에 몇 장씩 사 모은 LP판들, 비싼 의학 서적들 등은 아무 곳에서 받아주지 않았습니다. 연세대학교 성형외과에 연락했더니 자기들에게도 그와 같은 책이 있으니 차라리 책을 보낼 돈이 좋겠다는 답신을 받았습니다. 아내는 그것들이 아까워서 마음 아파하다가 울기조차 했습니다.

우리는 욕심이 나서 끝내 버리지 못하고 플로리다에 가지고 내려왔지만 집안에 들여놓을 수 없어 밖에 놓았다가 버리기도 하고 교회에 갖다 주기도 했습니다. 우리는 한탄하며 "이럴 줄 알았으면 오하이오에서 버릴 것을 비싼 운송비 들여 가지고 와서 버렸네." 하고 쓴웃음을 지었습니다. 플로리다로 이사를 온 지도 10년이 훌쩍 지났습니다.

2년 전 태풍 어마가 플로리다를 휩쓸었던 때의 일입니다. 태풍이 치면 쓰나미의 파도 높이가 9미터가 된다고 TV에서 겁을 주어 우리는 애틀랜타로 피난을 갔습니다. 이때 가지고 나온 물건은 보험증명서와 은행 서류였습니다. 이때 나나 아내, 딸이 이불을 들고 나오는 일은 없었습니다. 삶의 방식과 가치가 달라진 때문이었겠지요.

그 얼마 후 교회에서 식사하면서 태풍 어마 때 피난 갔던 이야기를 나누었습니다. 피난을 갈 때 무엇을 가지고 갔느냐는 이야기였는데 어떤 여자는 몇 년 전에 비싼 돈을 주고 산 루이비통 가방을 하나 들고 나왔다고 해서 같이 웃었습니다. 다행히 바닷물이 모든 것을 쓸어가지는 않았지만 만일 바닷물이 집과 재산을 모두 쓸어갔다면 우리는 다시 맨손으로 시작할 수밖에 없었을 것입니다.

지금 우리가 사는 집은 아주 작은 집입니다. 그런데 집안에는 가구나 물건이 가득합니다. 친구가 왔다가 "야, 너는 궁둥이가 작아서 돌아서지만 나는 궁둥이가 커서 돌아설 수도 없구나." 하고 웃었습니다. 그렇습니다. 집에는 물건으로 가득 차 있습니다. 어떤 것은 사서 딱지도 떼지 않은 채 몇 년을 방 한 구석에 자리 잡고 있는 물건들이 있습니다.

요즘 걱정입니다. 이 물건들을 빨리 없애야 할 것입니다. 만일 내가 죽으면 이 물건을 모두 어찌하지요. 이 많은 책, 옷, 한 번 쳐보지도 않은 골프채, 테니스 라켓, 음악과 영화의 CD들, 녹음테이프들, 내가 쓰던 물건들… 아무도 필요하지도 않고 쓰려고도 않을 것입니다. 그래서 버려야 합니다. 그런데 버리기가 쉽지 않습니다.

나는 장인어른의 결단력을 존경합니다. 우리 장인과 장모님은 70이 넘어 미국에 오셨습니다. 달랑 이민 백 두 개만 가지고. 그리고 검소하게 사시다가 버리고 가기를 실천하셨습니다. 옷도 책도 버리고, 사진도 버리고. 장인어른이 세상을 떠나신 후 그 집에는 더 버릴 것 없이 잘 정리되어 있었습니다. 정말 장인어른은 도가 트신 분이셨습니다. 나는 과감히 버리고는 며칠 있다가 "여보, 요전에 그거 어디 있지요." 했더니 아내가 "그거 당신이 버렸지 않아요? 그러니 좀 작작 버려요. 버리고 또 사고, 돈에 곰팡이가 쓰나." 하는 잔소리를 듣습니다.

나는 가끔 웃으면서 옛날 왕처럼 무덤을 아주 크게 만들고 거기 방을 만들어 모두 옮겨 놓아야 할까 보다고 중얼거리곤 합니다. 그러나 주머니도 없다는 수의를 입을 때는 이 모든 것, 평양에서 나올 때보다도, 미국으로 이민 올 때보다도 더 철저히 버려야 하겠지요.

# 인생은 나그네길

차를 타고 가면서 콤팩트에 있는 옛날 CD를 넣고 음악을 틀었습니다. 귀에 익은 최희준 씨가 구수한 목소리로 노래를 부릅니다.

인생은 나그네길 어디서 왔다가 어디로 가는가. 구름이 흘러가듯 떠돌다 가는 길엔 정이란 두지말자 미련일랑 두지말자. 인생은 나그네길 구름이 흘러가듯 정처 없이 흘러서 간다.

인생은 벌거숭이 빈손으로 왔다가 빈손으로 가는가. 강물이 흘러가듯 여울져 가는 길엔 정이랑 두지 말자 미련일랑 두지말자. 인생은 벌거숭이 강물이 흘러가듯 소리 없이 흘러서 간다.

잘은 모르지만 그가 서울대학교 법과 대학생일 때 대학 예술제에서 노래를 불러 인기를 끌고는 가수가 되었다고 합니다. 그의 노래는 고음으로 소리를 빽빽 지르는 노래가 아니라 약간 허스키 하면서도 구수한 저음으로 우리를 편안하게 합니다.

내 친구 목사님이 시카고에서 목회를 했습니다. 그는 박학다식하고

도인이라고 불릴 만큼 생각이 깊습니다. 그의 설교는 심오하고 날카롭고 뜨겁습니다. 어느 금요일 가정예배를 보는 날, 그가 교인들을 다방 비슷한 곳으로 안내를 했습니다. 그리고는 주인에게 이 노래를 틀어달라고 하고 모두 눈을 감고 이 노래를 듣자고 했습니다. 한두 번쯤 들었을까요. 오늘은 이 노래를 묵상하면서 우리의 인생은 무엇인가를 생각하자고 하고는 오늘의 설교는 이 노래로 마치겠다고 하여 교인들이 아연했다는 이야기였습니다.

그 이야기를 나에게 전해준 교인은 그날 눈을 감고 이 노래를 들으면서 많은 것을 생각하고 느꼈다고 했습니다. 정말 인생은 나그네길입니다. 요새 친구들이 보내주는 카톡의 좋은 말들 중에 이런 말들이 많이 있습니다. "내가 가지고 온 것도 없고 내가 가지고 갈 것도 없는 나그네길…."

내가 꼭 이 날 태어나고 싶어서 태어난 것도 아니고 꼭 대한민국 평양시에서 태어나고 싶어서 태어난 것도 아닌데 이 세상에 태어나니 많은 승객들이 벌써 나와 같은 나그네 길을 걷고 있었습니다. 그리고는 인사도 없이 다른 길로 가버리고 새로운 벗을 만나고 또 그 벗도 가버리고 우리는 구름이 흘러가듯이 서로 엉키며 부딪치며 흘러가고 있었습니다. 어떤 날은 바람이 불고 어떤 날은 구름이 끼고 비가 오는 날도 있었고 힘든 날도 있었습니다. 이렇게 살면서 우리는 삶에 의미를 붙이고 인생의 목적을 논합니다.

며칠 전 교회에서 친하게 지내던 장로님이 별세하셨습니다. 공과대학을 나오고 보잉항공사에서 근무하다가 은퇴한 엘리트였습니다. 아주 건강하고 유머 있고 책을 많이 읽어서 그분과 이야기를 하면 시간이 가는 줄 모르던 즐거우신 분이었습니다. 한 3주 전 전화가 왔습니다. "길을 걷다가 넘어져 다리를 좀 다쳤어요. 그래서 병원에 가서 검사를 했더니 백혈병이라네요. 또 많이 진행이 돼서 얼마 못 산대요." 하고 헛웃음을 웃었습니다. 나는 무어라고 위로를 해주어야 할지 몰랐습니다. 그러면서 "할 수 없지 뭐, 그만 살라면 그래야지 어쩌겠소." 하고 도리어 어색해진 나를 위로했습니다. 그전에는 "백 살 살아가지고 돼?"라며 호기 있게 웃던 분입니다. 나는 머리를 무엇으로 얻어맞은 듯했습니다.

오늘 배달된 중앙일보에는 2018년 한국인의 평균 생존연수는 82.8년이라고 나오고, 이렇게 사람들이 오래 살기 때문에 사회적인 문제도 많다고 했습니다. 그런데 사람이 30년을 살든 120년을 살든지 삶이 끝나는 날은 허무하게 느껴지고 불안해지고 고통스러워질 것입니다.

까뮈의 소설 ≪이방인≫에서 뫼르소라는 청년은 친구를 도와준다고 아랍청년을 총으로 쏘아죽인 죄로 사형선거를 받습니다. 그런데 뫼르소는 재판과정에서 자기가 이야기하고 싶었던 것을 이야기 못하고 검사, 판사, 변호사들끼리 이야기를 하고 자기의 운명을 결정짓는 것에 반항합니다. 그리고 사형선고를 받습니다. 사형선고를 받고 그는 신부의 방문을 거절합니다. 어쩌다가 문이 열렸을 때 들어온 신부는 하나님께 죄를 회개하고 항소하면 형을 감형 받을 수 있다고 이야기합니다. 뫼르소는 항소를 안 하겠다고 하면서 내가 앞으로 20년 30년을 산다고 무엇이 달라지느냐고 항의합니다. 신부는 "맞습니다. 그러기 때문에 하나님께 매어 달려야 합니다. 당신이 감형이 되어도 얼마 있다가 죽음의 날은 올 것이고 당신은 오늘 같은 고민에 빠질 것입니다."라고 합니다.

구약에는 오래 산 사람들의 이야기가 나옵니다. 아담은 930년을 살았고 셋은 920년을 살았고 게난은 910년을 살았으며 노아는 950년을 살았고 가장 오래 살았다는 무두셀라는 969년을 살았다고 합니다. 그러나 그들이 죽을 때에는 모두 슬퍼하였을 것입니다. 누구나 피할 수 없는 것이 죽음입니다. 마치 하늘의 구름이 사라지듯이 스르르 없어지는 것이겠지요. 시인 김상용은 그의 시에서

남으로 창을 내겠소/ 밭이 한참갈이/ 괭이로 파고/ 호미론 김을 매지요 // 구름이 꼬인다 갈 리 있소// 새 노래는 공으로 들으랴오 // 강냉이가 익걸랑/ 함께 와 자셔도 좋소// 왜 사냐건/ 웃지요.

라고 우리의 삶을 설명하려 들지 않았습니다.

교회에서는 우리를 창세전부터 하나님이 창조하셨고, 하나님의 영광을 나타내려고 우리가 삶을 살아간다고 설명합니다. 그러나 우리 주위에서 누가 세상을 떠났다고 할 때에는 젊었을 때나 나이가 든 지금이나 허무하게만 느껴집니다.

천상병 시인처럼 가볍게 가는 분도 있습니다. 그는 〈귀천〉이란 시에서 이렇게 노래합니다.

나 하늘로 돌아가리라/ 새벽빛 와 닿으면 스러지는/ 이슬 더불어 손에 손을 잡고// 나 하늘로 돌아가리라/ 노을빛 함께 단둘이서/ 기슭에서 놀다가/ 구름 손짓하면은// 나 하늘로 돌아가리라/ 아름다운 이 세상 소풍 끝나는 날,/ 가서, 아름다웠다고 말하리라

마치 소풍이 끝나고 집으로 돌아가는 초등학생처럼 가벼운 마음으로

돌아가겠다고 합니다.

어제는 민 장로님의 장례식이었습니다. 멀어서 가보지는 못했지만 아침에 그의 얼굴을 떠올리며 최희준처럼 인생은 나그네 길 어디서 왔다가 어디로 가는가를 나지막하게 부르며 하늘의 뭉게구름을 쳐다봅니다.

# 첫사랑

"교수님, 교수님의 첫사랑에 대한 이야기 좀 해 주세요."

내가 강의를 시작하려고 하니까 엉뚱한 발언을 하는 학생이 있었습니다. 그러자 학생들이 "네! 교수님 교수님~" 하며 교실이 소란해졌습니다. 학교에서 종일 딱딱한 강의를 듣다가 지루했든지 아마도 내가 학생들에게 야무지고 빈틈없는 사람이 아닌 빈틈이 있는 사람으로 보였는지도 모릅니다.

나는 '첫사랑'이라고 미리 준비한 강의 제목은 없었기에 주춤했지만 그래도 멋진 교수님이란 말이 듣고 싶어 나의 이야기를 멋지게 채색해야 할 것 같아서 멈칫거리다가 이야기를 시작했습니다.

"내가 투르게네프도 아니고 괴테도 아닌데 어떻게 첫사랑 이야기를 하라는 겁니까? 첫사랑은 아무에게도 이야기하지 않고 비밀을 무덤까지 가지고 가야 하는 것입니다. 괜히 첫사랑이 어쩌고저쩌고 아내에게 고백하면 이 첫사랑의 쇠사슬은 일생동안 여러분들의 목을 졸라매고 부부싸움을 할 때마다, 늦게 들어와 라면을 한 그릇 삶아 달라고 할 때마다 여러분의 발목을 잡을 겁니다. 첫날밤 첫사랑의 고백을 했다가 사랑하는 남편과 이별을 하고 끝내는 사형장의 이슬로 사라진 테스의 비극을 모릅니까. 그러니 누구에게도 첫사랑의 이야기는 하지 않는 것이 철칙입니다. 투르게네프나 괴테같이 소설을 쓰려면 몰라도…. 첫사랑은 맛이 들지 않은 풋고추 같아서 맵지도 않고 싱거울 때가 많이 있지요. 그래서 재미도 없고 유치하게 들릴 때가 많이 있습니다. 그런데 황혼이 지는 저녁 베란다에 커피 잔을 들고 앉아 책을 보는 척 하면서 오래전 아주 오래 전의 첫사랑을 생각하며 주름진 눈꺼풀에 질척하게 눈물이 고이는 노인을 상상해 본 일이 있습니까. 실패한 첫사랑의 경험이 없이 만나 결혼하고 일생을 행복하게 산다고 하는 사람도 많이 있겠지요. 그러나 첫사랑의 병을 앓은 사람의 눈. 지금 어디 있는지도 모르고 헤어지고 만나 본 일이 없는 그를 생각하며 아프게 살아가는 사람의 눈동자 속에는 깊은 바리칼호수와 같은 신비의 그림자가 드리워 있다고 할까요, 이런 첫사랑의 상처를 안고 사는 사람은 진주를 품고 사는 조개라고 할까요, 가슴에 눈물과 상처와 사랑의 아름다웠던 꿈을 안고 살아가는 사람이라고 할까요? 그러니까 이런 사람의 상처를 다시 헤집어 보려고 하지 마세요."라면서 나는 말을 끝냈습니다.

이것으로 그래도 멋있는 교수님이라는 인상을 남겼을까요? 아마 일생을 살면서 첫 번째 사랑으로 결혼에 골인하고 사는 사람들보다는 첫사랑에 실패하고 살아가는 사람들이 훨씬 많겠지요. 그래서 우리들이 부르는 노래 중에 잃어버린 사랑을 테마로 한 노래가 많지 않습니까. 또 이루지 못한 사랑을 노래하거나 그것을 주제로 한 소설이 읽혀지는 것이 아닐까요?

왜 첫사랑은 이루어지지 않는 경우가 많을까요? 아마도 그것은 꿈 때문이겠지요. 이루어질 수 없는 꿈, 알베르트의 부인이 된 롯데를 사랑하는 베르테르. 남자들을 잘 다루어 데리고 놀 줄 아는 연상의 여인 지나이다를 사랑하는 블라디미르 페트로비치 소년의 사랑 같은 현실적이지 않은 사랑이든가, 중고등학교 시절에 만나 결혼의 준비가 전혀 안된 청소년들의 풋사랑… 이런 사랑을 가슴에 안고 살다가 생을 마감한 이야기들이 소설에 등장하고, 또 그런 사람들을 보고 우리는 눈물을 흘리기도 합니다. 물론 말 한마디 붙여보지 못하고 마음속에서 주인집 처녀의 꿈만 꾸다가 남가일몽의 꿈을 깬 행자승 같은 사람들이 더 많겠지만….

"얼마 전 나는 진 시몬즈를 사랑했습니다. 그녀는 나의 우상이었지요. 검은 수선화, 성의, 스파르타카스에 주연으로 나온 그녀를 바라보며 나는 미칠 것 같았습니다. 나는 '하나님 내가 그를 잊게 해주십시오. 아니면 그녀를 내게 주십시오.'라고 기도를 했다."고 고백한 사람을 보았습니다. 물론 그의 첫사랑은 이루어지지 않았겠지요. 진 시몬즈가 한국인하고 결혼을 했다는 소식은 없었으니까요.

그런데 첫사랑의 상처를 안고 살아가는 사람들 중에는 남자들이 훨씬 많은 것 같습니다. 내향적인 여자들이 더 많을 것 같지만 여자들은 잊어버리는 망각의 병이 남자들보다 많은 것 같습니다. 그래서 삶의 마지막 날 남자는 첫사랑에 울고 여자는 마지막 사랑에 운다고 하지 않습니까.

안톤 체호프의 〈귀여운 여인〉에서 착하고 귀여운 여인이지만 연극인인 남편이 죽고 나자 얼마 안 있다가 목재상 주인과 결혼하고, 또 목재상 남편이 죽으면 수의사와 사귀는데 그럴 때마다 남편을 진실로 사랑한다고 하지 않습니까. 안톤 체호프는 이 여자를 아름답게 묘사해서 귀여운 여인이라고 이름 짓지 않았습니까. 폼페이우스, 카이사르, 안토니우스의 품을 전전하던 클레오파트라도 마지막 남자 안토니우스를 위해 울지 않았습니까. 또 햄릿에서 거트루드 왕비는 그렇게 훌륭했다던 남편이 죽자마자 그의 동생인 글러디어스 왕과 결혼합니다. 햄릿은 아버지의 장례식 음식이 상하기도 전에 아버지의 장례식에 입었던 그 옷을 입고 그 신을 신은 채 아버지의 동생과 결혼한 어머니를 원망하고 저주하지 않습니까. 그래서 여자는 재혼을 하고 자식을 낳으면 먼저의 남자를 잊어버리고 행복하게 사는지도 모릅니다.

남자들도 마찬가지입니다. 부인이 죽고 나면 몇 개월이 못 가서 재혼하는 남자들을 많이 보았고 부인이 앓고 있는데 그사이 나가서 다른 여자와 데이트하는 남자들도 많이 보았습니다.

위에서 말한 사례들과 꿈에도 잊지 못하는 첫사랑의 상처를 안고 살아가는 사람의 이야기와 섞어 버리면 안 되겠지요. 나는 젊었을 때 투르게네프의 첫사랑에 나오는 지나이다 같은 여자들을 보았습니다. 물론 인물이 예쁘기에 가능하겠지요. 자기 주위에 남자들을 많이 모이게 하고 이 사람과 저 사람에게 은근히 호의를 보여서 마치도 사랑하는 것처럼 남자들의 마음을 묶어 놓고 상처를 주는 여자들을 더러 보았습니다. 마치 자기가 로마 제국의 공주인 것처럼…. 그 여자는 한갓 장난이었는지 모르지만 상처를 받고 떠나간 남자들. 그 장난 때문에 대학입시를 소홀히 하여 입시에 실패한 남자 친구들을 보았습니다. 이런 여자에게는 첫사랑이라는 감정이 없었겠지요.

오늘 강의시간에 "선생님, 선생님의 첫사랑 야야기를 들려주세요." 하는 어떤 여학생의 말에 아픈 상처를 긁은 것처럼 마음의 아픔이 되살아나 쓰라렸습니다. 장난으로 개울에 돌을 던지지 마세요. 당신은 장난이지만 그 돌에 맞은 개구리는 죽을는지도 모릅니다.

# 어머니날에

어머니날을 맞을 때마다 어머니에 대한 글을 쓰지만 어머니날을 다시 맞으면 새로운 감회가, 새로운 후회가, 새로운 아픔이 가셔지지 않습니다. 어머님이 가신 지 40년이나 되었는데도 어머님 이야기만 나오면 가슴이 저려오는 것은 내가 아직도 제대로 자라지 못한 때문일까요?

우리 어머님은 1908년생이고 1975년에 돌아가셨으니 67세의 짧은 삶을 사셨습니다. 17살에 아버님과 결혼을 하셔서 50년 동안 고생고생만 하시다가 이제 한 일 년만 지나면 제가 성형외과 전공의가 끝날 텐데 그것을 못 참고 갑자기 운명하셨습니다.

어머님은 생전에 고생을 하던 사람이 고생이 끝나면 죽는다던데 하시더니 아마도 어머님의 운명을 미리 아셨는지도 모릅니다. 어머님을 생각할 때마다 한하운의 시 〈어머니〉가 생각납니다.

어머니
나를 낳으실 때
배가 아파서 울으셨다.

어머니
나를 낳으신 뒤
아들 됐다고 기뻐하셨다.

어머니
병들어 죽으실 때
날 두고 가신 길을 슬퍼하셨다.

어머니
흙으로 돌아가신
말이 없는 어머니.

나병에 걸려 스스로 문둥이라고 비관하며 살아온 한하운 선생은 어머니가 얼마나 그리웠으면 이런 시를 썼을까. 나도 나의 살아온 삶이 너무도 서러워서 어머니를 아직도 보내드리지 못하고 정말 사모의 병을 앓고 있는 것일까요?

제가 어머님의 고생을 알기 시작한 것은 1940년 2차 대전이 일어나 쌀 배급이 실시되고 배급 쌀로써는 죽도 끓여 먹을 수 없을 때였습니다. 내가 아마 5살쯤 되었겠지요. 생활력이 없으신 아버님은 쌀이 떨어지면 그냥 앉아서 식구들과 굶어 죽을 분이지 어떤 방도를 낼 수 없는 분이십니다. 어머니는 장롱에서 옷감을 꺼내가지고 평양에서 몇 십리 떨어진 시골에 가서 쌀과 좁쌀로 바꾸어 오시곤 했습니다.

그런데 길에서 경찰에게 잡히면 쌀도 모두 빼앗기고 쌀을 판 사람에게도 벌이 내려졌습니다. 어머니는 몸빼 밑을 발목에 묶고 쌀을 몸빼 속에 넣어가지고 걸어오시려니 얼마나 힘들었겠습니까?

발을 한 발짝 뗄 때마다 쌀 한 말이 다리 속에서 휘둘리니 힘이 들기가 말이 아니었겠지만 자식들 먹인다는 욕심으로 이틀을 걸려 걸어오시곤 했습니다. 나보다 7살이 위인 형님과 나, 그리고 동생은 어두컴컴한 전등불 밑에 앉아 어머님이 오시기만을 기다리곤 했습니다.

해방이 되고 공산당의 압제가 심해지자 아버님은 하루아침에 남하하시고 어머님이 우리들을 데리고 혼자 벌어 먹이는 힘든 삶을 계속하셨습니다. 밑천도 없이 시장에서 남의 장사 도우미로 일하시다가 신분을 속이고 국민학교 선생이 되셨습니다. 그때 북한에서의 국민학교 선생은 얼마나 힘든지 모릅니다. 새벽 7시에 나가 회의를 하고 오후 4시까지 학생들을 가르치고 교실에 남아 다음날 학습할 교안을 만들어 검열을 받고 거의 매일 저녁회의에 시달리다보면 밤 8시나 9시에 들어오시기가 일쑤였습니다. 그때 아마 어머님은 40세쯤이었을 것입니다. 어머님은 가끔 신경질을 부리셨고 나는 그것이 원망스러웠습니다.

40대의 여인이 북한의 압제 속에서 남편도 없이 삼남매를 키운다는 것이 얼마나 힘들었을까 하는 것은 한참 후 나이가 들어서야 이해할 수 있었습니다. 평양의 그 추운 겨울에 집도 없이 반은 허물어진 식모 방에 살면서 하루하루 먹을 것을 마련해야 하는 젊은 여인의 고통과 질고는 내가 어린이 둘을 데리고 비 오는 밤 클리블랜드 공항에 도착했을 때의 심정과 같았을 것입니다. 그때 어머님은 위병을 얻으셨을 것입니다. 어머님은 자주 배가 아프다고 방바닥에 누우셨고 돌을 데워 배에 놓곤 하셨습니다. 피부가 거의 화상을 입을 정도로 빨개지도록 찜질을 하셨고 가끔 독한 술도 드셨습니다.

그런 어머니를 나는 이해하지 못했습니다. 어머니는 생선 대가리만 좋아하시는 줄 알았습니다. 어머니는 겨울 추운 날에 빨래하는 것을 좋아하시는 줄 알았습니다. 어머니가 후줄근한 몸빼를 좋아하시는 줄 알았다는 불효자처럼 나도 어머님의 고통을 이해하지 못했습니다. 그리고 왜 어머니는 신경질을 부리고 자식들에게 욕하고 배가 아프다고 독주를 마시는 어머니를 싫어했습니다.

어머님의 신경질은 북한의 압제 하에서 우리를 먹여 살리려고 애를 쓰시다가 생긴 것이고, 어머니의 위병이 우리를 살리려고 고통과 싸우다가 얻은 병이고, 어머니의 모두 빠진 치아가 잡수실 것이 없고 영양부족 때문에 얻은 병인 것을 깨닫지 못했습니다. 박태선 장로님이 남산에서 부흥회를 하고 한강에서 부흥회를 할 때 나는 어머님을 모시고 부흥회에 갔습니다. 통행금지가 지나서 우리는 밤새 한강모래사장에서 우리 어머님의 병을 고쳐 달라고 기도를 했습니다. 어느 날 박태선 장로님이 우리 어머님의 배에 손을 얹고 기도를 하셨고 어머님은 배위에 불덩어리가 지나가는 듯이 뜨거웠다고 말씀을 하시더니 속병이 치유되었습니다.

우리는 정말 감사했습니다. 어머님은 우리가 나가던 보광동 장로교회를 그만 두시고 박태선 장로의 교회로 가셨습니다. 어머님은 무엇을 하든지 정열적으로 하는 분이셨습니다. 어머니는 세상의 모든 것을 버리고 박장로님 교회에 빠져 들었습니다. 나더러는 너는 사람을 고치는 의사가 되지 말고 박태선 장로에게 와서 사람의 영혼을 고치는 전도사가 되라고 시간이 있을 때마다 권면했고, 나는 이제 2년 남은 의과대학을 절대 포기하지 않는다고 버텼습니다. 그리고는 공부를 더하겠다고 미국으로 왔고, 공부가 끝나기 전에 어머님은 세상을 떠나셨습니다.

나는 자라면서 어머님과 많이 싸웠고, 어머님을 원망하고 너무도 적극적인 성격을 싫어하기도 했습니다. 이제 나이가 들고 내가 자식들을 기르면서 비로소 어머님의 고통을 이해하게 되었고 가난 속에서 애들을 키운다는 것이 얼마나 힘들고 정신적인 압박이 오는지 알게 되었습니다.

어머니를 이해할 나이가 되니 어머님은 세상에 계시지 않았습니다. 오늘은 어머니날입니다. 많은 사람들이 카네이션 꽃을 어머니 가슴에 달아 드리고 모시고 나가 대접하는 날입니다. 나도 어머님의 가슴에 꽃을 달아 드리고 어머님을 모시고 나가 맛있는 것도 사드리고 싶은데 어머님은 아니 계십니다. 한하운 선생의 시처럼 미국으로 간 아들과 손자가 그리워 어머님은 세상을 떠날 때 나를 두고 가심을 슬퍼하셨을 것입니다.

어머니, 지금은 흙으로 돌아가 말없이 누운 어머니….

원통해 불러보아도 가슴 치며 통곡해도 다시 못 올 어머님을 노래 부르며 어머님 묘 앞에서 통곡을 하고 싶은 날입니다.

# 꼰대

   꼰대란 말은 전에는 아버지 또는 선생님을 가리키는 말이었지만 지금은 구태의연한 생각을 강요하는 사람, 남의 말을 안 듣고 자기 말만 주장하는 사람, 권위를 가지고 압박하는 사람을 가리키는 말로 발전을 했다고 합니다. 그래서 "야! 위에서 시키는 대로 해!"라고 하거나 "야! 네가 뭘 알아!"라는 상사를 꼰대라고 부르고, 군대에서는 일등병이 병장을 가리켜 꼰대라고 부릅니다. 소위는 중령 대령을, 대리는 과장을, 과장은 부장을 꼰대라고 부릅니다. 조교수는 부교수를, 부교수는 교수를 꼰대라 부릅니다. 이제는 아버지나 선생님이 아니라 바로 형이 꼰대입니다. 어떤 영화를 보니까 조폭이 계단에서 내려오면서 "야, 꼰대가 하라는데."라고 하며 중간 보스를 꼰대라고 부르기도 했습니다. 그러니 젊은 꼰대도 생겨났습니다.

   내가 아는 친구 하나는 휴대전화를 자주 잃어버립니다. 차에다 두고 나와 온 집안을 찾기도 하고, 소파에 놓은 휴대전화 위에 신문을 덮어놓고는 며칠을 뒤지기도 합니다. 식당에서 밥을 먹고 전화를 놓고 나오는 일도 있습니다. 그렇게 고생을 하면서도 매일 전화기를 손에 들고

다닙니다. 그래서 허리에 차고 다니거나 목에 매달고 다니라고 충고를
하고서는 나도 웃었습니다. 요새 젊은 사람들이 휴대전화를 손에 들고
다니거나 주머니에 넣고 다니는 사람은 '젊은 오빠'라고 부르고 허리에
차고 다니는 사람은 '아저씨'라고 하고, 목에 걸고 다니는 사람은 '꼰대'
라고 한답니다. 그러니까 사람들에게 꼰대라고 불리는 게 싫으니까 휴
대전화를 손에 들고 다니면서 또 자꾸 잊어 먹으니까 문제입니다.

얼마 전 뉴욕에도 BTS그룹이 와서 공연을 했습니다. 표를 구하기가
하늘의 별 따기였다고 하는데도 친구 부인은 표를 구해 구경을 했다고
합니다. "공연이 어땠어요?"라고 물었더니 "애들이 참 멋지고 마지막
아리랑을 하는데 참 멋이 있더라."고 칭찬을 했습니다. 내 옆의 친구가
자신은 들어도 무슨 노래인지 흥을 느끼지 못하겠더라고 하고는 그 사람
도 알아듣지 못하면서 괜히 꼰대소리 듣지 않으려고 그러는 거라 하여
웃었습니다. 그러니까 꼰대는 나이가 많은 할아버지와 할머니를 가리키
는 의미보다는 유행에 뒤떨어져서 먼지가 풀풀 날리는 생각을 하며 사는
사람들을 가리키는 말인 것 같습니다.

소설 《대지》에 땅은 어머니와 같고 생명줄이라고 생각하여 땅을 사
들이기만 하고 죽어도 안 판다는 왕능이, 땅을 팔고 도시로 나가서 살겠
다는 왕후에게는 꼰대입니다. 집을 저당 잡혀서 자신이 하는 사업에 투
자하라는 아들에게 내가 얼마나 고생해서 장만한 집인데 집을 저당 잡히
느냐 못한다고 고집 피우는 아버지를 아들은 꼰대라고 부를 것입니다.
학교에서 학생들이 들고 다니는 태블릿에 유튜브로 들어가면 세상의 모
든 지식이 1분 안에 나오는데 옛날에 본 교과서를 가지고 강의한다고
열을 올리는 교수님도 꼰대입니다.

몇 해 전 이야기를 하다가 "눈물에 젖은 빵을 먹어보지 않은 사람과는 인생을 논하지 말라는 말을 누가 했어요?"라고 물어 왔습니다. 나는 얼른 생각이 나지 않았습니다. 그래서 어물어물하다가 "아마 톨스토이인가"라고 했더니 옆에 앉아 있던 여학생이 스마트폰으로 찾아보고는 "아니에요, 괴테예요." 하는 바람에 순식간에 꼰대가 되어 체면을 구겼습니다.

학교에서 전화나 컴퓨터가 말썽을 부리면 젊은 교수한테 물어보면 전공의더러 물어 보라고 하고 전공의 더러 물어 보면 학생에게 물어 보라고 합니다. 그러니 요새는 대학 신입생이 4학년 선배를 보고 꼰대라고 비웃는 시대가 되었습니다. 그러니까 쌍둥이의 동생이 쌍둥이 형에게 세대차이가 난다고 하며 꼰대라고 한다지 않습니까. 세대 간의 차이, Generation gap을 느끼면 꼰대라고 부르는가 봅니다.

꼰대를 면하는 길이 쉽지 않습니다. 한 달이 멀다 하고 변하는 컴퓨터를 따라 잡아야 하고, 일주일이 멀다하고 새로 발전이 되는 휴대전화의 기능을 따라 잡아야 합니다. 몇 달 전 전화가 고장 나서 전화기를 바꾸었습니다. 전화를 파는 젊은이가 "요새 나온 S10을 사세요. 몇 달이 있으면 또 바뀌겠지만…"라고 권하여 새 전화기를 샀습니다. 그런데 그 기능을 다 알 수도 없고 사용할 수도 없습니다. 그저 전화나 주고받고 카톡이나 하고 내비게이션이나 찾고 유튜브나 보는 정도입니다. 어느 날, 사진을 주고받고 하다가 조카더러 보아달라고 했더니 "꼰대 아저씨가 분수에 안 맞는 스마트 폰을 가지셨네요." 하고 웃었습니다. 그러니 꼰대가 좋은 전화기를 가졌다고 해서 꼰대에서 벗어나는 것은 아닙니다.

이치에 안 맞는 이야기가 있습니다. 이념 이야기입니다. 요새 사회에서는 진보라고 하는 좌파가 있고, 수구꼴통이라고 하는 보수가 있습니다. 그런데 누가 꼰대일까요? 지금부터 100년 전 볼셰비키의 사상을 그대로 고집하는 사람들이 꼰대일까요, 아니면 새로 나온 산업주의 사상에서 발전되는 경제 형태의 경제관을 가진 사람들이 꼰대일까요? 출판된 지 몇 달 되지 않은 신간을 보며 유럽과 미국의 정보를 가지고 공부하는 사람들이 꼰대일까요, 아니면 80년대 집에서 오래된 등사기에 프린트를 해서 먼지가 앉고 꾸겨진 주체사상에 매달려 아직도 모택동, 스탈린, 김일성의 사상에 매어 헤어나지 못하는 사람이 꼰대일까요?

물론 그들의 말에도 일리는 있습니다. 공부는 전혀 하지 않으면서 나이 먹은 것만 자랑하던 시대가 있었습니다. 그런 세대를 비판하고 나선 사람들이 소위 진보였습니다.

그런데 세월이 흘렀습니다. 그때 보수라고 하던 사람들은 모두 도태되었고 새로운 세대가 활동을 하는 시대가 되었습니다. 그때 진보라고 하던 사람들이 이제는 때 묻은 꼰대가 되었고 새로 공부한 사람들이 활동을 하는 시대가 되었다는 말입니다.

나도 시대에 뒤떨어지지 않으려고 열심히 공부합니다. 그러나 오늘날 컴퓨터가 발전하는 시대를 따라 잡기는 힘이 드는 것도 사실입니다. 나도 꼰대로 전락하고 말 것 같습니다. 아니 벌써부터 꼰대라고 불리고 있겠지요.

# 나도 왕년에는

옛날 농담에 "북에서 피난 나온 사람치고 집에 금송아지 없는 집 없고 미국에 이민 오기 전 회사 사장이나 전무 아닌 사람이 없다더라." 하는 말이 있습니다. 모두 과거의 찬란한 추억 속에서 생의 전성시대가 그리워서 '내가 왕년에는 이랬는데'라고 말하고 싶은 것이겠지요.

여자들은 "내가 젊었을 때는 나를 따라 다니는 남자들이 줄을 섰었어." "이름을 대면 알 만한 사람들이 나를 좋아했지."라고 합니다. 남자들도 "옛날 내가 젊었을 때는 나를 따라 다니는 여자들이 두 트럭 하고 세 명이 걸어 왔지." "나도 왕년에는 한 가닥 하던 사람이다."고 자랑합니다.

그런데 무슨 모임이든 '내가 왕년에는…'로 시작하는 이야기로 판을 잡고 자기 말만 계속하는 사람들이 더러 있습니다. 물론 그 내용은 벌써 몇 번이나 들은 이야기로 그 사람에게는 재미있을지 몰라도 다른 사람들에게는 별로 흥미가 없습니다. 그래도 뻥을 섞어 가면서 "내가 왕년에 싸움을 잘 했는데 어디에서 누구와 싸움을 하다가 몇 명을 때려눕히고 누구와 싸워서 이겼다."면서 팔뚝의 근육을 보여주는 사람을 보면 재미

있기도 합니다. 제일 재미없는 사람이 자기가 초등학교 때 우등을 하고 고등학교 때 몇 등을 하여 어느 학교를 졸업했다는 자랑입니다.

너무나 아름다웠던 엘리자베스 테일러도 늙어서 얼굴에 주름이 지고 군살이 덕지덕지한 얼굴은 아무래도 아름답다고 할 수 없고, 여자들의 우상이던 로버트 레드포드와 아랑 드롱도 늙어서 주름이 진 얼굴은 아무런 매력이 없습니다. 그러니 나이가 들면 외적인 아름다움으로 젊은이들과 겨눌 생각을 말고 겸손해질 줄 아는 것이 미덕이 아닐까 합니다.

우리가 어렸을 때 철모에 별을 세 개나 네 개 달고 지휘봉을 들고 나온 백선엽 장군은 그야말로 감히 범접하지 못할 모습이었습니다. 그런데 그가 나이가 많아지고 평복으로 갈아입고 국회에 불려 나와 박영철이라는 국회의원이 병장 옷을 입고 나와서 백선엽 장군에게 모욕을 줄 때의 그는 모습이 초라했습니다. 그래서 노 장군을 후욕하는 박영철 의원을 증오했습니다.

오래전 내가 인턴을 할 때 외과과장이던 Williams 박사라는 분이 있었습니다. 그는 체격도 크고 호랑이 같은 눈썹에 우렁찬 목소리로 우리들을 압도했습니다. 우리는 정말 그는 우리와는 다른 우월한 사람인 줄 알았습니다. 내가 인턴을 끝내고 외과, 성형외과 전공의를 마치고 오하이오에 돌아갔는데 그를 병원에서는 볼 수 없었습니다. 내가 인턴 때였으니 그를 본 게 아마 15년쯤 지났을 테지요. 그즈음 나는 교회의 Lay Paster로 한 달에 한 번, 요양원 봉사를 하였습니다. 그런데 Niles. Ohio에 있는 요양원에서 환자들을 돌보다가 Dr. Williams를 본 것입니다. 그는 나이 들고 치매까지 앓고 있어 사람을 알아보지 못하고 침을 흘리며 휠체어에 앉아 있었습니다. 나는 깜짝 놀라 간호사에게 어찌 된 일이냐고 물었습니다. 간호사는 Dr. Williams는 부인이 한 3년 전에 돌아가시고 자식들은 먼 데 있어 돌볼 사람들이 없는데 병이 들어 요양원에 와 있다고 했습니다. 참 인생의 비정함을 느꼈습니다. 저는 Dr. Williams의 손을 붙들고 "선생님, 선생님" 하고 불러보았지만 그는 풀어진 눈으로 나를 멀거니 쳐다만 볼 뿐 말을 못했습니다. 그를 만나고 나서 나는 며칠 우울증에 빠졌습니다. '인생이 이런가 하고….' 인턴 때 병원에서 위엄 있고 권위가 있어 제왕과도 같던 외과 과장님이 이렇게 되다니….

아마 그가 정신이 돌아온다면 '야, 내가 왕년에는' 하고 기염을 토하지 않을까요. 왕년에 한 가닥 하지 않았던 사람이 어디 있을까요? 지게를 지는 사람도 "내가 왕년에는 나무 몇 단을 지고 저 산을 쉬지도 않고 넘었어." 할 것이고 "나도 왕년에는 얼마짜리 가게를 가지고 장사를 했어."라고 자랑할 것입니다.

나도 왕년에는 똑똑하다고 교수님들에게 칭찬도 받았고 수술을 잘한다고 동네에 소문도 났었고, Best Surgeon Award도 받아 보았고, Yong H Lee's Day도 있었고, 학회에 가서 발표를 하고 남들이 질문을 하면 자신 있게 답변도 해보았는데…. 이제 플로리다에서 아내와 시장에 가면 내가 대학교수였던 걸 아는 사람도 없고 대접해 주지도 않습니다. 내 친구 누구는 그것이 억울해서 명함을 만들어 가지고 다니지만 그 명함을 보는 사람이 어디 있겠습니까. 주머니에 꾸겨 넣고 쓰레기통에 버리면 나의 이름이 꾸겨져 쓰레기가 되어 밟혀 버리고 말 것 같아서 나는 명함을 만들지 않기로 했습니다. 누가 "Mr. Lee!" 하면 "네." 대답을 하고 누가 "전에 무얼 했습니까?" 물으면 대학교수의 이름이 더럽혀

질까 봐 그냥 "학교 선생을 했어요." 하고 말아 버립니다.

　그래서 지금 활동을 하고 있는 현역들 속에 들어가면 기가 죽어 할 말을 잊어버립니다. 그리고 내가 젊었을 때 저런 기개가 있었을까 하고 생각을 해 봅니다. 역시 젊은이들이 현재 하고 있는 일을 자랑할 때는 아름답지만 노인인 내가 왕년에는 무엇을 했지 하며 뺑까지 섞어가며 하는 이야기는 그리 아름답지 못할 것 같습니다. 내가 젊었을 때 선배님들이 우리에게 내가 왕년에는 하고 팔을 걷어붙이면서 장광설을 벌이면 모임이 끝나고 우리끼리 모여서 "저 선배님은 뺑이 세, 뺑이 7단이야." 하면서 웃던 생각이 나곤 합니다. 그러니까 나이에 맞게 처신하고 나이에 맞게 행동을 하고 말을 해야 합니다.

　〈백 살을 살다보니〉라는 강연을 하는 김형석 선생님은 그 이야기 속에 뺑이 없고 내가 왕년에는 하는 말이 없습니다. 그저 겸손하고 소박합니다. 그래서 젊은이들도 그의 이야기를 듣는 것 같습니다. 이제는 '내가 왕년에 시라소니하고 싸워서…' 하고 침을 튀겨 봤자 누구도 들어 줄 리도 없고 감격해 할 사람도 없습니다. 그저 내 나이에 맞게, 작은 체격에 맞게 "네, 저는 삯바느질을 했어요." 하고 고개를 숙여야 뺑쟁이 소리를 안 듣고 살겠지요.

# 나를 울린 오마 샤리프

제가 고등학교에 다닐 때 학교에서 단체로 본 영화중에 셰익스피어의 햄릿이 오래 기억에 남았습니다. 파도치는 언덕의 바위 위에 서서 "죽느냐 사느냐 이것이 문제로다." 독백을 읊는 햄릿은, 감성에 젖을 나이인 나에게 깊은 인상을 주었습니다.

햄릿으로 주연을 맡은 로렌스 올리비에는 나의 우상이 되었습니다. 대학을 다니면서 그가 주연하는 영화를 찾아다니면서 보았는데 에밀리 브론테의 ≪폭풍의 언덕≫은 소공동의 시네마코리아에 8시에 시작하는 첫 회부터 마지막 회까지 아마 8번을 계속 본 기억이 있습니다. 히스냄새가 풍긴다는 언덕을 내다보며 "캐티!" 하고 외치는 히스크리프의 모습은 오랫동안 나의 가슴에서 지워지지 않았습니다. 짙은 눈썹에 푹 들어간 눈언저리, 백인으로서는 좀 둥근 얼굴에 깊이 파인 이마의 주름, 아마 내가 여자였다면 반해서 일생을 따라 다녔을지 모르게 매력이 있었습니다. 남자배우로 영국의 작위까지 받은 올리비에가 출연한다는 영화는 빠지지 않고 그야말로 점심을 싸가지고 다니면서 보았습니다.

대학에 다닐 때에는 노벨문학상 발표가 있으면 노벨상 수상작을 꼭 사서 읽어 보곤 했습니다. 그래야 꿈과 낭만이 있고 철학을 아는 의사가 될 것이라고 생각했기 때문이기도 하고, 이것이 내가 꿈꾸어 왔던 삶이라고 생각했습니다. 1958년 보리스 파스테르나크의 ≪닥터 지바고≫가 출판이 되고 선풍적인 인기를 끌었습니다. 더욱이 그가 노벨상 수상자로 발표되었을 때 그의 작품이 러시아혁명을 비판하였다고 러시아 작가 연맹에서 제명되고 숙청당하게 되었습니다. 그러자 그는 노벨상 수상을 거부하고 자아비판을 하고 흐루시초프에게 용서를 빌어 간신히 러시아에서 어렵게 살다가 1960년 폐암으로 세상을 떠났습니다.

의사 지바고의 굴곡진 인생, 파란 많은 사랑을 읽으며 눈물까지 흘렸던 나는 ≪닥터 지바고≫라는 영화가 한국에 상영되자마자 큰일이라도 난 듯이 대한극장으로 달려가서 영화를 보았습니다. 3시간이 넘는 이 영화를 나는 몇 번을 보았는지 모릅니다. 그런데 지바고에 나오는 배우 오마 샤리프가 로렌스 올리비에와 분위기가 너무도 같았습니다. 짙은 눈썹에 움푹 들어간 눈매 그리고 서양인으로서는 둥근 얼굴, 나는 또 오마 샤리프에 빠져 들었습니다.

영화는 종합예술입니다. 영화 속에는 명작의 이야기가 있고 음악이 있고 이야기 배경을 장식하는 미술이 있습니다. 이것들이 우리 마음을 울려주고 인생을 가르쳐 주는 철학이 있습니다.

많은 고전들이 영화로 만들어졌습니다. ≪바람과 함께 사라지다≫ ≪카라마조프의 형제들≫ ≪부활≫ ≪안나 카레니나≫ ≪누구를 위하여 종은 울리나≫ ≪내가 마지막 본 파리≫ ≪전쟁과 평화≫ ≪죄와 벌≫ ≪쿠오바디스≫ ≪태양은 또다시 뜬다≫ ≪위대한 개츠비≫. 그런데 내게는 ≪닥터 지바고≫처럼 이야기와 음악 그리고 배경이 잘 조화되고 배우들이 멋있게 열연을 한 영화는 그리 많지 않다고 생각합니다. 그래서 영화를 보는 3시간이 언제 지나갔는지 모르게 음악과 더불어 웃고 음악과 더불어 울고 가슴 아파한 영화입니다.

8세 때 어머님의 장례식을 본 유리는 그로메코가에 입양이 되어 감수성 많은 소년기를 보내며 공부를 하여 의사가 됩니다. 그리고는 그로메코의 딸인 토냐와 결혼을 합니다. 그리고 모스크바의 광장에서 학생들과 노동자들이 경찰에게 살해되는 것을 보며 연민에 잠깁니다. 토냐를 사랑하여 아이를 낳기도 한 그가 크리스마스의 파티에서 운명의 여인 라라를 만납니다. 라라는 자기 어머니의 정부인 고마로드스키에게 정조를 빼앗기고 크리스마스 파티장에서 그를 총으로 쏘지만 그저 경상만을 입히고 맙니다. 지바고는 라라에게 강한 인상을 받습니다. 그러나 라라에게는 공산주의자인 파샤라는 애인이 있었습니다. 그들은 한번 본 것뿐으로 헤어집니다. 그리고 지바고는 일차대전에 징집되어 수많은 부상자들을 치료하느라고 정신이 없는데 종군간호사로 지원하여 일하는 라라와 뜻밖에 만나게 되고 사랑을 하게 됩니다.

혁명과 사회의 혼란, 숙청과 유배가 모스크바의 화려한 파티장과 눈이 덮인 시베리아 벌판을 오가며 우리들의 마음을 흔들어 줍니다. 지바고의 시가 불온하다고 숙청의 대상이 되자 지바고는 도망하여 우랄산맥의 비리끼노라는 시골로 피신합니다. 그리고 어쩌다 도서관에서 유리는 운명의 여인 라라를 또다시 만나 사랑의 불꽃을 태우지만 다시 도망자가 되어 유리아틴이라는 시베리아 벌판의 작은 마을로 도망합니다. 눈이 오는 길을 절룩거리며 걷는 모습이 한국전쟁 때 피난하던 우리의 모습을 보는 듯하여 영화를 보는 나의 마음도 아팠습니다. 도망하는 유리아틴의 위치는 추적되고 라라와 같이 체포되든지 아니면 라라를 떠나라는 명령을 받습니다.

눈이 덮인 벌판의 외딴 집에서의 마지막 밤, 가끔 이리의 울음소리와 바람소리가 들리는 밤, 유리와 라라의 사랑의 마지막 밤이 우리 젊은이들의 가슴을 울려줍니다. 그리고 지바고의 음악이 높아졌다 낮아졌다 하면서 애절하게도 하고 안타깝게 우리를 끌고 갑니다. 나는 눈에 덮인 지붕이며 들판이 어찌나 아름다운지 그 아름다움처럼 그들의 사랑도 아름답게 끝이 났으면 하였습니다. 눈이 오는 벌판에서의 이별, 이것이 그들의 사랑의 끝이었습니다.

그리고 지바고는 늙고 피곤한 모습으로 전차에 앉아 밖을 내다봅니다. 그러다 밖에 걸어가는 라라의 모습을 발견합니다. 그는 뒤뚱뒤뚱 일어나 전차에서 내리려 하지만 전차는 떠납니다. 지바고는 가슴을 움켜 안은 채 전차 안에서 쓰러져 숨을 거둡니다. 아무것도 모르는 라라는 지바고와의 사이에서 난 딸을 찾으려 다닙니다.

이 장면에서 '아, 하나님이여 어찌 이리 무정하십니까?' 하고 나는 울부짖었습니다. 영화의 마지막 장면은, 유리의 형을 만난 딸은 아버지가 생전에 애용하던 만돌린을 만지면서 기억이 나지 않는 아버지를 그립니다.

영화가 끝나고 사람들이 일어나 나가는데도 나는 너무도 허탈하여 일어설 수가 없었습니다. 한참 만에 일어서 계단을 내려오면서 나도 모르게 중얼거렸습니다.

"사랑하였으므로 진정 행복하였을까."

# 나이를 묻지 마세요

흘러간 노래 중에 〈과거를 묻지 마세요〉라는 노래가 있었습니다. 남자에게도 그렇지만 여자에게 과거를 묻거나 여자의 나이를 묻는 것은 아주 예의 없는 일일 것입니다. 그래서 여자의 생일을 물어 보더라도 나이는 묻지 말라고 합니다. 처음 만나는 여자의 과거나 나이를 알아서 무엇 하겠다는 말입니까. 여자에게 나이를 물었다가는 면박을 당할 염려가 있으니 조심해야 합니다.

나는 이제는 '누가 나이를 묻지 마세요'라는 노래라도 불러 주었으면 하는 심정일 때가 있습니다. 그런데 이상합니다. 사람들은 만나면 나이를 묻습니다. "실례지만 연세가 어떻게 되시지요?" 아니, 실례라고 하면서 어째서 나이를 묻는지 모르겠습니다. 병원도 아니고 증명서를 발부받으러 온 것도 아닌데 남의 나이를 묻는 심사는 무엇일까요?

어떤 사람은 모여 앉은 사람들의 나이를 모두 물어 줄을 세워야 기분이 좋은 사람도 있습니다. 무슨 모임이나 심지어 교회에서도 지금 연세가 어떻게 되십니까? 또 어느 대학을 나왔다고 하면, 몇 년도에 졸업하셨습니까? 학번이 어떻게 되십니까? 등 인적사항을 묻는데 당사자는 기분이 좋을 리 없습니다. 그리고 "몇 살입니다."는 대답을 받아내고는 "보기보다 나이가 많으시네요?"라고까지 합니다. 그럼 나이가 많고 살만치 살았으니 이제는 빨리 죽어 주었으면 좋겠다는 말입니까.

우리가 소년이었을 때는 빨리 어른이 되고 싶어서 나이를 물으면 신이 나서 대답했습니다. 우리도 어서 성년이 되어서 극장도 마음대로 다니고, 담배나 술을 하는 친구들은 마음대로 담배도 사고 술을 마셔도 좋은 나이가 되고 싶었을 것입니다. 그리고 어서 20대가 되어 연애도 해보고 싶었지요.

그런데 그 후부터는 나이를 묻는 것이 별로 반갑지 않았습니다. 30대가 지나면서부터 나이 먹는 것이 기쁘지 않았고, 60이 지나면서부터는 아내가 생일을 차려 주는 것까지도 반갑지 않습니다. 그리고 누가 나이를 묻고는 '은퇴하실 때가 되었네요.'라면 그의 머리라도 쥐어박고 싶은 심정이었습니다. 하기는 젊은 친구가 언제 은퇴하여 자리를 내어 주겠느냐는 속셈으로 이야기한 것이겠지요. 그럴 때마다 나는 속으로 '그래 봐라. 너희들도 늙을 것이다. 그리고 지금의 젊은 세대는 너희들보다 늙은이에게 더욱 가혹할 것이다.'라고 생각했습니다.

지금은 확실히 노인 혐오시대입니다. 노인들이 사회보장제도의 돈을 축내고 건강보험의 돈을 많이 쓰고 젊은이들의 도움을 받으며 살아간다는 노인 혐오가 미국이나 한국에 만연해 있습니다. 얼마 전 TV에서는 인생은 27세까지 마이너스 인생을 사는데 그 마이너스는 부모가 메워 주고, 그 이후는 플러스 인생을 살다가 47세에 인생의 최고점에 이르고, 67세부터는 다시 마이너스 인생을 사는데 그 마이너스는 국가가 채워 주게 되어 있다고 했습니다. 그러니까 젊은이들은 노인들의 마이너스를 자기들이 메꾸어야 한다고 생각하고 노인들을 혐오하는 것입니다. 그래서 젊은이들이 모이는 카페나 식당에 노인들이 가면 차별대우를 하고 은근히 괄시를 합니다.

새로운 사람을 만날 때 그가 나이를 묻는 것은 마치 전과 몇 범이냐고 묻는 것처럼 느낄 때가 있어 기분이 좋지 않습니다. 거기다가 '나이가 많으시네요.' 하는 말까지 들으면 기분이 벌레를 씹은 것처럼 즐겁지가 않습니디.

나이를 먹는 것이 뭐 특별한 일이 아닙니다. 그저 세월이 그만큼 흘러갔다는 이야기입니다. 자랑스러울 것도 없고 수치스러울 것도 없습니다. 오래 전 한 친구는 젊은 후배가 나이에 대해 좀 껄끄러운 말을 하자 "그렇지 내가 나이를 먹었지, 그런데 자네는 운이 좋아야 나만큼 살 수 있다네. 그리고 아주 운이 좋아야 나처럼 자급자족하면서 여유롭게 살 수 있다네. 아마 노력을 많이 해야 할 거야."라고 일침을 놓았다고 해서 통쾌했습니다.

얼마 전 김형석 교수님은 자꾸 나이를 묻고 매달리는 기자에게 "내가 철이 없어서 그런지는 몰라도 내가 나이를 먹었다고 느껴지지 않습니다."고 대답했습니다. 그런데도 눈치가 없이 자꾸 나이를 가지고 묻는 여기자가 보기에 한심했습니다. "이제 백세가 되시네요?"라고 물어올 때 김 교수님은 난감하다는 심정으로 말씀하셨습니다.

물론 나이를 물을 때가 있지요. 증명서를 발부 받으러 갔을 때나 병원에 갔을 때에는 나이를 밝혀야겠지요. 그러나 미국에서는 웬만한 서류에 나이를 기록하지 않아도 되는 데가 있고, 나이를 가지고 차별하는 것은 법에 위반된다고 합니다. 그런데 사교적으로 처음 만난 사람에게 자꾸 나이를 묻는 것은 아주 큰 실례가 아닐까요? 남의 나이를 알아서 무엇을 하시려구요.

오래전 일본 왕의 부인에게 생일을 맞아 축하한다고 하니 "나는 이제 생일이라고 즐겁지 않습니다. 나에게 내 나이를 상기시켜주지 않았으면 좋겠습니다."라고 했다고 합니다.

나도 아내에게 생일을 차리지 말아달라고 간곡히 부탁해서 몇 년 동안 생일도 모르고 지나갑니다. 어쩌다 동창회에 가서 아내가 얼떨결에 오늘이 이 사람의 생일인데 하여 생일축하의 노래를 듣고 집에 와서 신경질을 부린 일도 있습니다.

어떤 분은 나이를 물으니 "나는 32세야"라고 대답했습니다. 질문을 한 사람이 "32세는 더 되어 보이시는데요."라고 다시 물으니 "나이가 하도 무거워서 50세는 집에 두고 다닙니다."고 했습니다.

나이를 먹는데 힘이 드는 것도 아니고 특별히 노력을 한 것도 아닙니다. 그저 세월이 흘러간 것뿐입니다. 그리고 나이는 그냥 숫자일 뿐입니다. 나이가 많다고 누구에게 칭찬 들을 일도 아니고 동정을 받을 일도 아니고 지하철에서 저리를 양보하라고 한 적도 없습니다.

사회보장제도에서 돈이 나오지만 젊어서 내가 낸 돈의 반도 못 찾아 씁니다. 그리고는 내가 젊어서 벌어 모아둔 돈으로 남에게 손 한번 벌리지 않고 살고 있습니다. 젊은이들에게 밥을 사줄지언정 젊은이들에게 밥을 얻어먹은 일은 많지 않습니다. 그저 매일매일이 나의 건강이 허락하는 한 젊었을 때처럼 운동도 하고 책도 읽고 친구들을 만나면 농담도 하고 노래를 부르며 살아갈 뿐입니다. 그러니 만날 때마다 나이를 묻지 말아 주세요. 몇 년생이냐고 다그치지도 마세요.

# 배우 신영균

배우 신영균 하면 ≪빨간 마후라≫에서 전투기 조종사로 출연하여 빨간 마후라를 목에 두르고 호탕하게 웃던 모습과, 연산군으로 출연하여 웃옷을 걷어붙이고 껄껄대고 웃던 모습이 생각납니다. 그래서 빨간 마후라의 주제곡은 많은 사람들이 즐겨 부르는 애창곡이 되었고, 빨간 마후라는 한국 공군 조종사의 상징이 되었습니다.

요새 배우 신영균 씨가 사회의 화젯거리가 되고 있습니다. 신문에서도 TV에서도 그의 착한 일을 방송해 주어서 그의 겸손하고도 밝은 모습을 보게 되었습니다. 많은 배우들이 이혼이나 마약이나 나쁜 스캔들로 화젯거리가 되지만 그는 드물게 보는 사회의 미담의 주인공이 되었습니다. 그는 가진 재산의 거의 모두인 600억을 사회에 환원했습니다. 그 돈은 그가 일생동안 열심히 일하고 아껴 모은 재산입니다.

신영균 씨는 1928년 11월 6일에 태어났다고 합니다. 그러니까 금년에 91세가 되었습니다. 그는 북한 땅인 황해도 평산군에서 태어나 서울대학교 치과대학을 졸업하고 해군 군의관으로 근무, 대위로 제대를 했습니다. 그는 국방대학에서 행정학을 공부한 지성인이고 탁월한 행정가이자 사업가이기도 했습니다. 그는 자유당, 민정당에 당직을 가지고 있었으나 그때 당시는 정치 제2선에 머물러 있었습니다. 그는 원래 성리학을 위주로 하는 유교인이지만 기독교로 개종하여 침례교 신자가 되었습니다.

1948년 ≪검사와 여선생≫이라는 영화에 출연했다고는 하지만 나는 그 영화를 본 일이 없고 그 영화에 대한 비평도 듣지 못했습니다. 그가 처음 영화에 나온 것은 1958년 ≪지옥화≫라는 영화였는데 별로 알려지지 않다가 1961년에 배우 김승호와 같이 출연한 ≪마부≫와 ≪5인의 해병≫이 주목을 끌기 시작했다고 합니다. ≪5인의 해병≫은 그 후에도 여러 번 리바이벌이 된 유명한 영화이기도 합니다. 최무룡, 장동휘, 박노식 등 쾌남아들이 출연하여 인기를 끌었습니다. 그는 연극에도 많이 출연했으며 1962년 주증녀 씨와 함께 출연한 ≪연산군≫에서 인기를 끌어 그 해 각종 연기상을 휩쓸듯이 받았습니다. 그리고는 1964년 ≪빨간 마후라≫에 출연하여 충무로 영화계를 흥분시켰습니다. 그리고 많은 연극에도 출연했습니다.

나는 그가 치과의사로서 개업을 했었는지는 모릅니다. 그처럼 바쁜 일정 속에 치과의사로서 개업한다는 것은 불가능했을지도 모릅니다. 그가 치과의사 출신이고 연극과 영화배우라는 것과 명보극장의 주인이라는 것을 알고 그가 사업에도 수완이 있구나 하고 생각했습니다. 그리고 그가 출연한 많은 영화 ≪열녀문≫ ≪강화도령≫ ≪사랑방 손님과 어머니≫ ≪갯마을≫ ≪산불≫ ≪미워도 다시 한 번≫ 등 열거할 수 없을 만큼 많은 영화를 보면서 즐거워하였습니다. 아마 1979년 ≪화도≫라는 영화 이후에는 그의 모습이 영화에서는 사라진 것 같습니다.

그는 정치에도 관심이 많아 공화당의 '문화 예술행정 특보 위원'을 했고 민정당의 '문화예술 행정위원'을 지냈습니다. 신한국당 상임위원과 한나라당 고문을 지냈습니다. 그는 보수적 기질의 사람이고 진보나 운동권과는 거리가 먼 사람입니다. 그는 온건했고 불법과는 거리가 먼 신사입니다. 그는 민주정의당 후보로 14대 국회의원으로 출마했으나 낙선하고 15대에는 신한국당 비례대표로, 16대에는 한나라당 비례대표로 국회에 진출을 했습니다. 아마 그는 더러운 정치권이 싫었는지 모릅니다. 16대 국회 후 그는 정치에서 은퇴한다고 선언했습니다. 또 그는 중앙대학교 연극영화과의 교수도 역임하고 동아방송대 석좌교수로 후배들을 가르쳤습니다.

미국의 할리우드에서는 이혼이 다반사이고 가십을 만들기 위해서도 이혼을 한다고 할 정도로 이혼이 횡행하더니 한국의 배우들도 유행을 따라 이혼이 유행인 것 같습니다. 어느 배우가 인기가 올라간다고 하면 결혼을 하고 한 3년도 못 되어 이혼하면서 화제를 만드는 것이 다반사입니다. 그래도 신영균 씨는 김선희 씨와 결혼하여 한 번의 스캔들도 없는 성실한 남자입니다.

그는 사업에 능력이 있어서 명보극장을 운영하더니 명보제과를 열어서 성업을 이루었고 명보아트센터도 운영을 했습니다. 그가 하는 사업마다 성공하여 큰 재산가가 되었습니다. 그리고는 제주도로 내려가서 다시 사업을 했습니다. 제주도에 신영영화박물관도 세우고 공원도 조성했는데 관광객들에게 인기가 있는 곳 중에 하나가 되었습니다. 오래전에 제주도에 가서 신영영화박물관에 들러 한국영화의 역사를 본 일이 있습니다. 얼마 전 배우 이순재 씨와 같이 〈하얀 공화국〉이라는 연극에 출연하여 아직도 건재한 연기력을 보여 주었다고 합니다.

그에게는 아들 신인식 씨와 딸 신혜진 씨가 있다고 합니다. 그가 이번에 가진 재산을 모두 사회에 환원할 때 당연히 신문기자가 물었겠지요. 어째서 그렇게 힘들게 모은 재산을 자식들에게 주지 않고 서울대학교에 모두 주는가 하고 물으니 그는 웃으면서 그들은 잘 길러주었으니 이제는 스스로 자기들의 삶을 가꾸어야 할 것이라고 이야기하고 자기가 죽으면 자기의 관에는 성경책만 하나 넣어달라고 하며 자기가 애독하는 성경책을 보여 주었다고 합니다.

미국의 배우 중에도 훌륭한 사람들이 많습니다. 찰턴 헤스턴은 참 성실한 생활을 하였고 레이건 대통령과도 친했으며 생전에 스캔들을 한 번도 일으키지 않았다고 합니다. 그레고리 팩도 그랬고 개리 쿠퍼도 그랬으며 존 웨인도 자기가 죽고 나서는 자기의 재산을 암협회에 기증하였습니다. 우리나라에도 훌륭한 배우들이 많이 있을 것입니다. 그러나 몇몇 배우들이 처신을 잘못하여 많은 배우들의 명예를 훼손하는 일들이 있습니다. 거짓말을 하고 정치에 끼어들어 허위사실을 만들어 선전하고는 그 대가로 정치에 이용을 당하면서 돈을 벌고 일시적인 출세를 하려는 사람들이 그런 사람들입니다.

이번 신영균 선생의 쾌거는 그의 성실한 일생을 다시 돌아보게 하며 많은 예술인들이 그의 삶을 본받아야 할 일이 아닌가 하고 생각합니다.

# 뻥쟁이들

　얼마 전 이런 사람과는 사귀지 말라는 글을 읽었습니다. 그중에 하나가 '뻥'을 치는 사람과 사귀지 말라고 했습니다. '뻥'이라는 말은 '사실을 부풀려 과장된 말을 하는 것'입니다.

　뻥을 치는 데는 중국 사람을 당할 수 없습니다. 폭포가 높다고 비류직하 삼천척(飛流直下 三千尺)이라고 하거나 수염이 길다고 백발백장(白髮百丈)라는 말을 합니다. 조자룡은 아두라는 유비의 아들을 가슴에 품고서 조조의 십만 군사 속으로 들어가 창을 휘날리며 싸우는데 장수들의 머리가 볏단 쓰러지듯이 쓰러지고 창날이 춘풍에 이화 날리듯 하였다고 하니 이 정도 되면 뻥의 달인이라고 할 수 있습니다.

　중국 무술영화를 보면 영화인지 과학 공상소설인지 헷갈릴 때가 많습니다. 사람이 구름 위로 날아다니고, 손에서 나오는 손바람이 건물을 날려 보내고 땅을 쩍쩍 가릅니다. 그래도 좀 낫다는 영화가 이소룡의 무술영화이지만 그것도 사람의 능력의 한계를 훨씬 넘어서는 뻥입니다. 그런데 뻥을 치려면 그래도 어느 정도의 머리는 있어야 합니다. 한 달 전의 뻥과 오늘의 뻥이 같아야 하고 다음에 그와 관계된 뻥도 코드가 맞아야 합니다.

　오래 전, 친구 중 뻥을 잘 치는 친구가 하나 있었습니다. 그가 잘 치는 뻥 중에 하나는 자기가 군의관 중위로 있을 때 육군본부에 갔다가 이강석 소위(이승만 대통령의 양자이고 당시 육군 의장대 소대장으로 있었음)를 만났는데 경례를 안 하기에 화가 나서 그를 멈춰 세우고는 "귀관은 상사에게 경례를 안 해도 되는가?" 하고 따귀를 때렸다는 이야기입니다. 그 뻥을 아마 스무 번도 더 들었습니다. 그런데 그 시기가 맞지 않는 겁니다. 우리는 1961년 졸업했고 졸업하자마자 군대에 갔어도 중위 계급장을 단 것은 1961년 7월 이후인데 이강석은 1960년 4·19혁명이 일어나고 온 가족을 사살하고 그 자신도 자살을 했습니다. 그래서 그 친구의 이 뻥은 금방 탄로가 났는데도 각본이 그래서 그런지 이 이야기를 자주 했습니다. 그래서 그를 아는 친구들은 그가 무슨 말을 하든 잘 믿지 않았습니다.

　엊그제 서초동에서는 조국옹호 모임이 있었습니다. 많은 사람들의 만류에도 불구하고 옹고집으로 그를 법무장관으로 대통령이 임명하자 청문회를 한다고 그의 비리를 캐기 시작하였는데 우리가 상상하기조차 어려운 비리가 양파 껍질을 벗기듯 한 겹 벗기면 다른 비리가 나오고, 이것이 끝인가 하면 또 다른 비리가 나오자 그의 임명을 반대하는 시민운동이 일어났습니다. 그런데 좌파라고 할까요? 친문이라고 할 수 있는 시민들이 조국 지지를 외치면서 서교동 검찰청 앞에서 데모를 한 것입니다.

　그런데 여기 참석한 인원을 가지고 말이 많습니다. 더불어 민주당에서는 처음에는 80만이라고 했다가 100만이 되더니 200만 명이라고 발표를 했습니다. 여기에 대해 논란이 많습니다. 그러자 많은 반론이 일어났습니다. 그날 같은 장소에서 한불 페스티벌이 열리고 또 조국 파면을 하라는 집회가 있어 혼잡스러웠다고 합니다. 그 좁은 길에서 몇 종류의 집회가 있었으니 법원 앞길이 혼잡했을 것입니다. 그리고 서초동 법원 앞길에서 그 거리의 끝까지 거리의 길이를 재고 면적을 계산하였더니 그 면적을 넉넉히 해도 13,000평방미터라고 합니다. 1평방미터에 꽉꽉 채워도 2.3명에서 2.5명이 들어간다고 합니다. 지하철에 사람을 태우는 식으로 밀어 넣고 여유를 조금도 주지 않아도 39,000명이라는 계산이 나온다고 합니다. 이 사람이 다 들어가면 지하철처럼 움직이기가 힘든 숫자입니다. 이걸 가지고 모 신문은 약 200만 명이 모였다고도 하고, 어떤 TV출연자는 300만 명도 될 것이라고 했습니다. 모 방송에 어떤 사람이 나와 인터뷰를 했습니다.

"어제 조국수호 모임에 갔었지요."

"네, 갔었습니다.""사람들이 많이 모였다구요?"

"네, 많이 모여 놀랐습니다. 나는 사람이 그렇게 많이 모인 것을 처음 보았습니다."

"얼마나 되었을까요?"

"아마 10만이 넘었을 겁니다.""아니, 50만 80만 명, 아니 100만 명이 되었을 겁니다."

"선생님은 그 모임에 왜 갔나요?"

"네 단위에 올라가 한마디 했습니다."

이 인터뷰 주인공을 나중에 알아보니 이 사람은 조국지지 모임의 임원이었고, 그의 부인은 청와대에서 근무한다고 합니다.

이것이 지금 한국의 언론의 태도이고 뺑입니다. 편향이 되어도 많이 되었지요. 그런데 중앙일보에서는 강남 3구의 주민이 하나도 남김없이 모두 나와도 160만이라고 보도를 하고 있습니다. 그리고 옆에 그림을 보여 주며 북한의 넓은 광장에 가득 찬 군중이 10만 명이라고 보도했습니다. 그러면 한국의 여당이나 공중파 방송은 모두 뻥쟁이인 거지요. 물론 여당을 지지하는 모임에 많은 사람이 모이기를 원했겠지요. 그리고 늘리려면 32,000명을 4만 명이라고 하든가 욕을 먹을 각오를 하고 5만 명으로 했어야지, 80만 명이라고 했다가 100만 명, 아니 200만 명이라고 한다면 서초동 거리에 사람을 상자처럼 쌓아 놓았단 말입니까.

며칠 후 광화문에서 태극기집회가 열렸습니다. 서울역에서 시청 앞 광화문까지 사람들이 꽉 찼습니다. 을지로 종로입구까지 사람들이 몰려 걸음을 걸을 수 없었다고 합니다. 서초동 법원 앞 장소의 몇 십 배는 되고 인원수도 비교도 안 되게 많았습니다. 그런데 모 신문이 이 날 모인 군중이 한 5만이 될까 하고 이야기했다고 합니다. 이렇게 계산을 한다면 서초동에 모인 군중은 한 백 명이 될까요? 거짓말하는 정부나 여당이 되지 맙시다. 그래야 국민이 신뢰를 합니다.

대통령은 지난번 우리의 경제가 좋아지고 있다고 즐거운 표정으로 발표를 했으나 1,070대 1이던 환율은 1,220대 1이 되고 물가는 올랐습니다. 청년실업률은 늘어났고 노년층의 파트타임 일이 좀 늘었을 뿐, 폐업을 하는 자영업자들은 늘어나고 수출은 감소했습니다. 청년들의 지갑은 복지로 인하여 커피를 사 먹을 돈은 생겼지만 그 돈을 정부에서 준다고 웃고 있었습니다. 또 얼마 전에는 대통령이 다 망했던 나라를 자기가 대통령이 되고서 새로 세웠다면서 자기처럼 국민의 사랑을 받은 정치인이 없을 거라는 이야기도 했습니다.

이것도 뻥입니다. 뻥 중에서도 아주 큰 뻥이고, 아주 계획적이고 계산된 뻥입니다. 정부를 지지하는 국민이 많다는 리서치도 뻥이고, 문재인 대통령이 유엔에서 성공적인 연설을 했다는 것도 뻥입니다. 우리는 문재인 대통령이 유엔 총회에서 연설을 하던 장면을 TV에서 보았습니다. 그런데 회의장은 텅텅 비어 있었습니다.

뻥을 치는 사람과 사귀지 말라고 했는데, 우리는 어쩌지요.

# 황혼 결혼

이제는 사람의 수명이 길어진 것 뿐 아니라 건강을 오래 유지하기도 합니다. 이제는 우리의 신체적이나 정신적인 연령이 옛날보다 젊어져서 자기 나이에 0.7을 곱하여 계산하는 것이 좋다는 말도 있습니다. 70세라고 하면 옛날 나이의 49세라는 것입니다. 그러니 70대가 40대로 젊어지니 70대의 사람은 노인도 아닙니다.

그래서 사회적인 문제가 많이 생깁니다. 65세에 은퇴를 해야 하는 직장인은 그전 나이로 45세밖에 안 되는데 직장을 잃고 거리를 방황하게 되고, 수입이 없어 새로운 직장을 구하려고 자기의 경력에 맞지 않는 일이라도 마다 않고 합니다. 거리에 나가면 70대의 택시 운전사도 많이 있고 70대에 치킨가게를 열어 운영하는 분들도 있습니다. 그런데 누구나 다 그런 공식이 적용되는 것은 아닙니다. 병원에서 일을 하다 보면 40대의 환자인데 이가 망가지고 몸이 노쇠하여 70대 노인으로 보이는 이도 있고, 80세가 지났는데도 테니스 라켓을 들고 테니스 코트를 뛰어다니는 분들도 있습니다.

수명이 길어지다 보니 부부 중 한 분이 병으로 세상을 떠나고 한 분만

남은 경우가 많이 있습니다. 70대라면 아직도 50대 초반인 신체 연령인데 앞으로 30년을 혼자 살아간다는 것은 쉬운 일이 아닙니다. 요새 서울의 비뇨기과에는 성병에 걸린 노인들이 많이 찾아온다는 이야기가 있습니다. 나이란 숫자는 많은데 몸은 아직 젊어 집에서 노인 취급을 받고 갈 데가 없어 소위 박카스 여인들과 어울렸다가 성병에 걸렸다는 이야기입니다.

60대니 70대가 되어 혼자 사는 것은 쉽지 않은 일이고 황혼 결혼을 하는 분들이 상당히 있습니다. 젊은 사람들이 결혼을 하는 것처럼 나이 드신 분들의 결혼식에 가보면 역시 아름답습니다.

오래전 내 친척 어르신이 부인이 돌아가시어 84세에 홀로된 분이 있었습니다. 자식이 있었으나 시골이어서 그 시골에는 한국 TV도 없고 한국 신문도 없었습니다. 그리고 걸어갈 수 있는 곳은 아무 데도 없었습니다. 이분은 자식들이 와서 같이 살자고 하는 것을 완강히 거절하고 뉴욕에서 살기로 결정하셨습니다. 그리고 황혼 결혼을 하셨습니다. 사람들의 말대로 무슨 로맨스를 다시 찾겠습니까만 남은 인생, 친구로 동반자로 동거를 하신 것입니다. 그리고 16년을 더 사셨습니다. 확실히 혼자 사시는 것보다 평안하고 덜 외로운 것 같았습니다.

선배님 중의 한 분도 80이 지나 상처를 했습니다. 집으로 찾아가 뵈면 방에 불도 켜지 않은 채 부인의 사진을 쳐다보면서 눈물을 흘리고 계셨습니다. 그러다가 몇 개월 있다가 50년 전에 알고 있던 여자를 만났는데 그녀도 남편을 여의고 홀로 살고 있었습니다. 그들이 결혼을 하였는데 18년을 행복하게 살고 있습니다. 저녁이면 손을 잡고 산책을 하는데 그 모습이 아주 행복해 보이더라는 주위 사람들의 이야기입니다.

또 선배 한 분도 부인이 돌아가시고 몇 달 있다가 대학생 때 같이 성가대를 하며 가까이 지냈던 여자를 찾았습니다. 그 두 분이 결혼을 해서 아주 행복하게 삽니다. 선배님은 첫 번 결혼보다도 더 행복하다고 합니다. 83세에 결혼을 하셨는데 당신들은 남아있는 시간이 많지 않으니 매해 결혼기념일을 지키는 것이 아니라 매달 지킨다고 합니다. 금년에 결혼 10주년인데 부인이 새 자동차를 사주셨다고 아주 흡족해 하셨습니다.

몇 달 전에도 친구 한 분이 부인을 잃고 혼자 사시다가 홀로된 여자분을 만나 결혼했습니다. 결혼식에 갔다 온 사람들에 의하면 아주 행복해 보였다는 이야기입니다. 그러다 보니 주위에 70이나 80을 훨씬 넘겨 황혼 결혼을 하는 분들이 적지 않습니다. 물론 부인이 돌아가시고 10년이 넘었는데도 혼자 사시는 분도 있습니다. 그러나 재혼하여 사시는 분보다 외로워 보이고 외부 활동을 안 하시는 것 같습니다.

지금은 나이가 들었다고 자식에게 의지할 수도 없습니다. 우리의 수명이 오래되어 자식들도 젊은 자식들이 아니라 모두 늙은 자식들입니다. 90의 부모를 70이 넘은 노인이 봉양한다는 것은 힘들어 보입니다. 그래서 자기의 삶은 자기가 책임져야 할 것 같습니다. 그렇다고 배우자를 잃고 일이년 살다가 따라가는 사회도 아닙니다.

얼마 전 나이 드신 분들이 모인 자리에서 이 이야기를 심각하게 나누었습니다. 어떤 분은 결혼은 안하고 서로 친구로서 사귀며 같이 식사하고 음악회에 가고 여행도 하면서 살아가면 어떠냐고 하는 분도 있었습니다. 그러나 그것은 피차가 불안전한 관계이고 책임이 없는 생활이므로 모두가 찬성할 수는 없다는 의견이었습니다.

제가 아는 분이 그런 분이 있었습니다. 아주 지성적이고 깔끔한 분들이었습니다. 남자가 홀로된 후 여자를 만났습니다. 그들은 서로 사귀고 식사를 같이 하고 여행도 같이 다녔습니다. 물론 여름에는 몇 달씩 같이 여행을 하고 해변가에서 몇 달을 같이 지내기도 했습니다. 그러다 남자가 병이 들었습니다. 남자는 요양원으로 들어가고 얼마 있다 세상을 떠났습니다. 남자가 요양원에 들어가자 여지는 떠났습니다. 그리고 장례식에도 오지 않았습니다. 그저 친구였기 때문에, 그리고 남의 눈을 의식해서라는 것이었습니다. 역시 쓸쓸한 관계이고 불완전한 관계입니다.

부부가 함께 살다가 어느 한 쪽이 세상을 떠나면 대부분의 걱정은 혼자 살다가 병이 들면 어쩌냐는 것입니다. 그 대책으로 황혼 결혼을 해서 돌볼 사람을 만나야지요. 그래서 나는 이런 말을 했습니다. 물론 내가 아프면 도움을 받아야지요. 그러나 상대방이 아프면 내가 돌보아주겠다는 서로의 배려와 약속이 있어야지, 나만 도움을 받겠다는 이야기는 너무 이기적입니다. 나도 내가 죽은 후 나의 사랑하는 아내가 날마다 슬픈 얼굴을 하고 불행하게 사는 것보다는 나보다 더 멋진 남자를 만나 외롭지 않고 행복하게 나머지 인생을 살았으면 합니다.

이 말을 듣고 아내가 "그러면 그렇지 내가 죽으면 새 장가가려고 미리 서문을 쓰는 거겠지"라고 말하겠지만 황혼 결혼을 하고 행복하게 사시는 분들을 보면 황혼 결혼도 그리 나쁘지 않을 것 같습니다.

# 황사와 미세먼지

나의 조국, 한국에 갈 때마다 기뻐서 마음이 설렙니다.

많지는 않아도 나를 기다려주는 친구들, 친척들, 그리고 입에 맞는 음식들….

인천공항에 내리면 세계 어느 곳보다 깨끗하고 정돈된 모습에 자부심을 느끼곤 합니다. 인천공항에서 버스를 타고 서울로 들어올 때면 낯익은 거리가, 건물들이 나를 설레게 합니다.

서울은 세계 어느 도시보다도 깨끗하고 발전된 도시라고 생각합니다. 시화가 쓰여 있는 지하철역의 안전문들. 내가 탈 버스가 몇 분 후에 도착을 하고 지금 어디를 오고 있다고 알려주는 안내판들, 지하철을 타고 나와 버스를 타도 새로 요금을 내지 않아도 되는 환승 시스템, 그리고 아주 값이 싼 대중교통 요금과 교통카드를 찍으면 문이 열리는 출입구가 기분을 좋게 합니다.

시내 어디를 가도 늘어서 있는 먹자골목들이 우리를 반겨 줍니다. 나는 왕족이나 귀족 출신이 아니라서 그런지 친구들이 대접한다고 데려가는 고급 음식점, 코스로 나오는 고급 음식보다는 남대문시장 옆의 중국

집의 간짜장이나 국밥이 좋습니다. 여기서 식사를 하면서 사람 구경도 하고 그들이 떠드는 이야기도 엿들으면서 오가는 인정을 느끼곤 합니다.

나는 지난 2월 중순부터 3월 중순까지 한 달 동안 한국에 다녀왔습니다. 그리고 친구들을 만나고 귀족골프도 치고 친절한 치과 치료를 받고 돌아왔습니다.

그런데 누가 한국이 다 좋았느냐고 묻는다면 선뜻 그렇다고 할 수는 없습니다. 그것은 미세먼지와 공해 때문입니다. 한 달을 머물면서 한 번도 빛나는 태양과 푸른 하늘을 본 날이 없습니다. 해는 항상 뿌옇고 하늘은 옅은 회색이었습니다. 물론 밤하늘의 별을 본 일도 없습니다. 그리고 보름이라고 하는데 빌딩에 가려서 그런지 아니면 황사 때문인지 몰라도 달구경을 한 일도 없습니다. 밖에 세워두었던 차에는 황회색의 먼지가 뿌옇게 앉아 있었습니다. 그리고 길을 가는 많은 행인들은 마스크를 쓰고 있었습니다. 아마 내가 운이 없었던지 내가 한국에 있던 동안은 미세먼지가 무척 심했나 봅니다.

친구들과 제주도에 갔는데 제주도의 하늘도 황회색이었습니다. 그런데 TV에서도 한국의 중부 및 남쪽 전체가 황사로 덮여 있다는 소식입니다. 한국의 일기예보는 미국의 일기예보보다 한 가지 더 나옵니다. 그것은 미세먼지 예보입니다. 미세먼지 표시란에 아주 나쁨, 나쁨, 보통, 좋음 등이 표시되는데 불행히도 내가 제주도에 있는 동안은 '아주 나쁨'이었습니다. 마스크를 끼고 밖에 나갔는데도 눈이 따갑고 목이 아팠습니다.

서울에서도 미세먼지 예보는 '계속 나쁨'이었다가 3일 후 비가 내리고 보통으로 바뀌었습니다. 그런데도 하늘은 회색이고 시청 앞에 있는 호텔에서 남산 타워가 희미하게 보일 뿐이었습니다. 나는 플로리다 생각을 하고 선글라스를 몇 개 사서 친구들에게 나누어 주었지만 뿌연 하늘에 해도 보이지 않는데 선글라스는 무용지물이었습니다.

아침 TV에서 하는 시사 토론을 보았습니다. 어떤 인사가 미세먼지나 황사는 정부의 탓은 아니지만 이 문제를 해결해야 하는 것은 정부의 몫이라고 합니다. 우리 하늘을 덮고 있는 미세먼지의 74%는 중국에서 온다고 합니다. 중국은 중국의 동해안에 집중적으로 큰 공장들을 짓고 이 공장에서 나오는 연기는 불어오는 서북풍을 따라 한국으로 옵니다. 물론 오래전 제가 중국을 방문했을 때 베이징이나 서안 등도 미세먼지가 심했습니다.

그런데도 우리 정부는 중국에게 항의 한마디 못하고 중국에 대한 태도가 미온적입니다. 문 대통령이 중국에게 미세먼지에 양국의 협력이 절실히 필요하다고 했더니, 중국의 국장 하나가 "미세먼지는 중국 때문에 생기는 것이 아니다."라는 한마디에 한국 정부와 언론이 한마디 반박도 못하고 조용해지더라는 것입니다. 왜 한국정부는 중국에 대해 그리도 저자세인지 모릅니다. 아마 미국이나 일본에서 미세먼지의 원인을 제공했다면 광화문과 미국대사관, 일본대사관 앞은 난리가 났을 텐데 말입니다. 또 공해가 없는 원자핵발전소는 없애고 태양광으로 발전을 시킨다고 하는데 태양판에 황사가 내려앉으면 그것을 어떻게 깨끗하게 하려는지 나 같은 무식한 사람도 걱정입니다.

나는 오래전에 광우병 사태를 기억합니다. 미국민 3억5천만이 매일 먹고 수백 년을 먹어도 걸리지 않는 광우병이 무섭다고 광화문과 시청을 꽉 메우고 대통령은 물러나라고 외치던 한국인들이 아닙니까. 그런데

1분에 16번에서 20번은 들이마시고 내쉬는 공기의 미세먼지는 건강에 분명히 나쁠 텐데 이 미세먼지를 마시면서 한국인은 중국에게 말 한마디 못하다니 말입니다.

얼마 전 TV에서 미세먼지로 인한 호흡기질환으로 사망하는 사람이 1만4천 명이 넘는다고 하던데 어째서 광우병 데모에 나갔던 아주머니들은 아무 말이 없는지요? 그들은 정부에게 "우리는 미세먼지에 대한 대책이 무엇인가요?"라고 묻지도 않습니다. 서울시장은 자가용을 운전하지 않으면 된다고 며칠 간 무료로 버스를 운영했습니다.

정말 코미디입니다. 나 같은 사람도 우스운데 똑똑하다는 서울시민은 웃지도 않습니다. 그리고 대통령은 청와대 안에서 집무실까지 걸어간다고 TV에 나오면서 손을 흔듭니다. 그러면 시민들도 분당에서 삼성동까지 걸어가야 할까요? 미국에서 광우병으로 죽은 사람이 없는데도 광화문을 메우고 미국산 소고기를 먹느니 청산가리를 입에 털어 넣겠다고 기염을 토하던 사람들, 유모차에 어린애들을 끌고 나와서 "우리 애를 살려주세요." 하고 데모를 하던 국민들이 어찌하여 미세먼지에는 그리도 조용한지 모르겠습니다.

하기는 수천 년 동안 지녀온 중국 숭배사상을 버릴 수가 있겠습니까만 만일 트집을 잘 잡고 억지를 잘 부리는 진보인사가 미세먼지는 미국의 텍사스에서 일어나 태평양을 건너 중국 해안을 따라가다가 한국으로 온다고 한다면 한국 사람들은 다시 촛불을 들고 유모차를 몰고 나가서 "우리 아기들을 살려 주세요?"라면서 미국대사관으로 몰려가지 않을까, 생각을 해봅니다.

# 돈 돈 돈

"에이, 그 돈이 뭔지. 개도 안 물어 갈 돈 때문에 이 고생을 하다니…."
어머님이 혼자서 탄식하시는 말을 여러 번 들었습니다.

그럼 돈이 언제부터 생겨났을까요? 지금부터 약 3200년 전에는 아마
금이나 은을 달아서 주었던 것 같습니다. 구약 창세기 23장에 보면 아브
라함이 부인 사라가 죽자 장사를 지내기 위해서 헤브론의 막달라 굴을
사는데 은 400세겔을 달아 주었다는 기록이 있습니다. 그때는 은을 달
아서 준 것 같습니다. 또 야곱의 아들 요셉이 노예로 팔려갈 때도 은
20개를 받았다고 하니 지금 같은 돈의 개념은 없었을 것입니다.

기원전 약 50년에 줄리어스 시저가 해적에게 잡혔을 때 돈을 지불했
고, 예수님 시대에도 데나리온이나 달란트라는 돈이 있었다는 기록이
있습니다. 또 가롯 유다가 예수님을 은 30냥을 받고 바리새교인과 제사
장에게 팔아넘겼다고 역사에 기록되어 있습니다. 한국에도 고려 충렬왕
때 대동통보가 통용이 되었고, 조선왕조의 세종 때 조선통보라는 돈이
유행했습니다. 임진왜란 때는 상평통보가 있었고 고종 때는 대동은전,
당백전이라는 돈이 통용되었습니다.

우리가 배울 때는 정부에서 돈을 발행할 때 그만큼의 금을 예치한 후 돈을 발행했다고 했는데, 이제는 정부가 마음대로 돈을 찍어 내고 그것이 정부의 부채가 된다고 하니 그 복잡한 내용을 경제를 전문으로 하지 않는 우리들은 알 길이 없습니다. 하여간 1차대전 이후 독일에서는 돈을 너무 많이 찍어내어 감자를 한 바구니 사려면 돈을 큰 가방으로 하나 가득 주어야 했다고 합니다.

　한국전쟁 이전 북한에서 학교 선생이던 어머니의 월급이 100원이 못 되었습니다. 그런데 평양이 점령된 후 북한 돈과 남한의 돈이 1:1로 통용되었습니다. 돈이 없는 우리는 군인들의 군복을 빠는 일을 했습니다. 수도가 안 나와 우리는 내가 대동강에 가서 물을 지게로 길어 와야 했습니다. 그런데 군복을 한 벌 빨아서 다려주면 100원을 주는 것이 아닙니까. 그 100원을 가지고 시장에 나가면 돼지고기 한 근과 쌀 한 말을 사고도 남았습니다. 우리는 신이 났습니다. 나는 우리 집에서 한 2킬로쯤 떨어진 대동강에 가서 물을 쉬지 않고 길어 왔습니다. 아마 하루에 열 번도 더 길어 왔을 것입니다. 하루에 한 20벌의 옷을 빨면 2000원도 생겼습니다. 아마 집을 한 채 살 수 있는 돈이었을 것입니다.

　그런데 그런 행운도 오래 가지 않았습니다. 한 열흘이 좀 지났는데 국군은 후퇴를 하고 우리는 피난길에 올랐습니다. 어머니는 그 돈을 배에 차고 서울로 왔습니다. 그런데 용산역 기차 정류장 앞에서 우리는 기겁을 했습니다. 콩 볶은 한 컵에 100원이고 쌀 한 말이 1500원을 하는 것이 아닙니까. 나는 어린 나이에도 패전국의 돈이 가치가 없다는 것을 실감했습니다. 대구로 피난을 갔습니다. 신문장사를 나갔는데 신문 한 장에 100원이었고, 1달러가 600원 700원 하는 것이었습니다. 그래서

'돈도 믿을 것이 못 되는구나'를 몸으로 경험했습니다.

오래 전 성지순례 갔을 때의 일입니다. 해외여행을 처음 해보는 거라 아는 사람이 하라는 대로 할 수밖에 없었습니다. 여행을 떠나기 전 미국 달러를 이스라엘 돈으로 바꾸어야 한다고 해서 얼마를 공항의 은행에서 바꾸었습니다.

그런데 이스라엘에 가보니 현지의 장사꾼들은 여기에서 바꾸어 간 이스라엘 돈보다 달러를 선호하는 것이었습니다. 그들은 잔돈 1불짜리를 선호하는 것이 아니고, 10불은 11불로 계산해 주고, 100불은 105불로 환산해 주는 것이었습니다. 예루살렘에 유학 온 학생에게 왜 그러냐고 물어 보았더니 유대 사람들은 은행을 믿지 않는다는 것이었습니다. 물론 몇 백만 불 하는 큰돈이면 할 수 없이 은행에 맡기겠지만 몇 만 불까지는 현금으로 가지고 있는 것이 안전하다는 것이었습니다. 언제 전쟁이 날지도 모르고, 전쟁이 나면 은행도 문을 닫고 돈을 내주지 않으니까 자기가 현금으로 가지고 있는 것이 안전하다는 인식이었습니다. 그래서 이스라엘에는 현금으로 달러가 얼마나 있는지 모른다는 말이었습니다.

이스라엘뿐이 아닙니다. 남미인 과테말라도, 멕시코도 정부에서 발행한 돈이 있지만 달러가 더 파워가 있다는 것을 알았습니다. 내가 잘 아는 한 분은 젊어서 남미에서 살다가 온 분입니다. 그분의 말로는 일주일 전에 그 나라의 돈과 달러가 1:1이었는데 일주일후에는 10:1이 되고 몇 달 후에는 100:1이 되니 자기나라 돈을 가지고 있는 것보다는 달러를 가지고 있는 것이 훨씬 유리하다는 이야기였습니다.

사실인지는 잘 모르지만 어떤 사람은 지금 세계에 퍼져 있는 지하의 달러가 미국 정부에서 보유하고 있는 달러보다도 훨씬 많다는 이야기를 들은 일이 있습니다. 가끔 뉴스에 보면 달러를 신문 인쇄하듯이 인쇄를 하여 재단하며 자르는 광경을 보여 줍니다. 그리고 미국정부에서 진 빚이 몇 경 달러라고 우리에게 겁을 줍니다. 그럼 미국 정부가 이 많은 돈을 빚지고 파산하면 그 빚을 누가 갚는다는 말입니까. 그런데도 미국이 세계에서 가장 안전한 나라라고 합니다. 그럼 다른 나라들은 빚을 얼마나 지고 있고 어떻게 살아간다는 말인지 알 수가 없습니다.

사실이 아니기를 비지지민 지금 한국 정부에서는 돈을 막 풀어 쓴다고 합니다. 북한에도 퍼주고 젊은이들에게도 퍼줍니다. 청년 한 사람에 60만 원씩 준다는 말이고, 군인 제대할 때 1300만 원씩 주겠다고 합니다. 심상정 정의당대표는 청년 한 사람에게 3천만 원씩 주겠다고 공약을 합니다. 하기야 그 속도로 인쇄소에서 돈을 찍어내면 못 주기야 하겠습니까만 재원이 어디서 나는지 알 수가 없습니다.

TV에 한 번 보았는데 현재 정부가 수천조 달러의 빚을 졌다고 하니 그 빚은 누가 갚아야 하는지 알 수가 없습니다. 그래서 나라에서는 세금을 올린다고 합니다. 집을 한 채 가지고 사는 주민에게도 보유세를 몇백만 원으로 올린다고 합니다. 그래서 사회를 평등하게 만들겠다고 합니다. 정말 그럴 수 있을까요. 언젠가는 빚을 갚으라는 국제적 독촉이 올 것이고, 수출과 수입으로 먹고 사는 우리나라에서 먹을 것이 없어 쩔쩔매는 현상이 올 것이고, 돈을 한 가방 갖다 주어야 콩나물 한 봉지 살 수 있는 날이 오지 않을까 걱정입니다.

차라리 금이나 은을 달아서 사고팔던 고대시대처럼 되어야 화폐가치가 안정이 될까요?

# 높아지는 내성

뜨거운 물에 개구리는 넣으면 펄쩍 뛰어 나오지만 차가운 물에 개구리를 넣고 물의 온도를 천천히 높여 주면 뛰어 나올 생각을 못하고 그대로 있다가 죽어 버린다고 합니다. 아마도 뜨거운 것에 대한 내성이 생겨 견뎌보다가 내성이 죽음의 선을 이기지는 못하는 모양입니다.

우리들의 습관이 그렇습니다. 매운 것을 못 먹던 사람이 차츰 매운 것을 먹다보면 내성이 높아져서 아주 매운 짬뽕이나 비빔국수도 먹게 되고, 술을 안 마시던 사람이 술을 먹기 시작하면 술이 점점 늘어 술고래로 진전되기도 합니다. 아마 마약도 마찬가지일 것입니다. 처음에는 기분이 좋아질 정도의 미량의 진정제나 진통제로 시작한 마약이 내성이 생기고 내성이 높아져서 나중에는 마약중독자가 되거나 마약 과용으로 죽음에 이르게 되는 것을 우리는 많이 보기 때문입니다.

우리의 삶 중에서 뭐든 자꾸 하다보면 내성이 생겨서 우리의 삶을 망치는 것을 종종 보게 됩니다. 도박이 그렇고 도적질이 그렇고 심지어 불륜조차도 그렇습니다.

내가 어렸을 때 많이 본 서부영화에서 주먹싸움을 하다가 입술에 피가 흐르는 장면에 에이! 하고 고개를 돌리거나 눈을 가리곤 했습니다. 그런데 요새의 액션영화를 보면 예전의 서부영화는 아무것도 아닙니다. 한동안 마카로니 서부극이라고 하여 클린트 이스트우드나 프랑코 네로의 영화를 보면서 잔인하다고 했는데, 요새의 터미네이터, 미션 임파서블, 말죽거리 잔혹사는 그 폭력의 잔인성이 옛날과는 비교할 수 없을 정도로 포악합니다. 얼굴이 망가지고 눈알이 튀어 나오고 칼로 찌르는 것이 아니라 그냥 쑤셔댑니다. 그리고 차고에서 사람을 죽여서 장기를 빼내는 장면도 보여 줍니다.

오래 전 간첩들이 삼척에 나타났다고 하면 우리는 가슴이 철렁하여 어머니는 늦게 다니지 말라고 당부를 했습니다. 그런데 이제는 북에서 사람이 내려 와도 눈도 깜짝 안합니다. 연평도에 포격을 해도 천안함이 침몰을 해도, 술집에서 술을 먹으면서 그저 그래! 할 뿐입니다.

서해에서 북한군함과 우리 해군이 전투를 하고 많은 군인들이 죽었는데도 국민들은 놀라지도 않았습니다. 그리고 시청 앞에 모여 축구 구경을 했습니다. 대통령도 축구를 구경한다고 동경으로 비행기를 타고 날아갔습니다. 전쟁에 대한 내성도 강해졌다고나 할까요? 용감해졌다고나 할까요?

정치권도 마찬가지입니다. 그전에는 북한이 대포를 한 발만 쏘아도 정부가 항의하고 유엔에서 떠들어댔습니다. 그런데 이제는 원자탄실험을 해도 꿈쩍하지 않더니 이제는 ICBM인가 SLBM인가를 쏘아대도 군사협정위반이 아니라고 두둔합니다. 그리고 서울 시내에서는 음식점마다 술집마다 연회장마다 먹고 마시고 춤추고 노래합니다. TV채널마다 노래하고 먹고 마시고 춤추고 깔깔대고 웃고 야단입니다. 대통령도 TV에 나와 한반도에 평화가 이루어졌다고 자랑스럽게 이야기합니다. 전쟁에 대한 내성이 아니라 면역이 된 모양입니다.

오래 전 닉슨 대통령 때 부통령 이든 애그뉴가 뇌물수수죄로 부통령에서 해임되었습니다. 그때 애그뉴 부통령이 받았다는 돈은 10만 불인가 20만 불이었습니다. 한국 돈으로 약 1억이나 2억이었습니다. 요새 한국에서 이야기하는 껌값 정도입니다. 아마 요새 한국에서는 그만한 뇌물이면 통반장도 문제가 안 될는지도 모릅니다. 지금은 경제 사범이 터졌다 하면 최소 백억이나 천억 이상이 되고 몇 조라고 언론에서 이야기합니다.

사치스러움도 마찬가지입니다. 제가 젊었을 때는 서울에 쉐보레 승용차도 별로 없었습니다. 삼성의 이병철 회장의 메르세데스 600이 한국에 2대밖에 안 된다고 했습니다. 그런데 지금은 메르세데스 550이나 600은 서울 시내에서 얼마든지 볼 수 있습니다. 한 대에 10억을 한다는 벤트리나 페라리 같은 차들이 웬만큼 돈 있다는 젊은이들이나 대형교회 목사님들이 타고 거리를 질주합니다. 또 작은 자동차 한 대 값이라고 하는 신발을 사기 위하여 백화점 앞에 사람들이 줄을 서서 밤을 새웠다고 합니다.

지금 서울시내에서는 많은 사람들이 거리로 쏟아져 나와 데모를 하고 있습니다. 서초동에 몇 만 명이 나오고 광화문에는 300만 명이 모였다고 합니다. 아마 옛날 같으면 이 정도로 많은 사람이 모여 구호를 외쳤다면 정부가 무너졌을 것입니다. 그런데도 정부는 끄떡없습니다. 그리고 그런 데모가 몇 달이 계속 되어도 그러려니 합니다. 이 추운 날씨에 청와대 앞에서 많은 사람들이 밤을 새우면서 구호를 외쳐도 대통령도 국무총리도 신문도 국민도 그러려니 합니다.

몇몇 철없는 젊은이들은 '김정은 연구회'라고도 하고 '백두칭송회'라는 것을 만들어 '김정은의 서울 방문을 환영합니다'라는 카드를 들고 광화문에서 시위를 하고 몇몇 젊은이는 미국대사관 담을 넘어 갑니다. 그래도 경찰은 뒷짐을 지고 태평입니다. 대통령은 우리나라에 드디어 평화가 왔다고 방송을 하고 나처럼 국민의 사랑을 받은 정치인은 없었을 것이리고 대연스럽게 기자회견을 합니다.

국민 모두의 지각 신경들이 모두 마비가 된 것일까요? 모두 환락이라는 마약에 취한 것일까요?

경제가 안 좋다고 합니다. 경제성장률이 4%대에서 1.9%대로 떨어졌다고 합니다. 그리고 명동에도 빈 가게들이 많이 보입니다. 주택보유세가 올랐다고 합니다. 은퇴를 하여 겨우 집 한 채를 가지고 있는 노인들이 주택 보유세를 어떻게 내야 하는지 걱정이라고 합니다.

그래도 홍대 입구에서는 걱정이 없습니다. 국민들은 걱정을 하나도 안합니다. 나는 이런 자극에 대한 내성이 얼마나 높아질지 걱정이 됩니다. 정말 어느 정도의 협박이면 무서워할까요? 서울을 불바다로 만든다고 하여도 꿈쩍 안 하는 사람들이 정말 북한에서 쏜 폭탄이 종로나 압구정동에 떨어져 집이 무너지고 많은 사람들이 죽어도 미지근한 물인데 뭘 하며 움직이지 않는 개구리 신세가 될 것인가요? 내성에도 한계가 있는 것 아닙니까.

# 2

해는 져서
어두운데

# 물처럼 살고 싶다

아침에 차를 타고 나갔습니다. 플로리다는 길이 넓고 집 앞의 길은 3차선이어서 운전하기가 좋습니다. 나는 들락날락하는 차가 적은 2차선으로 가는데 갑자기 나의 바른쪽에서 검은 차가 튀어나와 내 앞을 지나서 쏜살같이 왼쪽 차선으로 들어가는 게 아닙니까. 하마터면 부딪칠 뻔했습니다. 깜짝 놀란 내가 "아니 뭐 저런 놈이 다 있어!" 하고는 그를 쳐다보았습니다. 그 차는 아무 일도 없었던 듯이 가다가는 다시 가운데 선으로 들어오고 또 다른 노선으로 바꾸고 마치 물속에서 물고기가 헤엄치듯 들락날락하면서 질주해서는 횡 가버렸습니다.

나는 놀란 가슴을 진정하면서 "정말 나쁜 놈이네." 하고 중얼거렸습니다. 옆에 앉아 있던 아내는 "저런 사람과는 시비하지 말아요. 무슨 일이 날지 누가 알아요? 그저 사고 안 난 걸 다행으로 여기고 그냥 가세요." 라면서 나를 달랬습니다. 하기야 나의 작은 체구로 시비를 걸어 봤자 무슨 득이 있겠습니까. 일을 마치고 집으로 돌아왔습니다.

문을 열고 거실에 들어서니 친구가 써준 글이 걸려 있습니다. '상선약수 수유칠덕'.

노자의 도덕경을 읽으면서 이 구절을 참 좋아했습니다. '살아있는 것은 부드러우니 물은 항상 부드럽고 죽은 것은 굳어지나니 사람도 죽으면 굳어짐이라.'는 도덕경의 이야기들을 가끔 중얼거리곤 했습니다. 또 '물은 약한 것 같지만 물처럼 강한 것은 없어서 물은 돌도 뚫고 쇠로 된 것도 부수는 힘을 가졌나니.'

　그래서 서예를 하는 친구에게 부탁을 하여 '상선약수 수유칠덕'이라는 글을 크게 써서 거실에 걸어 놓았습니다.

　그런데 나는 친구들 앞에서는 점잖고 예의바르고 생각이 깊은 것으로 알려졌는데 운전할 때는 욕도 잘하고 화도 잘 내는 모양입니다. 아내가 나더러 "에이, 그 성질!" 하고 나무라는 것을 보면…. 그래서 그런 인격을 가지기가 힘이 든 모양입니다. 힘이 든 정도가 아니라 거의 불가능한가 봅니다. 그런 품격을 가졌다면 득도를 했겠지요.

　나는 어려서부터 교회에 다녔습니다. 그리고 목사님들과도 가까이 지냅니다. 그런데 목사님들도 화를 잘 냅니다. 절의 스님들은 잘 모르겠는데 가끔 조계사의 주지 자리를 놓고 각목을 휘두르는 싸움이 있는 것을 보면 스님도 성을 잘 내는 모양입니다.

　오래전 명지병원에 있을 때 수요일마다 목사님을 청해 예배를 보았습니다. 예배를 보고 나면 원장실에서 차를 대접하곤 했는데 강남에 사시는 목사님이 한 번 오셨습니다. "목사님, 집으로 어떻게 가십니까?" 하니까 "네, 전철을 타면 아주 편합니다. 한 40분 가면 되는데 그동안 생각도 하구요. 얼마 전까지 차를 몰고 다녔는데 차를 운전하다보니 성질이 나빠지더라구요. 누가 얌체운전을 하거나 갑자기 뛰어들면 나도 모르게 욕이 나옵니다. 그런데 목사가 욕을 하고나면 제 자신이 부끄러워서요.

마음에 죄짓고 성질 나빠지고 남이 보면 이중인격자라고 할 것도 같고 해서 운전을 안 하기로 했습니다."라고 하면서 웃었습니다. 나는 '일리가 있는 말이구나' 하고 수긍했습니다.

오래전 일입니다. 병원의 외래는 5시 30분에 끝납니다. 그런데 5시 30분에 간호사가 전화를 해서 지금 접수처에 환자가 있는데 지금 올라가니 기다리라는 것이었습니다. 규칙에는 우리의 진료가 5시 30분에 끝나는 것이 아니고, 접수가 5시 30분에 끝나니 접수한 환자는 진료해 주어야 합니다.

한 10분쯤 기다리니 수건으로 얼굴을 감싼 중년 남자가 약간 술 냄새를 풍기며 올라왔습니다. 싸우다가 다쳤다는데 얼굴이 몇 군데 찢어졌습니다. 우리는 다시 봉합세트를 열고 국소마취를 하고 상처를 꿰매주었습니다. 아마 40분도 더 걸렸는데 시술하는 동안 환자는 불평어린 말을 막 쏟아내었습니다. 수술이 끝나고 안면 X선을 찍고 상해 진단서를 써야 한다는 것입니다. 방사선 교수님들이 퇴근했을 텐데… 하니까 당직교수님을 불러서라도 오늘 진단서를 써서 경찰서로 가지고 가야 한다, 진단서는 3주 이상 되어야 한다고 미리 경고해 줍니다.

나는 꾹 참고 있다가 환자에게 방사선실로 내려가라고 하고서는 "늦게 와서 참 귀찮게 하네."라고 혼잣말로 중얼거렸습니다. 그런데 환자가 그 말을 들었습니다. 환자는 그러지 않아도 싸우고 얼굴이 찢어지고 기분이 나쁜데 잘 되었구나 하고 고객만족센터에 민원을 냈습니다.

병원의 계단에는 '환자를 가족과 같이 진료합니다.'라고 크게 써 붙여 있습니다. 나는 할 말이 없었습니다. 2시간 넘게 진료하고 환자에게 시달리고, 시말서까지 쓰고….

저녁에 가만히 누워 생각했습니다. '그래, 물을 닮으라니까'라면서 나 자신을 타일렀습니다. 나 자신에게 몇 번이나 물처럼 살라고 스스로 일렀던가.

노자는 '수유칠덕'이라고 물을 최고의 선이라고 가르쳤습니다. 또 '상선약수', 물처럼 좋은 것은 없다고 했습니다. 물은 일곱 가지 덕을 가졌으니 "항상 낮은 곳으로 흐르는 겸손을 가지고 막히면 돌아 흘러가는 지혜와 여유가 있고 구정물도 받아주는 포용력이 있고, 어떤 그릇에나 담기는 융통성, 바위도 뚫는 끈기와 인내, 장엄한 폭포를 이루어 투신하는 용기, 유유히 바다로 흘러가는 대의를 가졌으니 물이야말로 최고의 덕을 지녔다."라고 했습니다.

그렇지요. 오늘도 막혔으면 돌아가는 지혜와 구정물도 받아주는 포용력이 있었으면 고객만족센터에 민원도 안 올라갔을 것이고, 원로 교수님이 또 장로님이 환자에게 막말을 했다고 시말서를 쓰지 않았어도 되었을 것이 아닙니까.

누가 물처럼 살았을까요? 예수님이십니다. 그는 겸손했고 이스라엘 사람들이 돌로 치려 하면 피했고, 원수도 받아주었고, 어떤 때는 파도를 꾸짖어 잠잠케 하는 능력을 보여주기도 하고, 제사장의 하인들이 몽둥이를 들고 왔을 때 잠잠히 잡혀갔습니다. 또 독사 같은 바리새교인들아하고 폭포같이 야단을 치시고, 십자가를 지시고 골고다로 죽음의 길을 유유히 가시기도 하고….

그렇습니다. 물을 닮으려면 예수님의 행적을 보면 될 것 같습니다. 그런데 그게 그렇게 어렵습니다.

# Costco에서 쇼핑하며

　미국은 풍성한 나라입니다.

　미국에서는 가난한 사람이 더 뚱뚱하다는 말이 있습니다. 사회보장제도에 의지하고 사는 흑인들을 보면 마치도 콩깍지동이 걸어가는 것 같습니다. 아내에게 끌려 몰에 가서 쇼핑에는 별관심이 없어 공터에 앉아 있는데 내 앞을 지나가는 거인들이 마치도 코끼리가 지나가는 것 같습니다.

　얼마 전에 CiCi Pizza라는 식당에 갔습니다. 7불만 주면 수없이 많은 종류의 갓 구운 피자를 마음껏 먹을 수 있는 식당입니다. 피자헛이나 도미노 피자보다도 맛이 있고 샐러드와 스프도 있어 값싸면서도 맛있게 먹을 수 있는 식당입니다. 이곳의 피자는 내 손바닥만 한 게 작은 조각으로 되어 있어서 여러 가지 피자를 골라서 한 가지씩 맛을 보곤 합니다. 그런데 우리는 들어가 샐러드를 좀 먹고 근 20가지가 되는 피자 중에서 4조각쯤 먹으면 배가 부르고 그야말로 목에까지 차는 것 같아 더 먹을 수가 없습니다.

　그런데 맞은편 테이블의 흑인 아저씨와 아주머니는 한 번에 피자를 한 다섯 쪽을 가져와서는 두 입이면 피자 한 조각이 입 속으로 사라집니다. 그러고도 몇 번을 가져오는지 모르겠습니다. 아마도 나의 다섯 배도 더 먹는 것 같습니다. 옆에 앉은 나의 아내는 "그러니까 이런 뷔페에 오면 우리는 손해란 말이야. 우리는 본전도 못 찾지 않아."라며 불평 아닌 불평을 합니다. 나는 "그래도 우리는 본전을 뺐지. 피자 한 조각에 2불 한다면 4조각이나 먹었으니 본전은 뺀 거 아니야." 하고 웃습니다. 그러면서 '미국은 참 먹는 것이 풍부한 나라로구나. 서울에서 피자를 이만큼 먹으려면 한 사람이 5만원을 주어도 이렇게 못 먹겠다.'라고 생각합니다. 서울에서 피자집에 몇 번 가보았지만 작은 피자 한 판에 3만원이 넘었고 어찌나 얇은지 마치 과자를 먹는 것 같아 혼자서 한 판을 다 먹을 것 같았습니다.

한국은 잘 삽니다 그러나 누구나 잘 사는 것은 아닙니다. 한번은 점심을 잘 먹었는데 친구의 부인이 이따가 먹으라고 피자를 한 판 사주었습니다. 억지로 비싼 돈을 주고 샀는데 거절할 수가 없어 가지고 호텔로 왔습니다. 그런데 저녁에는 친구와 저녁약속이 되어 있습니다. 냉장고도 작은데 피자를 둘 수도 없고 내일이면 피자는 맛이 없어질 것입니다. 마침 방을 청소하러 들어온 아주머니에게 사정이야기를 하고 피자를 주었습니다. 아주머니가 그렇게 좋아할 수가 없었습니다. 그 모습에 나는 도리어 죄스러웠습니다.

점심을 먹고 아내는 나를 끌고 장을 본다고 코스코라는 whole sale 상점에 갔습니다. 코스코는 샘스클럽이나 이마트와 마찬가지로 값이 일반 상점보다 훨씬 싸기 때문에 자주 가는 편입니다. 그런데 코스코에 들어서면서부터 쌓여 있는 상품에 압도당합니다. 상품들이 몇 개 진열

되어 있는 게 아니라 산처럼 쌓여 있습니다. TV나 컴퓨터도 상자로 쌓여 있고, 심지어 시계도 카드만 들고 가면 그대로 꺼내주는 상점입니다. 여기에는 한국에서 먹던 감도, 배도, 사과도 한국의 라면도 있습니다. 한국에 있을 때 선물로 받았던 해바라기씨기름이나 올리브기름들이 큰 병으로 상자 속에 여러 개씩 들어 있습니다. 사과나 포도도 한두 개를 살 수 있는 것이 아니라 상자나 한주머니씩 사야 합니다. 빵도 한두 개 들어 있는 것이 아니라 상자나 큰 가방 속에 들어 있습니다. 이것들을 산다면 우리 두 식구는 다 먹을 길이 없습니다.

한국에서는 비싸서 맛이나 보던 알래스카 게의 다리가 내 팔뚝보다도 굵은 것이 쌓여 있습니다. 냉장실에 가면 채소, 껍질을 벗기고 썰어 놓은 파인애플, 당근, 사과들이 상자로 쌓여 있습니다. 고기 칸에 가 봅니다. 소고기 돼지고기 양고기들이 모두 다듬어진 채 산처럼 진열되어 있습니다. 그리고 맞은편에는 소고기 스프, 닭고기 스프, 랍스터 스프, 조개 스프들을 담은 플라스틱 통들이 나의 키만큼 쌓여 있습니다. 그리고 살이 찌다 못해 뒤룩뒤룩한 사람들이 카트를 끌고 매장을 골목골목 누비면서 나누어 주는 맛보기 음식들을 먹고 있습니다.

나는 코스코에 올 때마다 죄스러움을 느끼곤 합니다. 우리가 이렇게 먹고 살 권리가 있을까. 우리가 무엇을 잘했는데…. 그렇지, 조상을 잘 둔 덕입니다. 조상들이 이 땅을 기름진 땅으로 가꾸고 풍성한 나라로 만들어 우리에게 물려준 덕택입니다. 그리고 TV에 나오는 저 많은 중동의 실향민들, 아프리카의 가난한 사람들, 내가 가보았던 몽골의 사람들과 멕시코 유까딴의 사람들이 생각납니다. 강냉이죽도 못 먹어 허기져 고생하는 북한의 동포들을 생각하면 우리가 이렇게 먹고 사는 것이 죄스럽기만 합니다.

　며칠 전 16세의 나이에 탈북한 한 청년 이야기가 생각났습니다. 그가 감옥에 있을 때 강냉이를 하루쯤 삶으면 강냉이 알이 포도 알만큼 커지고 그것을 한 열댓 개씩 하루에 나누어 준다고 합니다. 그걸 먹으면서 오로지 어머니를 찾아 한국에 가겠다는 일념으로 살아남았다고 합니다. 많은 사람들이 눈물을 흘렸습니다. 나도 어렸을 때 한국전쟁 때 평양에서 나물죽을 먹으며 살아남았습니다. 이름도 모르는 나물을 한바구니 뜯어다가 쌀을 한주먹 넣고 몇 시간을 끓이면 퍼런 색깔의 죽이 됩니다. 그걸 한 그릇씩 받아서 간장을 좀 넣고 먹으면 어린이로서는 큰 그릇이었지만 한 시간도 안 돼 배가 고팠습니다. 그러니 배만 올챙이배처럼 불러오고 우리는 영양실조를 앓았습니다. 얼마 전 북한의 수용소에서 나온 어떤 사람은 고운 흙을 물에 끓여서 한참 있으면 흙은 갈아 앉고 위의 맑은 물이 남는다고 합니다. 그래서 그걸 마시면서 살아남았다고 했습니다.

　나는 가슴이 꽉 막혀 울고 싶어졌습니다. 아마 그때 이런 코스코 같은 상점이 있었더라면…. 그런데 저 기름진 소시지가 플라스틱 봉지 속에 산처럼 쌓여 있습니다.

　미국은 한국이 잘 산다고 합니다. 그런데 모두가 다 잘 사는 것은 아닙니다. 나는 사람들이 음식을 남겨 쓰레기통에 버리는 것을 볼 때마다 죄스럽습니다. 또 뷔페에 가서 음식을 남겨서 버리는 것을 보면 화가 납니다. 우리 식구 둘은 절대 그렇게 하지 않으며 음식을 남기면 신경질을 부립니다. 나는 우리가 먹고 사는 것에 좀 더 겸손해져야 한다고 생각합니다.

# 보이스 피싱

요새 보이스 피싱이 만발합니다. 매일 불필요한 광고 전화나 모금 전화들이 십여 통씩 오는데 그중에는 사기 보이스 피싱도 있습니다. 얼마 전 친구들과 같이 식사를 하면서 보이스 피싱에 대해 이야기를 나누었는데 크고 작은 사기를 안 당해본 사람이 거의 없을 정도입니다.

보이스 피싱이란 전화로 상대방의 정보를 낚는다는 뜻인데 Voice Fishing에서 유래한 말로 이제는 사전에 'Voice Phishing'으로 등재가 되었다고 합니다. 원래는 Phone Fraud, Communication Fraud라고 합니다.

이제는 보이스 피싱도 기업이 되어 한국과 중국, 미국에 사무실을 차리고 국제화가 되었다고 합니다. 사기꾼들이 사무실을 차려 놓고 많은 사람을 고용하여 컴퓨터와 스마트폰으로 사기를 치는데 그 방법이 하도 교묘하여 넘어가지 않은 사람이 거의 없습니다. 지금은 각자가 모두 휴대전화를 가지고 있어서 집전화를 거의 쓰지 않습니다. 집에 오는 전화는 거의가 광고, 모금, 보험회사와 보이스 피싱입니다. 얼마 전 집전화 요금이 근 300불이 나왔습니다. 깜짝 놀라 전화회사에 연락했더니 우리가 알지도 못하는 노스캐롤라이나의 어떤 전화와 연결해 주었습니다. 그런데 상대방에서 "하이 닥터 리" 하고는 끊어버렸습니다. 그리고 전화 회사에서는 "자, 네가 아는 사람이 아니냐? 우리는 그 이상은 모른다." 고 버티었습니다. 나 같은 개인이 그 큰 전화회사하고는 싸워서 이길 길이 없습니다. 할 수 없이 300불을 내고는 집전화를 끊어 버렸습니다. 얼마 후 친구들에게 그 이야기를 했더니 "300불 정도이면 재수가 좋은 편이야. 요새는 보이스 피싱에 잘못 걸렸다 하면 몇 천 불이 날아가는 거야. 그러니 재수가 좋았다고 생각하고 넘겨!"라면서 웃었습니다.

대개의 보이스 피싱은 은행계좌, 경찰서 출두, 검찰, Social Security Office, 우편물 수령, 애들 납치, 교통사고를 빙자하는 일이 많다고 합니다.

오래전에 한 친구가 한국에 직장이 생겨서 이사를 했습니다. 그 친구는 처음 한두 달 살 돈을 가지고 가야지 하고 은행에서 통장을 하나 만들었습니다. 그런데 며칠 후 집으로 전화가 왔습니다. "당신, 며칠 전에 어느 은행에 새 계좌를 열었지요. 그리고 번호가 403으로 시작이 되지요. 그런데 그 계좌는 임시계좌이고 안전한 새 계좌를 만들어 줄 테니 계좌번호와 비밀번호를 가르쳐 주세요." 하더라는 것입니다. 그것도 아주 사무적인 말솜씨로. 그래서 은행직원인 줄 알았다는 것입니다. 미국 촌에서 살던 부인이니 그 말을 믿고 계좌번호와 비밀번호를 가르쳐 주었습니다. 그리고는 마음이 놓이지 않아 병원에서 일하는 남편에게 전화를 했습니다. 남편도 이상하여 병원 안에 있는 은행으로 갔습니다. 통화를 한 지 30분도 안 되었다고 합니다. 그런데 은행에 갔더니 그 계좌의 돈을 한 푼도 안 남기도 모두 싹 털어 갔다는 것입니다. 3만2천 불을.

경찰에 신고했지만 이 전화가 중국과 연결되어 있어서 아무런 소득이 없었습니다. 근 일 년치 생활비가 전화 한 통으로 날아갔습니다.

어리석은 보이스 피싱도 있습니다. 우리 집에 전화가 왔습니다. 아내에게 지금 당신 남편이 술집에서 친구들과 술을 마시고 돈이 모자라 잡혀 있으니 속히 통장번호와 비밀번호를 가르쳐 달라고 했습니다. 그런데 나는 술을 마셔 본 일도 없고 더욱이 술집에 가는 사람도 아닙니다. 그리고 그 시간엔 병원에서 일하는 시간이었습니다. 아내가 "그래요? 그럼 제가 돈을 가지고 경찰과 같이 갈 텐데 어디로 갈까요?" 하니 전화를 끊어 버렸답니다.

보이스 피싱이 대개는 경찰서나 검찰청, 미국에서는 Social Security Office를 빙자하여 걸려오기 때문에 전화를 끊어 버리고서도 마음이 편치 않습니다. 그래서 전화를 끊고 한참 있다가 전화를 하면 대개는 전화도 받지 않습니다.

또 기부를 해달라는 전화도 그렇습니다. 누구나 나라를 사랑하고 Veterans Association이나 Police에 얼마간 기부를 하겠지만 이건 한 곳에 얼마를 주면 다음 날 몇 군데에서 편지가 날아오고 전화가 옵니다. 그리고 전화를 하는 사람이 약간 강압적이어서 나처럼 심장이 약한 사람을 졸아들게 만듭니다. 그리고 Veterans Association이 얼마나 많은지 하루에도 두세 통이나 전화가 오고, 경찰도 지방경찰, 워싱턴경찰, 플로리다 주의 경찰 등 이름도 알 수 없는 경찰들이 수없이 전화를 합니다. 그래서 거절을 하고도 마음이 편치 않고 한 30불 Donation을 하면 2주일이 안 되어서 다시 연락이 옵니다. 아마도 나의 재산을 다 주어도 더 달라고 할 것 같습니다.

그런데 요새는 보이스 피싱에서 전화를 걸어 상대방과 통화가 연결이 되는 순간 몇백 불에서 몇천 불이 전화계좌에서 빠져나간다고 합니다. 그러니 휴대전화에 입력된 아는 사람 아니면 전화를 받지 말아야 할 것 같습니다. 그러나 가끔 기억하지 못하는 전화번호인데 친구가 전화를 하고 선후배님들이 전화를 하니 전화가 오면 받아야 하냐 말아야 하냐를 고민하게 됩니다.

또 보이스 피싱도 더 악랄해져서 성공하지 못하면 보복한다고 합니다. 얼마 전 경찰서로 부산역에 폭탄을 장치했다는 전화가 왔습니다. 부산역에 경찰이 동원되어 폭탄 수색하는 등 공권력이 동원되었지만 허위신고였다고 합니다. 그래서 신고한 사람을 찾아보니 이 사람은 전혀 그런 신고를 한 일도 없고 아주 순진한 평민이었습니다. 보이스 피싱을 한 범인들이 그 사람의 전화번호를 도용하여 복수한 것입니다. 그뿐 아닙니다. 그 전화와 주소로 방송 상품을 몇 백 불어치를 주문하는 등 골탕을 먹인다고 합니다.

사기꾼들은 옛날에나 지금에나 어디든지 있습니다. 허황된 욕심 부리지 않고 정신만 차리면 사기에 걸리지 않는다고 했지만 요즘에 설쳐대는 보이스 피싱 사기는 정신을 차려도 예방하기가 어렵습니다.

그래서 나는 보이스 피싱을 피하는 교육이라도 하는 데가 있다면 강의도 듣고 싶고 보이스 피싱 보험이라도 있다면 보험에 가입하고 싶습니다. 점점 간교해지고 있는 이런 범죄에서 보호 받을 길은 없는 것일까요?

# 플로리다 이발소

'목욕을 하면 하루의 기분이 좋아지고 이발을 하면 삼 일간 기분이 좋다.'라는 말이 있습니다. 아마 이발하는 것도 즐거운 일인가 봅니다. 이발을 하면 머리가 개운해지고 기분이 산뜻합니다.

내가 어렸을 때 이발을 한다는 건 일종의 고문이었습니다. 가난한 살림에 애들까지 이발소에 가서 머리를 깎을 수는 없었고 집에서 아버지가 머리를 깎아주는데 우리 집의 바리깡은 낡고 무디어서 머리를 깎는 것이 아니라 뜯어내는 것이었습니다. 아프다고 하면 머리를 움직인다고 가끔 머리를 쥐어 박히기도 했습니다. 그래서 머리를 깎을 때쯤이면 동생의 얼굴이 눈물범벅이 되기도 했습니다. 가끔 친구네 집에 가서 친구 아버지에게 머리를 깎곤 했는데 그 집도 머리가 뜯기는 것은 마찬가지였지만 그 집 아버지는 기계를 숫돌에 갈아서 그런지 뜯는 정도가 훨씬 덜했습니다. 그때 바리깡 하나로 여러 사람이 머리를 깎으니 머리에 기계충이 생겨서 동전만한 흰점을 몇 개씩 지니고 다녔습니다.

대학생 때는 내가 살던 보광동에 이발소가 있었는데 이발대가 대여섯 개나 되고 이발사도 한 네 명은 되었습니다. 모두 흰 위생복을 입고 머리에 기름을 발라 잘 다듬어진 모습으로 이발을 하고 여자 면도사도 있어서 면도를 해주곤 했습니다. 머리를 깎고 나면 이발대를 뒤로 젖히고 뜨끈한 수건을 얼굴에 덮어주고 면도를 하는데 여자가 면도를 해주면 간지럽고 기분이 이상해지곤 했습니다.

군의관으로 가니 군대 이발소가 있었는데 나는 훨씬 편했습니다. 나는 머리로 그리 멋을 내는 편이 아니라서 머리만 깎으면 되는데 어떤 친구는 고대도 하고 파마, 면도와 마사지까지 받곤 했습니다. 군대 이발소에서는 이런 일이 없으니까 머리만 깎고 나오는 나에게는 훨씬 마음이 편했습니다.

미국에 온다고 하니까 선배들이 미국에는 이발료가 비싸서 부인들이 머리를 깎아준다고 하기에 아내도 이발하는 것을 배웠습니다. 미국에 와서 Sears에 가서 이발 기계를 사다가 아내는 아들에게 먼저 연습을 하고 나의 머리를 깎아 주었는데 내 머리를 보고 같은 미국인 인턴이 "야, 너 어디서 잤냐. 쥐가 와서 머리를 갉아 먹었네." 하고 놀렸습니다. 그래서 친해진 미국 친구에게 물으니 병원 앞에 이발관이 있는데 그리 비싸지 않으니까 가서 깎으라고 하여 이발소에 가서 머리를 깎았습니다. 워랜의 이발소는 한국의 이발소보다 작고 이발대도 두 개밖에 없고 나이 많은 아저씨가 머리를 대강 깎아 주고 면도도 해주지 않았습니다. 그저 한 6분이면 머리를 깎는데 '처삼촌 산소에 벌초'를 하듯 성의가 없었습니다.

전공의가 끝나고 성형외과 의사가 되고서도 그저 초라한 이발소에서 이발을 하곤 했습니다. 오하이오의 이발소는 이발사가 두 명이고 이발대가 4대인데 이발하고 면도하면 한 4불인가 5불을 더 받으니까 나는 머리만 깎고 집에서 샤워를 했습니다.

이렇게 30여 년을 살았습니다. 다시 한국의 병원에서 일하게 되어 서울에 왔습니다. 이발소의 문화도 많이 변해 있었습니다.

머리를 깎을 때가 되었는데 서울에서 이발소를 찾을 길이 없었습니다. 그전에는 동네마다 이발소가 있었는데… . 하루는 토요일 근무를 하지 않는 날이라 오늘은 이발을 해야지 하고 집을 나섰습니다. 3호선 지하철을 타고 대한극장에서 영화를 두어 편 보고 오늘은 미리를 깎이야지 하고 퇴계로를 걸으며 이발소를 찾기 시작했습니다. 그런데 아무리 찾아도 미용실은 더러 보였지만 이발소는 없었습니다. 그때 나는 미용실에서 남자 머리를 깎는 줄은 미처 몰랐습니다.

한곳을 지나는데 빨간색과 파란색의 줄이 돌아가는 등을 보았습니다. 그래서 옳지, 여기가 이발소로구나 하고 계단을 올라갔습니다. 그런데 계단을 올라가서 문을 여니 분위기가 이발소와는 전혀 다른 곳이었습니다. 소파가 있고 야한 옷을 입은 여자들이 있다가 일어나며 "오빠 어서 오세요." 하는 것이 아닙니까? 나는 가슴이 덜컹하여 "머리를 깎으려고 하는데요." 하니까 나를 잡았던 여자가 안에다 대고 "머리 깎으려 왔대"라면서 깔깔대고 웃는 것이 아닙니까. 어떤 여자가 나오더니 "오늘은 마사지 받고 내일 이발해요." 하면서 나의 소매를 잡는 것이 아닙니까. 나는 혼비백산하여 잡힌 손을 뿌리치고 계단을 뛰어 내려 왔습니다. 그리고는 3호선을 타고 집으로 왔습니다.

다음날 수술실에서 "이 근처 이발소가 있나요?" 하고 물으니 젊은 의사가 "네, 맨 천지예요. 미용실에 가서 깎으세요. 요새 이발소에 가서 머리를 깎는 사람은 거의 없어요. 그리고 이발소도 없구요." 하는 게 아닙니까. 나는 난감하여 가만히 있었더니 누가 "병원 앞 골목에 들어가면 이발소가 있는 모양입니다."라고 가르쳐 주었습니다. 다음날 그 골목을 찾아가니 자그마한 이발소에 이발대가 하나이고 노인 이발사가 한 명 있었습니다. 그곳이 단골이 되어 4년간 거기서 머리를 깎았습니다.

대전에서 일할 때는 아파트에 이발소가 있어서 마음 편히 이발을 할 수 있었습니다. 이발사는 50대의 중년인데 이발대 2대를 놓고 이발도 하고 머리 염색도 해주면서 유유자적하게 살고 있었습니다.

어느 날 이발사가 나에게 물었습니다.

"선생님, 이 병원 교수님이시죠?"

"네."

"요새 젊은 교수님들 월급이 얼마나 되나요?"

"글쎄요. 남의 월급이라 알 수 없지요."

"천만 원은 안 되지요?"

"그럼요 천만 원은 안 되지요."

"저는요, 일주일에 6일 일하고 9시에 출근하고 6시쯤 문을 닫지요. 출근도 내 마음대로 퇴근도 내 마음대로예요. 누가 뭐라는 사람도 없고요. 그리고 모든 경비 빼구요. 한 달에 800만 원은 쉽게 벌지요. 요새 젊은 사람들은 이런 일을 안 하려고 하지만 이 직업도 그리 나쁜 직업은 아니에요."

이발사와 나눈 대화입니다. 의과대학 교수님들은 새벽 7시에 출근하여 하루 종일 일하다가 6시에 일이 마친다고 해도 당직도 서야 하고 전공의도 가르쳐야 하고 논문도 써야 합니다. 이발사보다도 적게 받는 의과대학 교수님이 별로 좋은 직업은 아닌 것 같았습니다.

이제 은퇴를 하고 플로리다에 왔습니다. 친구에게 물어 이발소에 갔습니다. 4개의 이발대가 있는 이발소로 이발사가 2명입니다. 이발사는 신분증을 보지 않아 모르겠지만 70이 훨씬 넘은 분들입니다. 보통 이발비가 15불이지만 면도나 염색을 하면 60불이 넘습니다.

여러 번 그곳에 찾았는데 모두들 나처럼 머리만 깎습니다. 이발사와 고객들과 모두 친구인지는 모르지만 손님이 오면 하이 존, 딕, 샘 하면서 친구들인지 수다가 심합니다. 어떤 때는 머리빗을 들고 몇 분씩 이야기합니다. 잘은 모르지만 한 사람은 수전증이 있어 가만히 있을 때는 손을 떨기도 합니다. 가끔 머리가 숭덩 잘리기도 하지만 일주일이 못 되어 머리가 자라면 자연스러워집니다. 그런대로 평화스러운 풍경입니다.

이제 은퇴하여 더 갈 데도 없으니 계속 이 사람들이 나의 머리를 깎아줄 것입니다.

# 목사님의 자격

목사님이라고 하면 우리를 영원한 생명의 길로 인도하는 존귀한 분이라고 생각합니다. 그래서 우리는 목사님들을 존경합니다. 성경 마태복음 10장을 읽어 보면 예수님이 열두 제자를 선교로 내보내시면서 "너희를 대접하는 사람은 곧 나를 대접하는 것이고 나를 대접하는 사람은 하나님을 대접하는 것"이라고 말씀하셨습니다. 그래서 우리는 목사님을 하나님의 일을 하는 사람, 예수님이 우리에게 복음을 전하려고 보내신 사람으로 알고 목사님을 섬깁니다.

그런데 세상에 목사님들이 너무 많고 우리 같은 사람이 보기에도 잘못된 분들이 많아서 우리들에게 실망을 안겨주고 세상 사람들의 입에 오르내립니다. 의사는 의과대학을 졸업하고 의사고시에 합격을 해야 하고 인턴과 전공의 5년을 거쳐 다시 전문의 시험을 봐야 의사로서 대접을 받습니다. 변호사나 판검사도 대학을 졸업하고 법학대학원을 거쳐 사법시험을 봐야 합니다. 사실 의사고시나 사법고시는 학교의 입학시험보다는 훨씬 어렵습니다. 이 시험에 합격하지 못하면 6년 동안 학교를 다녔어도 의사가 될 수 없고, 법관인 판검사나 변호사가 될 수 없습니다.

그런데 목사님은 신학교를 졸업한 후에 목사고시를 치르지만 불합격이 되어서 목사안수를 받지 못하고 다른 일을 하는 사람을 별로 만나보지 못했습니다. 인터넷의 통계를 보면 의사는 일 년에 약 3,700여 명이 나오고 법조인은 2,800여 명이 나오는데 그 수가 많다고 의사회에서는 의과 대학생 수를 줄이자고 정부에 압력을 가하고 있습니다.

　　목사님은 약 400개의 신학교에서 7천 명에서 1만여 명의 나온다고 합니다. 그런데 자료에서 보면 인가를 받은 신학교는 42개밖에 없고 나머지는 인가가 되지 않은 학교라고 합니다. 어떤 신학교는 교회에서 운영을 하며 담임목사님이 학장이고 교수님이십니다. 뉴욕에서 나오는 신문을 보면 크지도 않은 교회에서 신학교를 운영하기도 합니다. 심지어 통신신과대학은 45분짜리 강의를 60개 정도 들으면 되고 1년이면 졸업을 하고 목사님이 된다고 합니다. 그러니 일 년에 정확하게 몇 명의 목사가 나오는지 모릅니다.

　　어찌하여 의과대학이나 법과대학은 정부가 그렇게 통제하면서 신학교는 통제를 안 하느냐는 물음에, 신학교를 제재하면 종교 탄압이라고 교회에서 들고 일어나서 신학교는 정부에서 관여하지 않는다고 합니다. 또 정부에서 교회의 수가 1만 개가 되든지 2만 개가 되든지 자기들의 이해와는 관계가 없으니까 그대로 내버려 둔다고 합니다. 그리고 목사의 자격은 각 총회나 노회에서 정하니까 정부에서 구태여 간섭할 필요가 없다는 것입니다.

　　교회에 가면 목사님을 우리의 목자라고 존경합니다. 잠깐 있다가 죽어 버리는 우리들의 육체가 아니라 우리를 영원한 하나님 나라로 인도하는 목사님이기 때문입니다.

요한복음 21장에는 예수님이 승천하시기 전에 베드로에게 말씀하십니다. "요나의 아들 시몬아 네가 나를 사랑하느냐?" 베드로가 "내가 주님을 사랑하는 줄 주님이 아시지 않습니까?"라고 대답을 합니다. 주님께서 "내 양을 먹이라."고 말씀하십니다. 그것도 세 번이나. 네 양을 먹이라가 아니라 내 양을 먹이라고 하십니다. 내 양을 네게 맡긴다는 말씀이십니다. 그런데 많은 목사님은 예수님이 맡기신 양을 마치 자기의 양처럼 취급하십니다. 예수님이 맡기신 양이니까 더 조심하고 소중하게 여겨야할 텐데 마치도 자기의 양이어서 마음대로 해도 된다고 생각한 모양입니다. 그래서인지 어떤 목사님은 성도를 성추행을 하고, 어떤 목사님은 교인을 때렸다고도 합니다.

　1960년대에 나온 영화 ≪엘마 간츄리≫라는 영화가 있었습니다. 전과자인 보험회사 직원인 엘마 간츄리(버트 랭커스터)는 돈은 없고 직장도 없어서 기차의 화물칸에 몰래 타고 이 도시 저 도시로 전전합니다. 그러다 어느 작은 도시에 들르는데 이 도시 천막 속에서 부흥회가 열립니다. 부흥회는 샤론(진 시몬즈)이라는 여자 전도사가 이끄는 심령부흥회였습니다. 여기서 엘마는 화려한 화술과 제스처로 관중을 사로잡습니다. 한 손에 성경을 들고 "당신은 죄인입니다. 저기 펄펄 끓는 지옥의 불길이 당신을 기다리고 있습니다."라고 하며 부흥회의 분위기를 사로잡습니다. 신도들이 울면서 회개를 하고 소리를 지르며 찬송을 부릅니다. 엘마는 돈이 많이 들어오자　옛날 애인 푸르베이스를 모텔에 데리고 와서 같이 살면서 낮에는 여전도사인 샤론에게 사랑한다고 고백하며 유혹합니다. 그러다가 사고가 나서 천막교회는 불타고 엘마의 진실이 밝혀진다는 내용입니다.

오래전 오하이오에 있을 때 부흥회에 참석한 일이 있습니다. 부흥사는 "내가 별이 다섯 개야요." 하며 자기의 전과기록을 자랑삼아 이야기 했습니다. 바울은 바리새교인이었고 스테반이 돌에 맞아 죽을 때 증인이 되지 않았느냐고 강변하고는, 과거의 잘못을 회개하고 목사가 된 자기가 더 훌륭한 사람이라고 강변했습니다. 정말 그럴까요? 그러나 바울은 그 일을 일생 괴로워하며 회개의 눈물을 흘렸습니다.

옛날의 선지자들이 신학교를 나온 것이 아니고 옛날 교회의 목사님들이 신학교 출신이 아닙니다. 성령을 받으면 누구나 선지자도 될 수가 있고 목사님도 될 수 있었습니다. 그러나 누구나 목사님이 되는 것은 아니고 아무나 되어서는 안 될 것이라고 생각합니다. 미국에 와서 사업을 하다가 실패하면 목사님이 되고 직장에서 밀려 나면 목사님이 되고 사법고시에 실패하면 목사님이 되고 일반대학에 지원했다가 안 되면 신학교에 가고 수능성적이 도저히 안 되니까 신학교에 간 목사님들은 없으십니까?

나는 그런 목사님들을 만나 보았습니다. 그리고 엘마 간츄리처럼 말만 잘하면 큰 교회 목사님이 되시는 분들도 보았습니다. 20대의 신학교 졸업생들이 목사님이 되셔서 철없는 일을 하시는 것도 보고, 젊은 목사님들이 선교사가 되어 선교지에서 하는 일을 보고 '이것은 아니다'는 생각을 많이 했습니다. 또 사회에서 지탄 받는 많은 교회들, 대형교회의 비리, 교회 내의 분쟁들을 보며 '정말 이건 아닌데.'라고 생각되는 일이 많습니다.

정말, 목사님 자격을 누가 주어야 할까, 생각해 봅니다.

# 새로운 우상들

　사람들은 몇 명만 모이면 단체 만들기를 좋아하고, 단체를 만들면 계급을 만듭니다. 그리고 단체에서 제일 높은 사람이 단체를 이끌고 지도자가 됩니다. 물론 시작은 그런 계급을 만들지 않으려고 하지만 얼마 있다가는 그런 계급이 생기고 만들어지고 맙니다. 계급 없는 사회라는 공산주의가 처음에는 모든 사람이 평등하다고 했지만 얼마 가지 않아 어느 사회보다도 철저한 계급사회가 된 것이 사실입니다. 공산주의 사회에서 새로 생긴 당(黨)은 왕정시대의 제왕보다도 더 강하고 엄격하고 포악한 지배자가 되어 국민들을 억압하고 있습니다.

　종교도 마찬가지입니다. AD 312년 콘스탄틴 대제가 밀라노칙령을 발표하였고 AD 392년 테오도시우스 황제가 기독교를 로마의 국교로 선포했습니다. 기독교가 국교가 되니 모든 사람들은 가톨릭을 믿지 않으면 안 되었고 가톨릭의 교황은 하나님과 동격인 아버지라고 부르게 되었습니다. 교황은 왕보다도 높은 권력자가 되었고 절대 권력은 부패한다는 공식에 따라서 부패하고 많은 비리를 저질렀습니다.

　개신교도 마찬가지입니다. 장로교도 예수교장로회와 기독교장로회로 갈라지고 감리교, 침례교, 성결교, 안식교로 갈라지고 그 외에 성공회 등 수많은 분파로 갈라졌습니다. 그 분열이 신앙의 차이보다는 권력형 분쟁이 더 많은 원인이 되었다는 것은 우리 같은 평교인들도 다 잘 아는 일입니다.

이슬람도 마찬가지입니다. 모하메드가 죽자 권력 다툼이 일어났고 가족세습과 그를 반대하는 시아파와 수니파로 갈리어 철천지원수가 되었습니다. 이렇게 기독교도 갈라져 전 세계에 2만5천 개의 종파가 있다고 합니다. 그러니 교인의 수는 작아지고 교단의 힘은 약해질 수밖에 없습니다. 그러니까 이제는 이 분리된 교회가 서로 합하여 큰 세력을 만들자고 손을 잡았습니다. 소위 WCC라는 것입니다.

World Council of Church(WCC)는 세계교회협의회인데 1948년 네덜란드의 암스테르담에서 결성하여 매년 회의를 하면서 세력을 넓혀가고 있다고 합니다. 그들이 말하는 한 예수님, 한 믿음을 누가 반대하겠습니까. 모든 신앙인이 하나가 된다는 것은 우리 같은 신앙인들이 모두 환영할 일입니다.

그런데 점점 이들이 이상한 길로 빠져 들어가고 신앙의 다원주의로 들어가고 있습니다. 애당초 스웨덴 보그(1688-1772)가 "세상을 선하게 산 사람은 그가 기독교인이든지 유대교인이든지 이슬람교도이든지 관계없이 교회의 일원이며 천국에 한자리를 맡아 놓은 사람이다."라고 한 말을 썬다싱, 랄프 왈도 에머슨, 헬렌 켈러 등이 추종했습니다. 꼭 예수님을 믿어야 천국에 가는 것이 아니라 예수를 믿지 않아도 천국에는 들어갈 수 있다는 가르침을 전파하기 시작한 것입니다. 그리고 우리가 무엇이라고 부르든지 신은 하나이니 즉 우리가 신앙을 가진 사람들이 하나가 되어야 한다고 주장합니다. 즉 가톨릭과 개신교, 불교, 유교, 무속인, 이슬람, 동방정교들을 모두 합하자는 것입니다. 즉 세계의 종교는 모두 하나가 되고 기독교인은 부처에게도 절을 하고 이슬람의 모스크에서도 기도하고 교회에 무당이 들어와 굿을 해도 된다는 말인지 모르겠습니다.

보고된 바에 의하면 1991년 오스트리아에서 열린 WCC 회의에서는 정현경이라는 신학자가 초혼 굿의 기도를 하는데 "애굽인 하갈의 영이 여, 토착민족의 영이여, 히틀러의 유대인 학살시 가스실에서 죽어간 영 이여, 히로시마와 나가사키에서 원자탄에 죽은 영이여…"라는 기도를 했다니 이것이 우리 기독교과 아무런 상관이 없는 종교에서 한 일이라면 상관없겠지만 우리가 다니는 교회의 지도자들이 한 일이라면 우리에겐 보통 큰일이 아닙니다. 그리고 정현경 씨는 요한복음 14장 6절에 예수님 의 말씀 "내가 길이요 진리요 생명이니 나로 말미암지 않고는 하나님께 로 올 자가 없다"는 말씀은 예수님이 잠깐 실수로 한 말이고, 예수님 아니라도 얼마든지 천국에 갈 수 있다고 말했다니 이것은 우리가 믿는 기독교가 아닙니다.

더 충격적인 것은 NCCK(National Council of Church Korea) 한국교회 협의회가 이 단체에 가입했을 뿐 아니라 열렬한 지지자가 되었고, 한국 대형교회의 목사님들이 이 회의에 참석했다고 합니다. 그리고 기념 촬 영한 사진에 나오신 참석자들이 모두 한국의 대형교회의 목사님들이었 다는 사실입니다. 그래서 요새 WCC에서 주장하는 동성애 문제들, 소위 해방신학들, 우상숭배 문제들, 우리들의 신앙생활의 문제들에 진보적이 고 개방적인 정책들을 수용하는 모양입니다. 여기에 참석하신 목사님이 나 신부님들은 영원불멸한다는 태양신이라는 김일성 시체 앞에 가서도 아주 엄숙한 태도로 참배를 했습니다.

요새 교단에서는 동성애도 인정할 뿐만 아니라 동성애자가 목사님이 되어도 좋다고 하는 태도이고, 동성애를 반대하는 교인들을 교회 밖으로 내몰았습니다. 그리고 석가탄신일에 기독교장로회의 목사님들이 하객으로 조계사에 가서 부처 앞에서 묵념하고 설교하고, 크리스마스 때는 스님이 교회의 예배시간에 와서 축사를 했습니다. 물론 이 말을 하는 세가 나이가 먹었으니까 수구꼴통이고 고집불통인 꼰대라고 할지 모르겠지만 이건 아니라고 생각합니다.

BC 600년경 유대의 므낫세 왕과 요시아 왕 때에 유대에서 여호와의 제단을 다 허물어 버리고 우상을 섬긴 것이 아닙니다. 그들이 여호와께 제사를 드리면서도 다른 신 바알과 아세라신 또 다른 신들을 섬겼고 므낫세는 성전에 우상을 세우기도 했습니다. 그러나 성경은 이것이 옳지 않았다고 이야기합니다. 두 신을 함께 섬길 수 없다는 말입니다. 그러면 지금 WCC에서는 새로운 종교를 만들고 있는 거라고 볼 수밖에 없습니다.

나는 신학교에서 교육을 받아 본 적도 없고 신학으로 석사나 박사학위를 받은 일도 없습니다. 나는 그저 평범한 신앙인입니다. 얼마 후면 우리가 다니는 모든 교회가 WCC의 정책에 따라서 스님과 손을 잡고 불찬가를 부르고 무당과 손을 잡고 귀신을 부르며 사도신경을 암송하라는 지시가 교회에서 내려오지 않을까 걱정이 됩니다.

그런 날이 온다면 나는 교회에 나가지 않고 집에서 기도하고 성경을 읽을 것입니다.

# 해는 져서 어두운데

친구가 보내준 카톡 속에 조영남 씨가 노래를 부르는 장면이 나옵니다.

해는 져서 어두운데 찾아오는 사람 없어
밝은 달만 쳐다보니 외롭기 한이 없다
내 동무 어디 두고 나 홀로 앉아서
이 일 저 일만 생각하니 눈물만 흐른다

고향 하늘 쳐다보니 별떨기만 반짝거려
마음 없는 별을 보고 말 전해 무엇하랴
저 달도 서쪽하늘 다 넘어 가건만
단잠 못 이뤄 애를 쓰니 이 밤을 어이해

현제명 선생이 작사하고 작곡한 노래입니다. 아마 이 노래를 작곡할 때 현제명 선생도 외롭고 적적했던 모양입니다. 그래서 '단잠 못 이뤄 애를 쓰니 이 밤을 어이해'라고 작사를 끝냈는지도 모릅니다.

오래전에 김동길 선생님도 강연 중에 박목월 선생님의 시를 인용하시면서 "한낮이 지나면 밤이 오듯이 우리의 사랑도 저물었네… 산천에 눈이 쌓인 어느 날 밤에 촛불을 밝혀 두고 혼자 울리라 아아 너도 가고 나도 가야지"라고 하시면서 처연한 보습을 보이셨습니다. 지금도 그때의 김동길 선생님의 처연했던 모습, 마치 눈가에 짙은 안개가 낀 듯한 모습이 가끔 떠오릅니다.

지금은 초겨울입니다. 잎이 떨어진 나뭇가지는 앙상하고 나뭇가지 사이를 지나가는 바람소리도 삭막합니다. 거리에는 걸어다니는 사람도 적고 이따금 검은 오버를 걸치고 웅크린 채 걷는 모습이 음산합니다. 이상하게 겨울에는 맑은 날씨보다 흐린 날씨가 많고 회색 구름이 낀 날이 많습니다. 그리고 낮보다는 밤이 깁니다. 그래서 우울한 시간이 더 많은지도 모르겠습니다.

아까 낮에 친구에게서 전화가 왔습니다.

"그래 어떻게 지내니?"

"글쎄 뭐 하는 일이 없지, 추워서 밖에 나가지도 못하고 그냥 집에 있어. 지난주 친구들과 만나 점심을 먹었지. 우리는 한 달에 한 번씩 만나거든." 라는 대화를 했습니다. 아마 친구도 외로운 모양입니다. 한 달에 한 번 만나 점심을 먹으면 나머지 29일은 혼자 지내는 겁니다. 나이가 들면 외로워집니다. 애들은 모두 자라서 떠나가 버리고 애들과 오래오래 살려고 지었던 큰집에는 적막감이 감돕니다. 신문에는 노인들의 자살률이 높다고 이야기합니다. 그중에는 생활고가 원인인 분들도 있지만 그것보다도 고독감이 더한 것이 아닐까요?

플로리다의 우리 마을에는 500여 가구가 사는 동네입니다. 그런데 밖에 나가면 거리가 한산합니다. 집 안에 있는 노인들이 밖에 잘 나오지 않기 때문입니다. 길에 이따금 자동차가 지나가고 운동을 하는 사람이 지나갈 뿐 그렇게 한적할 수가 없습니다. 그래서 지나가다 사람이나 차를 만나면 꼭 손을 흔듭니다. 모두가 외로운 모양입니다. 그래서 그럴까요? 선배님들에게 전화를 하면 그렇게 반가워 할 수가 없습니다. 그러나 난청 때문에 전화를 안 받으시는 선배님들도 계십니다. 그러니 외로움에서 헤어날 수가 없지요.

그런데 외로움은 꼭 노인들만이 느끼는 감정은 아닙니다. 젊었을 때도 외로웠고 고독했습니다. 대학에 다닐 때는 쇼펜하우어의 책을 읽고 많이 우울했고 이어령 선생의 《군중 속의 고독》을 읽고는 세상의 모든 것을 비관적으로 생각했습니다. 그래서 고독하다고 노래를 했고 고독하다고 글을 썼습니다. 친구들과 어울려 웃고 떠들다가 집으로 돌아오면 고독했고 작은방은 썰렁했습니다. 이런 우울증을 이기지 못하고 십대의 그 젊은 나이에 자살한 친구도 있습니다.

그러다가 결혼을 하고 아이들이 생기고 집안이 떠들썩하자 고독의 그림자를 잊어먹었습니다. 집 안은 언제나 떠들썩했고 아내는 아이들 뒤치다꺼리로 바빴습니다. 그리고 그때는 일을 할 때였습니다. 새벽별을 보고 출근하여 어두워져야 퇴근했습니다. 하루 종일 피곤하게 일을 했습니다. 저녁 먹고 뉴스를 보며 졸았고, 잠이 안 와 고민하는 일이 없었습니다. 아침에 일어날 때면 언제 한번 실컷 자보는 것이 소원이었고 주말이 그렇게 짧을 수가 없었습니다. 가끔 애들이 말을 걸면 "야, 잠 좀 자자."라고 야단치기도 했습니다.

한동안 고독이라는 말을 잊고 살았습니다. 나는 은퇴하면 평화스러운 날만이 계속되는 줄 알았습니다. 주말 같은 꿈 같은 생활의 연속이 기다리는 줄 알았습니다.

미국에서 은퇴하고 한국으로 나갔습니다. 그리고 대학병원에 취직을 했습니다. 아침 5시에 일어나 샤워를 하고 책을 읽고 커피에 빵 한 조각을 들고 6시 30분에 병원으로 달려 나갔습니다. 매일 아침 젊은 인턴과 전공의들과 미팅을 하고 수술을 하고 환자에게 시달리고 또 저녁에 동료들과 어울리고 집에 들어오면 TV를 켜자마자 졸았습니다. 주말이면 제자들을 데리고 영화관에도 가고 음악회도 갔습니다. 또 가끔 주말에 서울도 가고 훌쩍 기차를 타고 한두 시간 가면 대구도 부산에도 갔습니다.

은퇴하고도 이렇게 한국에서 살았습니다. 아내의 불평대로 항상 바빴고 항상 피곤했습니다. 바쁜 일벌은 슬퍼할 시간이 없다던가요? 그래서 고독이란 낱말을 잊고 살았습니다.

그런데 이제 아주 은퇴하고 미국으로 돌아오니 새벽부터 갈 곳이 없습니다. 운동을 해야 한다고 하지만 사실은 몸을 피곤하게 해야 한다는 생각에 운동을 나가는 것입니다. 한 시간이 넘도록 운동하고 집에 들어와 커피를 마시고 나면 아무도 나에게 말을 붙여주는 사람이 없습니다. TV를 보지 않으면서도 TV를 켜 놓습니다. 책을 보고 컴퓨터를 들여다보아도 외로움이 가시지 않습니다. 아마 아내와 하루에 주고받는 말이 200자 원고지에 5장이 되지 않는 것 같습니다.

요새는 잠이 안 와서 고생하는 날들이 생겼습니다. 그리고 고독이 몸을 엄습해 오는 것을 실감합니다. 그래서 일주일에 한두 번 친구를 끌고 나가 점심하고 일요일을 기다립니다. 그래도 혼자 있는 시간이 길게만 느껴집니다.

　가끔 성경의 이야기를 생각해 봅니다. "태초에 말씀이 계시니라. 이 말씀이 하나님과 함께 계셨으니 이 말씀이 곧 하나님이시니라." 요한복음 1장 1절 말씀입니다. 태초에 하나님이 혼자 계셨으니 하나님도 외로우셨을까요? 창세기에는 하나님이 세상을 창조를 하시기 전에는 어두움과 혼돈만이 있었다고 했습니다. 그리고 적막이 있었겠지요. 대화가 없고 독백만이 있었겠지요. 그래서 대화의 상대를 찾으려 인간을 창조하신 것일까요? 하나님도 고독하셨을까요?

# 보험

TV나 신문에는 어느 광고보다 많이 보이는 것이 보험광고입니다. 그리고 집으로 또는 휴대전화로 끊임없이 걸려오는 것도 보험회사의 전화가 많습니다. 아마 보험의 종류를 다 열거하려면 한나절이 더 걸릴 것입니다. 우리와 제일 관련되는 보험은 생명보험, 자동차보험, 건강보험, 주택보험, 집안의 냉장고, 에어컨이 고장 났을 때 도와주는 보험 등등이고, 그외 보험들이 수백 가지가 넘을 것입니다.

내가 미국에 와서 제일 처음 가입한 건 생명보험입니다. 자동차는 아직 사지도 않았으니 자동차보험보다 먼저 든 게 생명보험입니다. 만리타국에 왔는데 내가 죽으면 가족들은 어떻게 해야 하는가 염려가 되어서 1970년대 300불 받는 월급에서 50불이나 내는 생명보험에 가입했습니다. 그렇지요. 30대면 젊었지만 내가 잘못되면 아내와 아이들이 고국에 돌아갈 수 있는 돈과 삶의 기초가 될 돈을 마련한다는 것은 아주 중요한 일이었습니다. 생명보험을 들고 나니 이제는 내가 죽어도 기족들이 낯선 타국에서 거리에 나앉지는 않겠지 하고 안도의 숨을 내쉬었습니다. 그리고 몇 달 후 자동차를 사려니 자동차보험을 들어야 하고 병원에서 자동적으로 얼마씩 건강보험료를 떼어 갔습니다.

살다보니 보험의 종류는 한두 가지가 아니고 수없이 많았습니다. 그런데 보험회사에게 자칫 거의 사기를 당하는 것 같은 일도 벌어집니다. 메일이 하도 많이 와서 샅샅이 읽어 보지 않은 게 잘못이긴 하지만 그 많은 메일을 모두 샅샅이 읽어본다는 것도 쉬운 일이 아닙니다. 신용카드의 결제를 은행에서 자동결제를 하는 것이 편하다고 해서 그렇게 했습니다. 그 후에 은행의 보고서를 보았더니 신용카드를 쓰지 않았는데도 매달 근 20불이 나가는 것을 발견했습니다. 그래서 신용카드의 내용을 조사했더니 신용카드에 내가 돈이 없어 신용카드를 갚지 못할 때의 보험, 신용카드를 내지 못하고 내가 사망했을 때의 보험이 들어 있는 것입니다. 그래서 신용카드회사에 전화를 했더니 그전에 그런 보험이 있다고 가입하라. 언제까지 답이 없으면 승인하는 것이다, 메일을 보냈는데 아무 답이 없어 보험에 가입되었다는 것입니다.

그렇습니다. 모르는 것이 죄이고 집으로 오는 메일을 모두 샅샅이 읽어 보지 않은 것이 잘못이로구나 생각했습니다. 내가 정말 바보구나 자책하면서 은행에서 자동결제하지 않기로 했습니다.

나의 한 친구는 결혼을 안 한 독신입니다. 그가 성형외과 의사로 돈을 많이 번다고 보험회사 직원들의 저격 목표가 된 모양입니다. 생명보험회사 직원이 자꾸 보험을 들라고 하니, 나는 누구에게 돈을 남겨 줄 필요가 없는 사람이라고 했더니, 그럼 늙어서 몸이 아플 때 간호할 보험을 들라고 했습니다. 그 친구가 그만한 돈은 저축하고 있다고 하니까 당신이 죽으면 장례는 누가 치러 줄 것이냐? 그러니까 장례를 치러 줄 보험을 들라고 하더라는 것입니다. 그래서 장례비 정도는 남겨 놓을 테니까 걱정을 말라고 했더니 웃으면서 죽은 후 천국에 들어갈 보험은 들었느냐고 묻더라는 것입니다.

보험회사 직원만큼 끈질긴 사람은 없습니다. 오래전 은퇴하기 전 잘 아는 분이 보험회사에 다니면서 생명보험을 하나 들면 좀 마음이 든든하지 않으냐고 졸라서 들었습니다. 11년만 돈을 내면 그 후부터는 내가 낸 돈의 이익금으로 불입이 된다고 했습니다. 그래서 11년을 열심히 냈는데 또 청구서가 날아옵니다. 문의했더니 요새 경제가 나빠 보험회사에서 투자한 돈이 예상대로 늘지 않았으니 2년을 더 내라고 했습니다. 화가 나서 만일 보험을 파기하면 어떻게 되는가를 보았더니 내가 낸 돈의 20%도 못 받을 형편이었습니다. 나 같은 개인이 크나큰 보험회사와 싸워서 이길 재간이 없습니다. 울며 겨자 먹기로 다시 2년을 더 냈습니다. 그런데 다음해에 또 청구서가 왔습니다. 전화를 했더니 물론 안 내도 되지만 돈을 더 내면 약속한 금액보다는 더 준다는 것입니다. 그래서 그만하면 되었다고 거절을 했지만 아직도 매년 청구서가 날아옵니다. 물론 안 내도 된다는 단서와 함께.

그리고 보험이 너무 복잡하여 우리 같은 사람은 다 알지도 못합니다. 보험을 들면 보험가입증명서와 계약서가 날아옵니다. 그런데 그 계약서가 돋보기를 써도 잘 안 보일 정도로 작은 글씨로 수십 페이지가 되는 책입니다. 그것을 다 읽고 이해를 하면 학위를 하나 받을 만합니다. 그래서 그 조건이나 약관에 꼭 맞지 않으면 보험료를 받을 수가 없습니다. 또 보험회사는 자기들의 보험회사에 좀 손해가 될 만한 사람이면 받아주지도 않습니다.

오래전 뉴저지에 사는 한 친구가 플로리다에 와서 겨울을 지내고 봄에 올라가곤 했습니다. 집에 가보니 수도관이 터져 집안에 물이 차고 가구나 집안이 망가져 있었습니다. 그래서 가옥보험회사에 청구해서 아마 보험회사에서 몇 만 불은 지급한 모양입니다. 그 후 보험에서 그를 퇴출시켰습니다. 또 한 친구는 몇 년 전 병에 걸려 입원하여 수술 받고 치료를 받았습니다. 그래서 치료비가 많이 나온 모양입니다. 그런데 다음해에 보험회사에서 재계약을 해주지 않았습니다. 할 수 없이 비싼 보험을 들었다며 웃으면서 이야기했습니다.

요새는 보험회사가 더 까다로워지고 세분화되어 자동차보험만 해도 자동차사고일 때 보상해 주는 보험, 운전 중 문제가 있을 때 도와주는 AAA, Car Shield라고 하여 차체에 문제가 있을 때 드는 보험, 그 위에 Umbrella 보험…, 집의 가전제품에도 냉장고, 에어컨디션에 따라 보험이 각각 따로 있고, 다른 전기 제품 등에도 보험이 따로 있습니다. 그리고 종목마다 따로 보험료를 지불해야 합니다. 가옥보험도 그냥 집이 망가졌을 때 보험, 허리케인이나 홍수로 망가졌을 때 보험 등이 따로 있으며, 어떤 보험을 얼마나 들어야 하는지 나의 월급을 다 보험회사에 바쳐도 모자랄 지경입니다.

그런데 보험회사 직원은 보험을 들 때와 보험을 청구할 때의 태도가 180도 달라집니다. 보험을 들 때는 그렇게도 친절하던 여자가 보험을 청구하러 가면 마치 돈 꾸러 온 사람마냥 대하면서 냉정하고 불친절합니다.

아, 우리가 보험회사에 속지 않도록 보호해 주는 보험은 없을까요?

# 가짜들

중국에 여행을 갔을 때입니다.

상해 시내를 구경하고 일행들이 관광안내원에게 "여기 가짜를 파는 백화점이 있다던데 가봅시다."라고 요청했습니다. 관광안내원은 으레 그러려니 하면서도 공식적으로 계획에 있는 것이 아니라고 특혜를 주는 척하고는 어떤 큰 빌딩 앞에 주차를 했습니다. 그리고는 밑의 층을 한 번 둘러보고는 매점 뒤로 해서 엘리베이터를 타고는 2층으로 올라갔습니다.

문을 열고 들어가니 밑의 층보다도 더 크고 넓은 매장이 나왔는데 여기는 모두 모조품인 가짜를 파는 곳이었습니다. 런던 포크를 비롯하여 구찌, 샤넬, 버버리 같은 옷으로부터 시계, 만년필, 반지, 팔찌 같은 보석품 등 없는 게 없었습니다. 친구들은 "가짜는 사서 뭘 하지" 하면서 구경했지만 몇 가지씩 사는 모양이었습니다. 나도 아내와 둘이서 구찌 시계를 짝을 맞추어 샀습니다. 진품을 사려면 두 개에 천 불이 넘겠지만 하나에 50불씩 주고 샀습니다. 우리는 그 시계를 한 2년 찼습니다. 그리고는 배터리가 수명을 다하여서 바꾸러 갔더니 배터리를 바꿀 수가 없다고 했습니다. 시계를 뜯었는데 다시 맞출 수가 없다는 것이었습니다. 우리는 그저 웃고 "한 2년 잘 찼네." 하고 잊어버렸습니다. 내 친구는 이왕 가짜를 사는 바에야 하고 로렉스 시계를 150불을 주고 샀습니다. 그리고 버스에 와서 "야 임마, 이거 로렉스라는 거야."라며 농담까지 했는데 집에 가서 일주일이 못 되어 시계가 서 버렸다는 것입니다. 친구는 150불짜리 허풍을 한번 떨었다며 웃었습니다.

아마 가짜의 왕국을 찾으려면 중국 이상의 나라가 없을 것입니다. 중국에서는 가짜 시계나 옷은 기본이고 가짜 계란, 가짜 쌀까지 만들어 낸다고 합니다. 중국에서 영국의 자랑인 롤스로이스를 만들었는데 영국에서 특허침해라고 고소를 하니까 차를 보여 주는데 앞의 장식의 작은 부분이 좀 틀리게 만들었다고 하더랍니다. 그러니 가짜를 만드는 데는 상도덕도 없는 나라가 중국입니다. 얼마 전 유튜브에서는 중국이 만들어낸 항공모함이 깡통 가짜항공모함이어서 모처럼 진수를 하였는데 황공모함 구실을 못한다는 이야기였습니다.

한동안 한국에서도 가짜를 많이 만들었습니다. 이태원에 가면 가짜를 만들어 파는 백화점 비슷한 상점이 있었습니다. 여기서는 구찌, 루이비통, 샤넬, 프라다 백 등을 만들어 팔았는데, 루이비통 회사에서 항의를 하러 한국까지 왔다는 기사가 나기도 했습니다. 하도 여자들이 루이비통 가방과 프라다 가방을 많이 들고 다니니까 진품인가 아닌가를 구별하려면 비가 오는 날 가방을 가슴에 품고 뛰면 진품이고 머리에 얹고 뛰면 가짜라는 말이 떠돌기도 했습니다. 그래도 한국의 가짜는 중국의 가짜보다는 좋아서 쓸 만하다고 합니다.

1980년대 한국에 갔다 올 때 이태원에 갔더니 코치 가짜 지갑들이 많이 있는데 만져 보고 잡아당겨 보니 쓸 만했습니다. 그래서 한 열 개 사다가 친구들에게 나누어 주었습니다. 가짜라는 것을 미리 공포하면서…. 그랬는데 친구들이 "야, 그거 가짜치고는 괜찮더라."고 하는 칭찬을 들었습니다. 그 외에 버버리 코트는 비를 한두 번 맞고 나니 후줄근해져서 쓸모가 없어졌습니다.

물건이야 가짜라도 쓰다가 버리면 그만이지만 가짜인 사람에게 한번 걸리면 운명이 비뀐다는 이야기입니다. 그리고 가짜 빅사나 가짜 논문, 가짜 표창장은 너무 흔해 이야기꺼리도 못 됩니다. 한국에서는 법무부 장관이 가짜 표창장을 만드는 정도이니까요.

한국의 드라마에는 가짜 아들과 딸들이 많이 등장합니다. 재벌들이나 결혼 전 생활이 문란한 사람들에게서 많이 일어나는 이야기들이고, 소설이지만 이야기를 스릴 있게 꾸며 갑니다. 치밀한 계획으로 산부인과에서 애를 낳을 때 바꿔치기를 하는 드라마, 다른 남자의 아이를 임신하고서 결혼하는 드라마도 있습니다. 그리고는 20년 30년 후에 복수도 하고 재산을 가로채는 음모를 꾸미기도 합니다. 그런데 소설이나 드라마가 허구이기는 하지만 실재할 수 있는 가능성을 가진 허구이기 때문에 호랑이 등을 타고 하늘을 날아다닌다는 이야기보다는 가능성이 있기도 합니다. 그래서 재벌의 가정에 또는 행복한 가정에 파탄이 일어나는 것을 봅니다.

교회에도 가짜 목사님이 있습니다.

신학교가 하도 많아 목사님이 어느 신학교를 졸업했는지 다 알 수는 없지만 태평양신학대학이라는 것이 있다고 합니다. 인천공항에서 비행기가 뜰 때는 아니었는데 비행기가 태평양 상공에 있는 14시간 동안 신학교에 입학하여 졸업한다는 말입니다. 그리고 농담으로 약 14시간 동안 공부를 얼마나 열심히 했는데, 그리고 기도도 열심히 하고, 하더라는 이야기입니다.

오래전 오하이오에 김×× 목사님이 특별 집회를 인도하러 왔습니다. 그리고는 "우리 한국이 이스라엘의 후손입니다. 야곱의 아들 중 단이라는 사람이 있었는데 단의 손자가 단군입니다. 출애굽기에 유다의 자손들 중 단의 이야기가 나오다가 사라지거든요."라고 설교를 하셨습니다. 나는 '아, 이 목사님이 태평양신학교를 다니다 보니 민수기나 사사기를 읽을 시간이 없었구나' 하고 생각했습니다. 민수기에는 단의 후손들이 얼마나 되었는지 자세히 계수한 기록이 있고, 사사기의 삼손은 단의 후손이었던 것을 잊으셨나 봅니다.

가짜 목사님이야 사회에 큰 해야 미치겠습니까. 그런데 제일 큰일은 가짜 정치가입니다. 마음속에는 사리사욕을 품고 주소를 이리 옮겼다 저리 옮겼다 하면서 국회의원으로 출마를 해서는 안×× 의원처럼 처음서부터 끝까지 거짓말로 남을 모해하고 나라를 어지럽게 흔드는 정치인들입니다.

그런데 가짜 대통령은 정말 있어서는 안 될 일입니다. 이 가짜 대통령은 가짜 계란이나 가짜 로렉스 시계보다는 훨씬 세상에 해가 되는 가짜입니다. 우리나라에는 그가 대통령이 안 되었더라면 더 좋았을 것을 하는 대통령들이 있었습니다. 대통령 후보 시절에는 "국민을 사랑하는 일꾼이 되겠습니다. 국민 중에 한 사람이라도 눈물을 흘리는 사람이 없도록 하겠습니다. 사람이 먼저인 세상을 만들겠습니다. 퇴근하면서 시장의 나무 걸상에 앉아 국민들과 소주를 한 잔하면서 국민의 소리를 듣는 대통령이 되겠습니다."라던 분이 대통령이 되었습니다.

그분이 대통령이 되고 난 후 공약은 지켜지지 않고 있는 것 같습니다. 무장한 경호원들에게 둘러싸여 있으며, 한겨울 청와대 앞에서 수백만 명의 국민들이 추위에 떨며 밤을 새우면서 하는 호소에는 묵묵부답입니다. 국민은 공약을 지키는 진짜 국회의원, 대통령이 뽑아야겠습니다.

# 성도님

가톨릭에서는 돌아가신 신자들 중 정말 높여 줄 사람을 성인이라고 부르며 성인위(聖人位)에 올립니다. 한문 그대로 해석하면 거룩한 사람입니다.

이 성인위에 오르는 것은 보통일이 아닙니다. 가톨릭에서 성인이 되려면 위대한 일을 하다가 순교하거나 일생동안 정말 존경받을 일을 한 사람들 중에서 선택된다고 합니다. 대다수의 신부나 수녀님, 추기경, 교황도 성인이 될 수 없습니다. 그래서 교황님이나 추기경님들, 신부님, 수녀님들은 수없이 많지만 성인은 세계적으로 그리 많지 않습니다. 대원군 시대에 순교당한 분들 중에서도 몇 명이 선택되었고 테레사 수녀님이 성인위에 오를 정도입니다.

그런데 우리 개신교 교회에서는 언제부터인가 아무 직책도 없이 처음 교회에 나온 분들을 성도(聖徒)라고 부르고 있습니다. 물론 개개인으로 보아 하나님이 선택하여 큰 인물을 만드시고자 했는지 나는 알 수 없지만 교회에 처음 나온 모든 분들을 성도라고 부르는 것에 아연함을 느낍니다. 성도란 말은 거룩한 무리에 속한다는 말일 것입니다. 물론 해석을 억지로 하자면 할 말이 없습니다.

교회에는 계급이 많이 있습니다. 서리집사, 집사, 안수집사가 있고 권사가 있고 장로가 있습니다. 이 계급은 정말 대단한 계급입니다. 교회에서 준 직분인데도 집사님은 밖에 나가서도 집사님, 식당에서도 집사님, 심지어 돌아가셔도 비석 위에 집사라고 새깁니다. 장로님도 교회에서도 장로님, 집에 와서도 장로님, 골프장에 가서도 장로님, 심지어 장사를 하면서도 장로님입니다. 그리고 집사님은 앞으로 승진하겠지만 장로는 한 번 받으면 평생토록 갖는 직분입니다.

오래전 학생시절에 교회에서 장로님을 선출하였습니다. 그때 교회에서 투표를 하였는데 장로가 되려고 비공개적으로 득표 활동을 하던 분들을 기억합니다. 그분이 장로님이 되어 장립식을 하였는데 "내가 일생에 받을 직분 중 가장 귀한 직분이고 일생동안 간직할 직분"이라며 좋아하시던 일을 기억합니다. 비록 장로님이 술집에 가서 술집 여자와 술을 마시면서도 장로님이라고 부를 것입니다. 실제로 친구 하나가 교회에서 장로가 되었는데 사업상에 어려운 일이 있었던 모양입니다. 하루는 길에서 만났는데 술이 취하여 갈지자걸음을 하다가 나를 만났습니다. 나는 그 친구의 행적을 오래 전부터 좋아하지 않았습니다. 나는 장난기가 생겨 "×장로님, 많이 취하셨네요." 했더니 나의 어깨를 붙들고 "야! 근데 말이야…" 하면서 하소연을 했는데 30분이나 붙들려 이야기를 들어야 했습니다. 그 친구가 놓아줄 기색이 없어 "야, 나 빨리 화장실에 가야 되겠어." 하고는 겨우 빠져 나온 일이 있었습니다.

요새는 좀 큰 교회에서는 장로 되기도 힘들다고 합니다. 교회에 헌금도 많이 해야 하고 많이 알려져야 하니까 선거운동도 몇 년을 한다고 합니다. 이렇듯 큰 교회의 장로가 되기는 힘들다고 합니다. 오래 전 내가 나가던 교회에서의 일입니다. 어느 한 분이 한 일 년 작은 개척교회로 가서 장로가 되어 다시 우리 교회로 돌아왔습니다. 이명박 대통령도 소망교회 장로가 되기 전에 몇 년 동안 주차위원을 하기도 하고 교회에 열심히 나가고 서울시청을 새로 짓고는 이를 하나님께 봉헌한다고 말했다가 언론으로부터 많은 비난을 받았습니다. 장로가 된 어느 분은 너무도 기뻐서 어느 교회 장로라고 명함까지 만들어 다닌다고 합니다.

오래 전 여행사를 통하여 일본에 여행을 간 적이 있습니다. 26명이 오사카, 나라, 교토, 후지상, 도꼬 등을 관광했습니다. 오사카 비행장에서 내려 버스를 타고 가이드의 소개로 처음 자기소개를 하며 인사를 했습니다. '이름이 무엇이고 무엇을 하고 있습니다.'라는 정도의 자기 소개였는데 어떤 분이 일어나서 "나는 이름이 ○○○이고 교회의 장로인데 장로가 된 지 15년이 되었습니다."라고 소개를 했습니다. 그분에게는 장로가 가장 명예스럽고 자랑하고 싶은 품목이었던 것 같습니다. 물론 교회에서는 목사님이 교회 직분으로서야 제일 먼저이겠지만….

나는 그분에게는 죄송하지만 교회 직분이 계급이라고는 생각하지 않습니다. 그저 교회 일을 하기 위한 직책이지, 명함에 '○○회사 사장, ○○교회 장로'라 나란히 인쇄된 걸 보면서 실소했습니다. 또 10여 전에 국회의원을 한 친구가 있습니다. 그런데 그가 준 명함에 '국회의원 ○○○ 무슨 분과위원회'라고 이름 위에 직함을 적어 놓고는 펜으로 동그라미까지 쳤습니다. 이제는 아니란 말이겠지만 제가 보기에는 그것을 강조하려고 한 것처럼 보이니 내 성격이 좀 꼬였나요?

그런데 며칠 전 목사님이 새로 온 교인을 소개하는데 ○○○성도님이라고 하여 속으로 깜짝 놀랐습니다. '아, 벌써 성인의 위에 오른 분이 있었나?' 하고.

　오래전 내가 학생 때는 새로 나온 사람을 소개할 때 교인(敎人) 또는 신도(信徒)님이라고 불렀습니다. 믿으려고 온 무리 중의 하나라는 말이 겠지요. 그런데 교회는 자꾸 생기고 교인은 늘어나지 않으니 요새는 새로 나오는 교인이 새로운 고객일지도 모릅니다. 그래서 너무도 기쁘고, 최고의 내접을 해주려다 보니 '성도님'이라고 부르는 모양입니다.

　왜 현대 교회는 이렇게 변질되어가고 있는 것일까요? 내가 대전에 있을 때 주말에 서울의 대형 교회에 가서 예배를 본 일이 많이 있습니다. 서울에는 정해진 교회가 없고 대형 교회에서는 하루에 1부 2부 3부 4부 5부 예배까지 있으니 시간을 맞추기가 쉬워서이기도 했습니다. 그런데 대형 교회에서 예배를 드리면서 이 교회에서 가난한 사람들이 견뎌낼 수가 있을까를 생각해 본 일이 많습니다. 갈보리교회, 소망교회, 영락교회, 광림교회, 금란교회, 온누리교회 등등에는 자기 차가 있어야지, 전철이나 버스를 타고 가기에는 불편했습니다. 그리고 대부분의 교인들이 모두 귀티를 내고 들어오는데 초라한 모습이면 정말 자기 옆에 앉을까봐 자리도 내주지 않을 것만 같았습니다.

　소형 교회에는 50명도 안 되는 교인들이 모여 예배를 드립니다. 그런 교회에 나가면 예배위원들이 등록을 하라고 권면하고 광고 시간에 '○○○성도님이 오늘 나오셨습니다.'라고 소개를 했습니다. 나는 어깨가 움츠러지며 죄송하기만 했습니다. 나는 성도의 위에 오르기는 너무도 부족한데….

# 열대지방의 크리스마스

TV에서, 또 친구가 보내준 카톡에서는 크리스마스캐럴이 들립니다. TV에서는 크리스마스의 세일이라고 채널마다 크리스마스캐럴을 들려줍니다. 빨간 모자에 두루마기를 입고 호호호 하며 산타클로스 할아버지가 사슴들이 이끄는 썰매를 타고 눈이 내린 산으로 들로 달립니다. 소나무 사이로 흰 눈이 수북이 내리고 반짝반짝 빛나는 별들이 찬란합니다. 아마 크리스마스는 백화점의 세일을 위한 계절인지 착각하게 합니다.

대학에 다닐 때 이때쯤이면 정신없이 바빴습니다. 학교 시험을 봐야 하고 가정교사로 있는 애들도 가르쳐야 했습니다. 교회에서는 성가연습, 또 연극을 준비하느라고 일주일에도 한두 번 밤에 모였습니다. 그러다가 12월 20일쯤에 방학을 하고, 그때부터는 며칠 남지 않은 성탄준비를 하느라고 밤을 새우기도 했습니다. 교회의 보조 장학금을 받으면서 학교에 다니던 나는 대학생 회장을 몇 년간 맡아야 했고, 청년회 연극을 주도해야 했습니다.

24일 밤 1부 예배에는 목사님의 간단한 메시지가 있고 크리스마스캐럴로 예배가 진행이 되고 2부에는 연극을 하곤 했습니다. 예배가 끝나고 선물을 교환하면서 밤참을 먹고 한 두어 시간 있으면 새벽송을 도는데 등불을 들고 그 추운 새벽길로 나서야 했습니다. 그때 우리는 추운 줄도 몰랐고 간간이 집사님 댁이나 장로님 댁에서 대접해주는 떡국을 먹으며 그렇게 즐거울 수가 없었습니다. 그때는 자유스럽게 만나지 못했지만 교회에서는 남의 눈치 보지 않고 만날 수 있었습니다. 그러니 크리스마스 때 성가대 연습을 하고 연극을 한다고 청춘 남녀가 만날 수 있는 좋은 기회였습니다. 그래서 학생 때 연애를 하고 결혼에 성공하여 행복한 가정을 꾸린 친구들도 더러 있습니다. 25일 저녁 예배가 끝나면 집에 가서 밀렸던 꿀잠을 자면서 우리는 행복했습니다.

대학을 졸업하고 의사가 되고는 크리스마스는 우리들을 그런 세대에서 밀어냈습니다. 병원의 당직을 서고 크리스마스 날 응급실로 오는 술 취한 환자들을 보느라고 크리스마스의 낭만을 많이 잊어 버렸습니다. 당직이 아니더라도 젊은 후배에게 그런 낭만을 물러 주어야 했습니다. 그래도 병원에서 선배님들이 저녁도 초대해주고, 연애하는 친구들은 데이트를 하느라고 정신이 없었습니다.

언제부터인지 사회가 변하고 문화도 변하여 이제는 교회에서 새벽송이 없어지고 크리스마스에 하던 연극도 사라졌습니다. 아직도 큰 교회에서는 성가대가 크리스마스 칸타타를 하지만 그전처럼 밤을 새우며 하던 행사는 거의 사라진 것 같습니다.

나이가 들어 결혼도 하고 애들도 생겼습니다. 그리고 나는 교회의 장로가 되었습니다. 크리스마스이브에는 성경봉독을 하거나 대표기도를 하고 애들을 통하여 크리스마스 간식을 보내주는 나이가 되었습니다.

그래도 크리스마스는 설레는 계절이었습니다. 오하이오의 추운 일기는 거의 매해 눈이 있는 화이트 크리스마스였고, 방학한 애들이 집으로 돌아와 집 안은 북적북적하고 아내는 먹을 음식을 준비하느라고 비명을 올리면서도 행복해 했습니다. Fire Place에 장작불을 지피고 모여 앉아 딸애가 치는 서투른 피아노 소리를 들으며 우리는 "영∼∼∼광, 영∼∼∼광"을 부르곤 했습니다. 창밖에는 눈이 쌓이고 집 앞의 나무들은 눈꽃을 안고 아름다웠습니다. 그때는 TV에 나오는 빨간 옷의 산타클로스 할아버지와 눈 위의 썰매가 현실감이 있었습니다.

이제 그 모든 것은 지나갔습니다. 나의 아들과 딸들은 방학하여 집으로 돌아온 자기 아이들과 크리스마스를 지낸다면서 우리에게 짧은 전화 한 통으로 끝냅니다. 그리고는 크리스마스카드와 함께 스타벅스 카드가 오거나 손자들이 쓴 크리스마스카드가 몇 장 올 뿐입니다.

플로리다의 크리스마스는 허전합니다. 노인들이 많은 고장이라 크리스마스의 흥분도 없고 크리스마스트리를 장식한 집도 눈에 띄지 않습니다. 눈도 없고 썰매를 타고 눈길을 달리는 산타클로스도 없습니다. 동네로 들어가는 문에 장식한 크리스마스트리나 등불도 나의 시각 때문인지 허전합니다. 집집마다 차고 앞에다 붙인 소나무 장식과 빨간 모자도 더위에 지쳤는지 시들하게 늘어져 있습니다.

교회에서도 크리스마스이브의 예배는 밤에 운전을 꺼려하는 노인들을 배려하여 낮에 잠깐 예배를 보고 떡국을 대접하겠다는 목사님의 광고입니다. 그리고 성탄예배는 크리스마스를 3일 앞둔 22일에 지내겠다고 합니다. 우리는 집에서 한 10분 거리에 있는 미국 장로교회의 촛불예배에 참석할 것입니다. 교회에는 많은 노인들이 색색의 옷을 입고 "Merry

Christmas and Happy New Year"라고 인사하지만 기운이 빠진 인사들입니다. 그리고 교회의 성가대원은 모두 머리가 흰 노인들입니다. 밖에 나오면 기후로 후줄근한 셔츠만 입은 사람들이 많고 양복을 입고 타이를 맨 우리가 더울 지경입니다. 대학생 때 마음을 졸이며 이번 선물은 무엇일까 하던 흥분도 사라졌습니다.

크리스마스가 휴일인 플로리다는 상점도 백화점도 모두 문을 닫고 거리는 한산합니다. 집 앞에는 지나가는 사람도 없습니다. 골프장에는 골프를 치는 사람들이 군데군데 있을 뿐, 그래도 크리스마스 날에는 골프가 무료라서 그런지 골프를 치는 사람들이 좀 더 많습니다.

며칠 있으면 그나마 차고에 붙어있던 장식마저도 떼어서 쓰레기통에 버리겠지요. 그리고 크리스마스가 언제 지났는지도 모르겠지요.

젊었을 때의 크리스마스의 흥분은 모두 지나갔습니다. 크리스마스만 지나간 것이 아닙니다. 나의 삶의 흥분이 지나간 것이 아닌지 모르겠습니다.

내년에는 눈치가 보이더라도 아들이나 딸의 집에 가서 크리스마스를 보내고 와야 할 것 같습니다. 시끄럽더라도 손자들이 크리스마스 선물 상자를 뜯으며 소리를 지르는 것을 듣고 감기가 들더라도 오버를 걸치고 눈길도 좀 걸어보며 딸이나 사위가 운전하는 차를 타고 교회에 가서 크리스마스 밤 칸타타를 들었으면 좋겠습니다.

플로리다 열대지방의 크리스마스는 너무도 조용하고 쓸쓸하고 나를 우울하게 합니다.

# 전원생활

인터넷에는 요즘 전원주택 매물이 많이 나온다고 합니다. 땅값과 건축비를 생각하면 터무니없이 싼값에라도 팔겠다는 것입니다. 그런데도 살 사람들이 별로 없는 모양입니다.

한동안 전원주택이 인기가 있었을 때는 전원주택을 짓고 주말마다 나가 텃밭을 가꾸고 밭에서 나는 오이나 상추쌈을 먹으면서 자연미과 건강미를 자랑하는 것이 지성을 갖춘 멋있는 사람들로 보이곤 했습니다. TV에서도 서로 다투어 가며 마치 이런 사람들이야말로 문화인이고 삶을 즐길 줄 아는 사람들이라는 듯 방송되어 전원생활이 인기가 있었습니다.

전원주택에 살면서 노동을 즐기는 사람이라면 이보다 좋은 일이 있겠습니까만 기사거리를 찾아다니며 호들갑을 떠는 제작진들의 이야기와는 현실은 너무도 다르다고 합니다. 그런데 유행은 오래 가지 않는 법입니다.

오래전 롱아일랜드에서 Fellow를 할 때 친구가 텃밭을 만들라고 한 오십 평가량 땅을 빌려 주었습니다. 한 평 땅을 가지고 싸우던 나라에서 온 촌놈은 감지덕지하여 그 땅을 밭으로 만들어 보겠다는 생각을 했습니다.

그래서 쉬는 주말이면 친구에게서 삽과 괭이들을 빌려서 땅 주위에 경계를 만들고 땅을 팠습니다. 처음 파는 땅이라 잘 파지지도 않았고 한 시간도 안 되었는데 허리가 아프고 손바닥에는 물집이 잡혔습니다. 그래도 친구가 큰마음 먹고 준 땅인데 하고 마음을 고쳐먹고 파고 또 파서 저녁 때까지 땅을 팠습니다. 손은 부르트고 허리는 아프고 어깨도 두드려 맞은 것처럼 욱신거렸습니다. 밤에는 몸살을 앓는 사람처럼 끙끙거리기까지 했다고 아내는 무슨 남자가 고까짓 땅도 못 파느냐고 놀렸습니다. 다음날은 흙을 고르고 수돗물을 뿌려주고 괭이로 이랑을 만들어 배추와 파, 고추, 상추를 심었습니다. 그리고 월요일 병원에 나가니 온 몸이 쑤시고 아파서 정신이 없었습니다.

그때 나는 속으로 농사도 아무나 하는 것이 아니구나 하고 농사를 짓는 사람에 대한 존경심이 생겼습니다. 그런데 그것으로 끝이 아니었습니다. 아내는 날마다 밭에 나가서 물을 주어야 하고 나는 병원일도 바쁜데 쉬는 날이면 벌레약을 치고 비료를 주고 또 솎는 일을 해야 했습니다.

친구가 지나가다가 "어때 이 선생, 농사가 잘 됩니까?" 하고 물으면 마치 놀림을 당하는 듯이 느껴져 그 친구가 은근히 원망스럽기까지 했습니다. 그러기를 몇 달이 지나 나처럼 비리비리한 배추가 자라고 파와 고추가 열렸습니다. 상추는 어찌나 빨리 자라는지 거의 매일 상추만 먹다 보니 상추만 보아도 질렸습니다. 그리고 비리비리한 배추와 파도 그 많은 것을 어찌 할 수가 없었습니다. 그것을 나누어 줄 친구도 별로 없고 갖다 주어도 별로 반갑지도 않은 모양이었습니다. 몇 불만 주면 깨끗이 다듬은 파를 한 주먹씩 사는데 비리비리한 파를 한 주먹 얻어먹고 얻어

먹었다는 소리를 듣는 것이 마음에 들지 않았겠지요. 배추와 파를 다 뽑고 땅을 대강 다듬어 주고는 다음 해에는 땅을 주인에게 돌려주었습니다. 그리고 다시는 농사를 지을 생각을 안했습니다.

오하이오에서 개업을 하면서 땅을 사두기만 하면 주식을 사는 것보다 이익이 된다는 친구의 말에 소나무가 있는 땅을 85에이커를 샀습니다. 소나무 밭 한가운데로 시내가 흐르는 멋진 땅이었습니다. 그러나 농사를 짓는다는 것은 생각도 못했습니다. 롱아일랜드에서 배추를 심던 생각을 하고 아예 시작도 하지 않았습니다. 그런데 웬일인지 내 땅은 10년이 지나도 값이 오르지 않았습니다. 매해 땅 소유세를 내야 하고 만일 불이 나든가, 애들이 그 땅에 들어가 사고를 치면 보상해야 한다고 하여 보험료까지 내야 하는데 땅값은 오르지가 않습니다. 가끔 그 땅을 돌아보며 이게 '내 땅이다' 하는 만족감을 느껴 보는 것 외에는 별로 도움이 되는 일이 없었습니다.

그래서 나는 이 아름다운 전원에서 친구들과 같이 살면 얼마나 좋으랴 하고 친구들을 초대하기 시작했습니다. 뉴욕과 시카고, 미시간에 있는 친구들을 초대하여 "여기에다 집을 짓자, 그리고 친구들끼리 모여 살자. 여기 테니스장을 만들고 골프 연습장도 만들자. 네가 집을 짓는다면 한 몇 에이커는 네 이름으로 등록해 줄게."라고 권했습니다. 친구들은 고개를 끄떡이기도 하고 그거 좋은 생각이구나라고 했지만 돌아가서는 누구 하나 연락하지 않았습니다. 도리어 내가 땅장사 하는 것으로 오해를 받은 일도 있습니다. 은퇴를 할 나이가 되자 아들과 딸은 "아버지, 그 땅을 처분하고 도시로 가세요. 여기서 혼자 사시면 아파도 누가 도와줄 사람도 없고 심지어 죽어도 몇 달이나 있다가 발견될지도 몰라요."라며 야단을 했습니다. 나는 전원생활을 자의 반 타의 반으로 단념하는 수밖에 없었습니다. 그리고는 내가 왜 전원생활을 안 하기를 잘했는지 알아보기 시작했습니다.

전원생활을 하면 불편한 일이 한두 가지가 아닙니다. 자가용차를 가지고 가도 주말에 그 복잡한 길을 운전해야 하고 대중교통으로 가려면 아예 생각도 말아야 합니다. 도시에서 살다가 농촌에 가면 파리, 모기, 하루살이 벌레들이 '야, 이 살찌고 연한 고기들이 왔다.'고 총공격을 합니다. 아무리 잘 지은 주택이라도 전기, 수도가 도시의 아파트처럼 시원하지 않습니다. 집은 그대로 노출이 되어 도적에게 무방비상태입니다. 일주일만 있다 가면 마당에 잡초가 수두룩하게 자랍니다. 갑자기 무엇이 필요해서 사려고 하면 한참을 나가야 합니다. 외식할 생각을 하거나 음식을 배달시켜 먹으려면 전원생활을 포기해야 합니다.

전원생활을 취재해 가면서 깔깔대고 있는 TV 진행자님이여, 주인의 손바닥을 한번 만져 보고 햇빛에 검게 타고 검버섯으로 얼룩진 얼굴에 신경을 써 보셨습니까? TV의 방송에 혹하여 전원으로 이사하였다가 이건 아니다, 라고 해서 손해를 보고서라도 팔겠다고 내놓은 사람들이 손해 배상청구를 하면 어쩌려고 그러십니까.

며칠 전 전원주택을 방문하여 텃밭에서 따왔다는 상추와 오이를 먹으면서 손뼉을 치고 호들갑을 떠는 여자 진행자를 TV로 보면서 한번 농촌 생활을 경험해본 일이 있을까, 하고 혼자 중얼거렸습니다.

# 나오미 오사카 열풍

　지금, 일본열도에서는 나오미 오사카의 열풍이 불고 있습니다. 2018 년 초가을 뉴욕에서 벌어진 US Open Tennis Championship에서 여자 테니스 황제라고 하는 세레나 윌리엄스와 나오미 오사카의 게임은 골리 앗과 다윗 같은 경기였습니다.

　나오미 오사카가 거인 세레나 윌리엄스와 마주선 모습은 왠지 왜소해 보이고 헤비급과 맞선 웰터급의 선수 같았습니다. 그런데 그녀가 세레 나와의 경기에서 이기고 우승한 후 주목을 받기 시작하더니, 2019년의 시작인 오스트레일리아 오픈에서 우승하면서 세계 랭킹 1위에까지 올랐 습니다. 동양인으로는 2014년 중국인 리나가 프렌치 오픈과 오스트레일 리아 오픈에 우승을 하고 세계 랭킹 2위에 잠시 오른 것이 최고였는데 세계 랭킹 1위는 오사카가 처음입니다.

　2018년 US Open은 세레나 윌리엄스로서는 치욕적인 경기였고 오사 카로서는 최고의 경기였습니다. 체격과 공의 파워로 보아 오사카는 세 레나의 상대가 못 되었습니다. 그런데 경기 중에 세레나는 어처구니없 는 실수를 연발하면서 경기에서 밀렸습니다. 경기가 풀리지 않자 세레나는 신경질을 부리며 라켓으로 땅을 쳐부숴버리고, 경고하는 심판에게 대들고 욕설하면서 경기 매니저를 불러오는 등 울고불고 했습니다. 그런데 오사카는 시종 침착하고 겸손한 자세로 경기에 임하였습니다. 오사카는 승리한 후에도 감격의 눈물을 흘리기는 했지만 패자를 위로하는 걸 잊지 않아 칭찬을 받았습니다. 세레나가 코트에서 사자처럼 포효했고, 오사카는 고양이처럼 울부짖었다고 하면 내 편견이 심한 건가요? 결국 세레나는 심사위원회의 징계로 1만8천 불을 벌금으로 내야 했습니다.

2017년 무명의 미국 흑인 슬로안 스테판도 세계를 깜짝 놀라게 한 선수로 일약 뉴스의 각광을 받았습니다. 그런데 그녀가 US Open의 챔피언이 되고나서 테니스경기보다는 광고나 인터뷰에 집중하는 듯하더니 오만해지기 시작했습니다. 그녀가 다음해 윔블던에서 1회전에서 떨어지고 2018년 US Open에서도 3회전에 탈락하고 말았습니다.

오사카는 우승 후에도 매 경기마다 출전했는데 코트에 나올 때 보면 그 모습이 겸허합니다. 그녀는 상대방에게 깍듯하게 예의를 지켰으며 일본인 특유의 웃음을 짓습니다. 얼마 전 미국의 신예 가웃과의 경기였습니다. 십대의 선수로 비너스 윌리엄스를 이겼으니 미국에서는 기대가 컸습니다. 그러나 오사카의 상대는 못되었습니다. 경기가 끝나고 울고 있는 가웃을 안아주고 기자와의 인터뷰에서 가웃에게 먼저 양보하고 그를 배려하는 태도가 관중들에게 깊은 인상을 주었습니다. 그녀는 예상하지 못했던 경기에 이기고나서도 다른 선수들처럼 경기장에 벌떡 드러눕거나 펄쩍펄쩍 뛰는 것이 아니라 마치 무릎을 꿇고 앉은 자세로 스스로의 감정을 조절하는 모습이 마치도 종교인의 겸허한 자세처럼 보입니다. 그래서 좋은 평을 받고 군중들에게도 인기가 높은 편입니다. 아시아인으로는 역사상 처음 있는 일이라서 세계의 여론은 나오미 오사카에 열을 올리고 일본인들은 거의 광분에 가까운 흥분에 싸여서 신문과 TV 에서 국민적 영웅으로 받들고 있습니다.

　일본사람들도 유대인들처럼 선민사상이 깊어서 자기들은 아마데라스 오오미가미의 직손임을 주장하며 다른 민족이나 피부색깔이 다른 인종 을 천시합니다. 일본인의 선민사상은 유대인과 맞먹을 정도이며 세계 2차대전 때 일본인은 1등 국민, 한국인은 2등 국민, 중국인은 3등 국민 이라며 오만하게 굴던 그들을 나는 잊을 수가 없습니다. 나오미 오사카 는 전통적인 일본인들과는 전혀 다른 까만 피부에 흑인들 특색인 검은 곱슬머리입니다. 나는 그녀를 처음 보았을 때 아프리카 미국인인 줄 알 았다가 국적이 일본인 것에 깜짝 놀랐습니다. 키도 180센티의 작지 않은 키이고 피부 색깔 때문에 작게 보이지만 유럽선수들과 마주 서도 그리 작은 키는 아닙니다. 선민사상이 투철한 일본인들이 피부색깔이 완전히 다르고 검은 곱슬머리를 가진 오사카에게 열광하는 게 놀랍습니다.

　이번 오스트레일리아 오픈 결승전에서 대결한 체코의 페트라 크비토 바는 유럽 선수 중에서도 키가 큰 선수였습니다. 몇 년 전 윔블던에서 우승을 하고 그가 준결승에 진출하자 미디어에서는 그녀가 우승을 할 가능성이 아주 높다고 예상했습니다. 상대선수 오사카는 거의 크비토바 의 머리의 반밖에 미치지 못했습니다. 그런데 게임이 진행될수록 크비 토바는 오사카보다 공이 예리하지 못했고 범실도 많아 오사카가 여유 있게 승리했습니다.

　나오미 오사카의 아버지는 레오나도르 프랑수아라는 아이티 계통의 미국인이고 어머니는 오사카 다마기라는 일본인입니다. 그는 어머니의 거주지인 오사카에서 태어나 이름을 오사카라고 지었으며 그는 미국 시민권과 일본 시민권을 같이 가지고 있습니다. 외할아버지가 사는 호카이도 네부로시에서 살다가 3세 때 미국으로 건너가 뉴욕과 플로리다에 살면서 테니스를 배웁니다. 그는 아버지보다는 어머니의 영양을 받아 일본 음식을 잘 먹고 일본 문화에 많이 젖어 있습니다. 그러나 전해지는 말로는 일본말보다는 영어를 더 잘한다고 합니다.

그런데 미국에서는 오사카를 미국인이라고 떠들지 않습니다. 워낙 다민족의 나라이고 챔피언을 많이 배출한 나라라서 그런지 몰라도 미국 TV에서는 오사카가 미국인 아버지를 두었다는 이야기도 없고 일본인이라고만 방송하고 있습니다. 만약 아버지가 미국계 한국인이고 미국 국적을 가진 사람이라고 하면 오사카를 TV에서나 매스컴에서 한국 사람이라며 떠들어댈지도 모른다는 생각을 하며 나 혼자 실소를 했습니다.

테니스 선수도 예쁜 여자가 대중의 인기를 얻습니다. 오래전 알젠틴 여자 선수 사바티니라는 선수가 있었습니다. 그는 약간 까만 피부에 얼굴이 예뻤는데 그가 경기를 할 때면 남자들은 그를 열광적으로 응원을 했습니다. 그녀가 스테피 그래프하고 경기하면 경기는 스테피 그래프가 이겼지만 사진사들은 모두 사바티니 쪽을 향하고 있었습니다.

요새 유럽 선수들 중에는 미녀 선수가 많습니다만 오사카는 외모가 그리 아름다운 여자는 아닙니다. 그러나 그의 겸손하고 상대방 선수를 배려해주는 태도가 많은 사람의 응원을 받는 것입니다. 요새 젊은이들이 버릇이 없다고 하는 것처럼 요새 젊은 선수들도 매너 없이 행동하는 선수들이 많습니다. 그런 모습을 볼 때마다 겸손한 챔피언 오사카가 젊은 선수들의 모범이 되었으면 합니다.

# 도널드 트럼프 대통령

지금 미국 하원에서는 도널드 트럼프 대통령의 탄핵안을 놓고 청문회가 열리고 있습니다. 하원의장인 낸시 페로시는 결단코 트럼프 대통령을 탄핵시키겠다고 기세를 올리고 있습니다.

사실 우리는 미국 대통령선거에서 트럼프가 이길 것이라고는 상상하지도 않았고, 힐러리 클린턴은 선거 날 당선축하연을 열려고 뉴욕에 파티장을 준비해 놓기도 했습니다. 투표가 끝나고 개표가 시작되었을 때만 해도 CNN과 MSNBC에서는 힐러리의 당선 확률이 91%라고 하면서 아나운서들은 미국 첫 번째 여성 대통령 시대가 되었다고 흥분했습니다.

개표가 끝나고 트럼프의 대의원수가 275표가 넘었는데도 CNN에서는 믿지 못하겠다는 표정이었습니다. 당선이 된 트럼프는 "자, 보아라. 내가 이겼다. 힐러리가 이긴다고 장담한 쓰레기 같은 언론과는 앞으로 이야기도 하지 않겠다."고 격노하는 담화를 발표했습니다.

그런데 당선이 된 트럼프는 하루도 편한 날이 없습니다. 당선이 되자마자 대통령자리를 도적맞았다고 여긴 힐러리 클린턴의 공격이 하루도 멈춘 날이 없었습니다. 또 트럼프의 성매매 문제, 러시아의 선거 개입

문제로 CNN과 MSNBC는 트럼프가 자기 임기를 못 채우고 물러날 것이라고 아우성을 쳤습니다. 전 FBI국장을 비롯해 수사기관들이 트럼프의 비밀을 폭로한다고 떠들었고 수사를 방해했다며 떠들었습니다.

한동안 여자 문제와 러시아 문제가 좀 잠잠해졌나 싶었는데, 이제는 트럼프가 우크라이나 정부에게 무기를 공급해주고 대신 민주당 대선 후보자 바이든과 그 아들의 비리를 알려달라고 했다는 문제가 불거지고, 전화통화내용의 녹음 파일로 국가기밀을 누설하고, 우크라이나가 미국의 대통령선거에 개입했으며, 대통령이 수사에 협조하지 않고 수사를 방해했다는 의혹으로 미 하원의회에서 탄핵청문회가 열린 것입니다. 하원의장 낸시 페로시는 12월 안으로 하원에서 대통령탄핵안을 통과시키겠다고 기염을 토하면서 하원에서는 통과가 될 것이라고 장담하고 있습니다.

물론 하원에서는 트럼프 대통령에 대한 탄핵이 통과될 것입니다. 공화당이 196표밖에 안되고 민주당이 236표이기 때문에 투표결과는 보나마나 뻔합니다. 그러나 상원에서는 공화당이 다수당이기 때문에 상원에서 3분의 2를 얻는다는 것은 불가능하다는 것을 누구나 다 아는 사실입니다. 상원에서 부결될 것이 뻔한 탄핵안을 가결한 것은 내년 대통령선거에서 민주당이 트럼프에게 상처를 입히자는 계획입니다.

내년에 있을 대통령선거에서 민주당은 10여 명의 후보자들이 난립하고 있습니다. 그런데 누구도 대중의 눈을 확 잡는 인물이 없습니다. 그러니까 Bloomberg까지도 출마를 선언했습니다. 얼마 전 힐러리 클린턴은 신문과의 인터뷰에서 "나도 차기 대통령선거에 관심이 있다. 나는 내가 2020년 대통령선거에 출마를 안 한다고 말한 적이 결코 없다. 그리고 많은 사람들이 내가 출마하기를 바라고 있다."고 했습니다.

어디에선가 들은 이야기입니다. 오래전 어느 분이 한국의 대통령선거에 지고는 정치에서 은퇴하겠다고 외국으로 나갔다가 선거 때가 되어 다시 돌아와 당을 만들고 출마하여 기어이 대통령이 되셨지만. 그리고 뉴욕타임스에서 가끔 힐러리의 근황을 신문에 내보내고 있습니다.

한국 속담에 "여자가 한을 품으면 오뉴월에도 서리가 내린다."는 말처럼 정말 힐러리의 복수심이 무섭구나 하는 생각이 듭니다. 어느 정치인도 대중을 모두 만족시켜 줄 수는 없고 과거를 털면 잘못이 없는 정치인이 없을 것입니다. 힐러리 클린턴이 대통령선거에 패배한 원인은 그녀는 과거에 많은 거짓말과 엄청한 잘못을 저질렀습니다. 부동산 업자라는 것밖에는 별로 알려지지 않은 트럼프가 이긴 것은 그를 지지해서라기보다는 그녀를 미워하는 표가 민주당에서 이탈한 때문이라고 생각을 합니다.

트럼프의 탄핵은 결국 통과되지 않을 것입니다. 상원의 3분의 2가 탄핵에 표를 던지지 않을 것이고 공화당에서는 이번 탄핵이 정당하지 않다고 이야기하기 때문입니다.

사실 트럼프는 대통령에 당선이 되고서 'Great America Again'이라는 기치를 내걸고 경제문제, 고용문제, 불법 이민자 문제, 외국과의 교역문제 등 민주당이 과거에 시행하지 못했던 정책들을 과감하게 시행했습니다. 멕시코와의 국경에 담을 쌓은 것은 국제 사회의 비난을 받을 일이지만 사실 미국의 이민정책은 심각합니다. 또 오바마나 지미 카터처럼 문을 열고 받아 주면 아프리카나 남미, 동남아시아에서 모든 빈민이 몰려들 것이고, 오바마나 샌더슨의 정책대로 불법 이민자에게도 의료보험과 사회보장금을 지불하다가는 미국의 경제가 거덜날 것은 누구나 다 예상하는 일입니다. 그래서 미국을 보호하겠다는 트럼프의 정책을 지지하는 중산층이 많은 것입니다.

그런데 아무리 좋은 이상이라고 하더라도 과정 또한 아름다워야 합니다. 미국에서는 트럼프에 대한 평가가 엇갈립니다. 어떤 이들을 그가 경제를 좋게 이끌었다고도 하고 수출과 수입이 좋아졌다고도 합니다. 그러나 얼마 전 어떤 이가 TV에서 말한 것처럼 자신의 8살 아들에게 미국의 대통령이고 상징인 트럼프를 본받으라고 할 수 있겠느냐고 물으면 아무도 그렇다고 대답힐 사림은 없을 것입니다.

그렇습니다. 목표가 좋다고 어떤 악한 방법을 써도 된다는 건 아닙니다. 히틀러도 스탈린도 자기가 세워놓은 이상을 좋아했을는지 모릅니다. 그러나 방법이 잘못되었기에 범죄를 저지르고 만 것입니다. 말을 함부로 하고 보좌관들을 향해 TV에 출연하여 "You are fired"라고 한다면 그의 주위에 남아 있을 사람이 어디 있겠습니까? 그의 측근였던 마티즈도 그렇고, 최근까지 자기를 보좌하던 볼턴 보좌관마저도 해고되었습니다. 많은 장관들이 하루아침에 그냥 파면을 당한다고 하니, 트럼프 대통령 밑에는 좋은 사람들이 모여 있을 수가 없을 것입니다.

삼국지에 보면 유비는 제갈량을 얻으려고 눈이 내리는 날 먼 남강까지 세 번이나 가서 삼고초려하고, 조조는 관우의 마음을 사로잡으려고 삼 일마다 작은 잔치를 베풀고 5일마다 큰 잔치를 베풀었다고 합니다. 북한에서는 김영철이나 군 간부들을 수십 년 동안 같은 부서에서 일하면서 경험을 쌓았고 일생동안 김씨 일가를 위해 충성을 하고 있습니다.

다음 선거에서 트럼프가 이길지 질지 모릅니다. 그러나 지금처럼 자기 마음에 들지 않으면 누구에게나 욕을 하고 'You are fired'라는 말을 쏟아낸다면 그는 훌륭한 대통령은 되지 못할 것입니다.

# 凡泉 金正植 先生님

　범천 김정식 선생님은 1926년 출생하셨습니다. 아버님은 경북 태생인 김영운 목사님, 어머님은 평양이 고향인 김순덕 여사입니다. 아버지 김영운 목사님은 평양 숭실학교에서 수학 물리학과를 졸업하고 평양의 한 회사에서 Chemical Engineer로 일하셨으나 회사에서 일요일에도 근무하라는 강압에 회사를 그만 두고 목포의 한 여자중학교에서 화학교사로 계셨다고 합니다. 이때 김정식 선생님이 태어나셨습니다.

　교사를 그만 둔 선친은 다시 평양으로 와서 평양신학교를 졸업하고 전도사가 되셨습니다. 그때 김정식 선생은 평양광성초등학교를 다녔는데 선친이 황해도 안악에서 교회 전도사로 부임하자 안악초등학교로 전학하고 그곳에서 초등학교를 졸업했습니다. 또 다시 평양으로 부임오신 선친을 따라와서 광성중·고등학교를 다니셨습니다. 선친 김영운 목사님은 공산당의 박해를 받았으나 끝까지 신앙을 굽히지 않고 순교를 당하셨고 어머님이 홀로 7남매를 키우셨다고 합니다. 생전의 선친께선 생활력이 없으셔서 모친께서 살림을 도맡아 하느라 고생이 많으셨다고 회고하는 김 선생님은 어머니에 대한 정이 많으셨습니다.

1944년 서울 경성사범학교를 다니셨는데 이때 고 운정 김종필 전 국무총리도 함께 다녔다고 합니다. 사범학교를 다니다가 1946년 서울 세브란스의학전문학교에 입학하여 1951년에 졸업을 하셨습니다. 선생은 젊어서부터 음악을 좋아하여 합창단에서 활약하셨고 교회 성가대에서도 활동하셨습니다. 세브란스 의학전문학교에 다닐 때 생활이 어려워서 박영출 목사님이 경영하는 숭덕학사에서 기숙하셨는데 이때 지금의 부인 최선이 선생님을 만났고 교회 성가대와 학생활동을 같이 하셨습니다.

1950년 한국전쟁이 발발하고 학교가 부산으로 피난 가서 부산에서 1951년에 세브란스의학전문학교를 졸업했습니다. 그리고 곧바로 육군 군의관으로 입대하여 강원도 인제와 철원 등지에서 근무하다가 1954년 제대했습니다. 군의관으로 있을 때 사단 의무참모로 최전선에서 북한군과 교전하는 등 고생이 많았다고 합니다. 그리고 마산 결핵요양소에서 근무하시면서 치료를 받았고 1955년 부산대학교 의과대학의 내과 조교수로 근무를 했습니다.

1958년 미국으로 오시어 뉴욕 시립병원 내과에서 인턴, 호흡기내과에서 레지던트를 하였으나 관심은 심장내과에 있어서 뉴욕 시립병원을 그만두고 Montefoire Hospital에서 심장내과를 전공하였습니다. 1958년부터 맨해튼의 한인 연합교회에 나가시고 1963년에 한인교회에서 장로로 피택되셨습니다. 1965년에 내과 전공의가 끝나고 Tennessee의 Nashville Leheight Medical College에서 내과 조교수로 4년 간 근무했습니다.

1969년 New Jersey로 오시어 New Jersey Medical College와 Veterans Hospital에서 교수로 1997년까지 근무하시고, 그 후에는 Part time 교수로 은퇴할 때까지 근무했습니다. 2007년 상처를 하시고

나서 2009년 최선이 여사와 재혼했습니다.

그동안 Part time으로 New Jersey Medical College와 2000년부터 한국의 대전에 있는 건양대학교 심장내과에서 후학들을 지도했습니다. 2009년 Tennessee에 있는 Chattanooga로 이사를 하셔서 현재 그곳에서 살고 계십니다.

범천 선생님은 어려서부터 음악을 좋아해서 세브란스 의과 대학생 때도 이병현 이비인후과 교수님과 음악으로 교제하셨고, 군의관으로 있을 때도 기회만 있으면 LP판을 구입하여 음악을 들으셨다고 합니다. 특히 Wagner와 Gustav Mahler를 좋아하는데 Mahler의 교향곡 제 1번과 4번을 좋아한다고 합니다.

1953년경, 생물학자이고 research를 하는 Dr. Alfred Kinser 교수가 Time지의 커버스토리로 나왔는데 그분은 음악을 좋아하는 사람들로 Music Club을 만들어 Indiana대학에서 한 달에 한 번씩 모여 음악을 감상하고 음악에 대한 지식도 교환한다는 기사였습니다.

이 기사를 보고 범천 선생은 Dr. Alfred Kinser 교수가 부러웠다고 합니다. 그래서 우리도 한번 그런 클럽을 만들어 보았으면 하고 쭉 생각해 오다가 1980년경 음악을 좋아하는 친구들이 모여 한 달에 한 번씩 음악을 듣고 그 음악의 작곡자, 교향곡이 가지는 배경들을 서로 토의하는 모임을 갖게 되었습니다. 처음에는 많은 백인들과 의사들이 모였으나 음악이 끝난 후 저녁을 먹는 게 부담이 되었던지 백인들은 하나씩 떨어져 나가고 음식문화가 같은 한국 사람들이 많이 남게 되었습니다.

이 Music club회원들은 여름에 Tanglewood Music Festival에도 함께 가고, Bergen County Symphony Orchestra도 도와주는 등 많은

활약을 했습니다. 2014년 범천 선생이 Chattanooga로 이사하고 나서는 조경희 박사와 최우명 박사가 뒤를 이어서 music club을 이끌고 있습니다.

내가 처음 범천 선생을 만나게 된 것은 2009년 대전의 건양대학교에서입니다. 이미 범천 선생님이 80이 넘으셨을 때였습니다. 나는 성형외과의 교수로 근무하고 있었고, 범천 선생님도 나와 같은 아파트에 기거히면서 교제를 넓혀갔습니다. 저녁도 같이 먹고 영화도 같이 보면서 인생과 음악에 대하여 이야기를 나누었습니다. 이야기를 하다가 불란서 시를 원어로 암송하면서 번역을 해주시기도 했는데 마음에 많은 감동을 받았지요. 이렇게 몇 년을 같이 지내면서 선생님의 멋에 깊은 인상을 받고 존경하게 되었습니다. 2016년 말에 나도 은퇴를 하고 미국으로 돌아왔습니다.

2017년 4월 Chattanooga에서 사시는 박사님 댁을 방문할 기회가 있었습니다. 집은 크지 않고 아담한데 편안히 앉아서 감상할 수 있는 음악실이 따로 마련되어 있었습니다. 나는 TV에 그렇게 많은 Classic Music Channel이 있는 줄 몰랐습니다. 아주 많은 Music Channel이 있어서 언제나 원하는 작곡가의 음악을 끝없이 들을 수 있었습니다.

범천 선생은 매일 운동하시고 책을 읽고 음악을 들으며 삶을 이어가고 계십니다. 90이 넘은 나이에도 운동과 독서, 음악을 감상하시고, 메트로폴리탄 오페라의 HD 방영을 놓치지 않고 꼭 보신다고 합니다. 아름다운 삶을 사시는 선생님을 생각하면서, 나도 그분처럼 될 수 있을까를 생각합니다.

# 3

내 주를
가까이

# 현대의 문맹자

우리가 어렸을 때 어른들이 부르던 노래가 있었습니다.

"학도야 학도야 청년학도야 삼천리강산을 둘러보아라. 글 모르는 장님이 몇 백만인가…."

2차대전이 끝나고 우리나라가 해방이 되었을 때 낫 놓고 기억 자를 모르는 사람들이 많았습니다. 그래서 우리가 대학생 때 농촌에 나가 문맹퇴치운동이라고 하여 어른들에게 한글을 가르쳐 드렸습니다. 이때의 문맹이라는 말은 글을 모르는 사람들을 의미했습니다. 그래서 신문도 읽을 줄 모르고 심지어는 투표를 하러 가서도 자기가 원하는 입후보자의 이름을 읽지 못하는 사람들이 있었습니다.

지금은 글을 읽지 못하는 사람은 거의 없지만 문맹자는 많이 있습니다. 지금의 문맹자는 현대문명을 알지 못하는 사람들을 말하는 것입니다. 대학을 졸업했어도, 박사학위를 가지고 있어도 현대문명인 전자 기기를 사용할 줄 모르고 컴퓨터를 모르면 문맹자나 다름이 없습니다. 아무리 학식이 많아도 컴퓨터로 치르는 시험을 볼 수 없으면 낙오자이고 이메일을 주고받을 수 없거나 카톡을 할 줄 모르면 문맹인입니다. 이메일로 편지를 주고받을 줄 모르면 문맹자이고, 인터넷으로 물건을 주문하고 결제할 줄 모르고 물건도 살 줄 모르는 바보이고 인터넷뱅킹도 할 줄 모르면 은행거래도 제대로 못하는 무능한 문맹자입니다. 그런데 옛날의 문맹인은 글만 배우면 문맹을 벗어날 수 있었는데 현대의 문명인은 한 달이 멀다하고 변화하는 현대문명을 따라 가기가 힘이 듭니다. 이메일도 6개월마다 Pin이나 비밀번호를 바꾸라고 하고는 비밀번호를 입력하는 방법을 바꾸어 버리니 다시 방법을 찾노라면 고생을 해야 합니다.

Best Buy에 가서 전자제품을 구입해 와서 어떻게 조립하고 어떻게 프로그램을 넣고 어떻게 작동하는지 모르면 문맹입니다. 그런데 전자제품을 사다가 Instruction을 읽어 보아도 이해할 수가 없습니다. 그 용어를 알아야 하는데 용어조차도 이해할 수가 없으니 문맹임에 틀림이 없습니다.

지하철을 타고 가다가 옆에 앉은 소년을 보았습니다. 머리를 노랗게 물들이고 귀걸이를 한 소년이 열심히 스마트 폰을 들여다보고 있습니다. 옆에 앉은 나는 그가 보는 스마트 폰을 슬그머니 훔쳐보았습니다. 그는 스마트폰으로 만화를 들여다보면서 실실 웃고 있습니다. 그러더니 얼마 있다가 휴대폰으로 누구에겐가 문자 메시지를 보내기 시작하는데 두 엄지손가락으로 내가 타자를 치는 속도보다도 빠르게 문자를 찍어 냅니다. 그러니 지금의 시대에는 그가 문명인이고 나는 문맹자에 가까운 사람입니다.

가끔 학교에서 컴퓨터가 말을 안 들으면 전공의나 학생을 불러 도움을 청합니다. 사실은 그가 옆에 앉아서 하나하나 가르쳐 주기를 바라지만 젊은이들은 모두 성질이 급하여 나처럼 우둔한 학생을 싫어합니다. 그래서 내가 부탁한 부분만 번개처럼 컴퓨터 자판을 두드리니 내가 도저히 그가 무엇을 하는지 알 수가 없습니다. 그저 이리 해보다가 안 되면 저리 해보고 잘되는 방법으로 막 돌아가니 한 번을 시도해도 기억하기가 힘든데 이 길로 저 길로 막 돌아가는 걸 옆에서 훔쳐보면서 내가 그것을 기억하기는 아마 제갈량이라도 못할 것 같습니다.

　얼마 전 원고가 잔뜩 담긴 컴퓨터가 먹통이 되었습니다. 아무리 이리 굴리고 저리 굴려도 컴퓨터는 검은 화면만 보여줄 뿐 반응을 하지 않았습니다. 옛날 TV가 안 들어오면 주먹으로 쳐보라고 했지만 컴퓨터를 주먹으로 치다간 완전히 망가질 것 같아 화가 나도 주먹으로 칠 수가 없습니다. '이거 야단났는데 일 년 동안 모아놓은 원고를 어찌해야 한담.' 하고 당황스럽고 화도 났습니다. 사실 원고를 하나 쓰면 그 하나를 USB에 저장하라고 하지만 워낙 게으른 나는 다 끝날 때까지 따로 저장을 하지 않고 그대로 컴퓨터 안에 넣어 놓았으니 일 년치 원고가 다 날아간 것입니다. 내가 내 뺨을 때리고 머리를 쥐어박아도 별수 없습니다.

　그래서 박사학위를 가진 친구를 찾아가 자문을 구했지만 박사님도 의학이나 철학에는 박사님이지만 컴퓨터에는 문맹인들이어서 나를 도와주지 못했습니다. 컴퓨터를 고친다는 Best Buy의 컴퓨터 수리 기술자에게 가져갔더니 한글 컴퓨터라 자기는 무슨 말인지 몰라 도와주지 못하겠다는 것이며 컴퓨터의 CPU가 망가졌으니 컴퓨터를 고치지 못할 것이라는 진단입니다.

　한국에 가는 길에 무거운 컴퓨터를 들고 갔습니다. 그리고 근무하던 병원의 컴퓨터 기술자에게 부탁을 했습니다. 컴퓨터 기술자인 그 친구는 컴퓨터를 보고서 CPU가 고장이 났으니 컴퓨터의 CPU를 갈아야 하는데 컴퓨터 값이 비싸지 않으니 새로 사라고 합니다. 얼마를 썼느냐고 해서 한 7년 썼다고 하니 수명도 다 되었다고 합니다. 그러나 그 안의 원고는 어떻게 해야 하느냐고 사정을 했습니다. 그 친구는 그럼 여기 내장이 되어 있는 내용을 다른 컴퓨터에 넣어 주겠다고 하고 컴퓨터를 두고 가라고 하더니 다음날 헌 컴퓨터의 모든 정보를 새 컴퓨터에 넣었다고 연락이 왔습니다.

잃어 버렸던 원고들도 도루 찾았습니다. 나는 그저 일 년 동안 저축했던 원고를 되살린 것만 감사하여 절을 몇 번이나 하고 요구하는 대로 돈을 주고 컴퓨터를 가져 왔습니다.


옛날이야기가 기억이 났습니다. 양반이 배를 탔습니다. 그리고는 자랑을 하고 싶어서 사공에게 물었습니다.

"자네는 사서오경을 읽어 보았는가?"

"아닙니다. 못 읽었습니다."

"그래. 그럼 인생의 아름다움을 모르겠구만. 그러면 명심보감은 읽어 보았는가?"

"아니요. 못 읽었습니다."

"그래. 그러면 세상 인간의 도리를 모르겠구만. 그러면 천자문은 읽어 보았는가?"

"아니요. 못 읽있는데요."

"그러면 사람이라고 할 수 없지."

양반이 거드름을 피웠습니다. 사공은 양반이 괘씸했습니다. 그래서 물살이 센 곳으로 배를 저어 가 배가 물살에 흔들리게 했습니다. 양반은 얼굴이 하얘지며 사공에게 말합니다.

"여보게, 배가 왜 이러는가?"

"나리, 수영을 할 줄 아십니까?"

"아니, 나 같은 양반이 수영은 해 무엇 하나?"

"나리는 세상을 헛살았습니다. 수영을 할 줄 모르면 여기서 살아나갈 방도가 없습니다."

아마 의학을 이야기하라면, 역사를 토의하자면, 소설 이야기를 하자면, 내가 컴퓨터를 고친 그 사람보다야 낫겠지만 현대문명인 컴퓨터를 이야기하자면 나는 문맹자나 마찬가지입니다.

# 내 주를 가까이

"내 주를 가까이 하게 함은 십자가 짐 같은 고생이나 내 일생 소원은 늘 찬송하면서 주께로 나가기 원합니다."

무심코 돌린 TV에서 안드레 류가 이끄는 심포니와 성가대가 장엄하게 연주를 합니다. 화려한 무대 찬란한 조명, 그리고 아름다운 옷을 입은 여자들과 남자들이 그야말로 장엄하게 부르는 찬송소리가 나의 마음을 흔듭니다. 그런데 보통 왈츠를 연주하며 몸을 흔들어대던 때와는 딴판으로 진중하고 엄숙한 모습이 나의 마음을 더 엄숙하게 합니다. 그리고 화려하게 입은 연주자들의 옷조차 화려하게 보이지 않고 그저 아름답게 보입니다.

일요일 오후, 멍청하게 TV를 틀어놓고 있던 내가 갑자기 긴장이 되면서 무엇이 가슴을 친 듯한 느낌입니다.

아마도 1949년이었을 것입니다. 내가 중학교에 입학한 지 얼마 안 되어 북한 김일성 정권이 전쟁준비를 하느라고 평양시민들 중에 반동세력을 정리하기 시작할 때였던 것 같습니다. 교회에서는 어느 집사님이 잡혀갔고 어느 집 아들이 없어졌다는 소문이 수군수군 돌고 있었고, 수상한 사람이 교회를 드나들거나 교회문 앞을 서성거려서 교회 분위기가 침울하기만 했습니다.

가난한 집에 느는 것은 신경질뿐이었나 봅니다. 학교에서 학생들을 가르치고 방과 후에도 계속되는 회의와 행사를 마치고 밤늦게야 귀가한 어머님은 너무 피곤하셔서 그랬던지 신경질을 자주 부리셨습니다. 그러나 철없는 아이들이었으니 어머님의 마음을 헤아려 드리지 못했고, 집안 살림을 도맡아 하면서 어머니만을 기다렸는데 집에 돌아와 신경질만 부리시니 나는 그저 억울하고 서러웠습니다. 그렇듯 서러울 때면 나는 교회에 가서 울면서 기도를 드렸습니다.

학교 선생님도, 친구도, 친척도 가난하고 천대를 받던 우리의 말을 들어줄 사람이 이 세상에 없었고 어린 나를 맞이해 주는 곳은 교회밖에 없었습니다. 나는 일요일 아침 새벽기도회에 가곤 했는데 새벽기도에서 많이 부른 찬송이 지금 361장인 〈내 주를 가까이〉였습니다. 나이 많은 할아버지 할머니들 사이에서 느릿느릿 이 찬송을 부르면 왠지 마음이 가라앉으며 엄숙해지곤 했고 "내 고생하는 것 옛 야곱이 돌베개 베고 잠 같습니다…"를 부르면 내가 지금 하고 있는 고생이 야곱의 고생처럼 느껴져 저절로 눈물이 나오곤 했습니다.

한국전쟁 때 부모님을 잃어버리고 동생들을 데리고 주소가 적힌 편지 봉투 하나만 들고 안성으로 피난을 갔습니다. 생전 처음 보는 고모님이고, 조카들이었습니다. 고모님 댁에서는 우리가 반갑기보다 짐스러웠을 것이었고, 우리가 언제 너희들을 보았느냐고 추운 겨울 밖으로 내어 쫓지 않은 것만도 크나큰 자비였을 것입니다. 저녁으로 쌀보다 나물이 더 많이 섞인 나물죽을 한 그릇씩 얻어먹고 윗방으로 들어와 보니 반딧불만

하게 희미한 등잔불이 가물거렸습니다. 생전 처음 경험한 등잔불이었습니다. 기름이 아깝다고 불을 끄고 나면 캄캄한 방에서 부모님을 잊어버린 공포와 설움, 내일은 어떻게 살아야 하나 하는 걱정에 싸여 어두운 창을 쳐다보면서 나는 입속으로 이 찬송을 부르곤 했습니다.

"천성에 가는 길 험하여도 생명 길 되나니 은혜로다. 천사 날 부르니 늘 찬송하면서 주께로 나가기 원합니다." 그러면서 천사가 나를 부르면 지금이라도 따라갈 것 같은 비장함에 잠기곤 했습니다. 피난 내려오면서 죽은 사람을 많이 보아서 그랬던지 죽음이 그리 무섭지 않았고, 어떤 때는 달콤한 유혹처럼 나에게 다가오곤 했습니다. 부모님들이 죽으면서 '저 어린자식을 어찌하고 갈까' 걱정하는 것처럼 나도 어린 동생들을 두고 어떻게 가며 내가 죽으면 동생들이 어찌 살까 하는 것이 걱정이었습니다.

오래 후에 연희대학에 입학했습니다. 입학한 지 얼마 후에 연세대학이 되었지만…. 연희대학에서는 노천극장에서 예배를 보곤 했는데 문과대학 선배들이 나와 사중창으로 〈내 주를 가까이〉를 불렀는데 그렇게 화음이 잘 맞고 잘 부를 수가 없었습니다. 나는 이 찬송이 내가 그전에 부르던 것처럼 청승을 떨면서 부를 찬송이 아니었구나 하고 새로운 감각을 느끼게 되었습니다. 내가 교회의 청년회장이 되고 헌신예배를 드리거나 사회를 볼 때면 이 찬송을 많이 부르곤 했습니다. 회원들은 "회장은 또 이 찬송이야! 청승맞게" 하고 토를 다는 사람도 있었으나 나는 고집스럽게 이 찬송만을 불렀습니다.

이 찬송은 영국의 Sarah F. Adams라는 여인이 작사하였는데 재능이 많고 아름다운 분이었다고 합니다. 그가 인기 있는 배우로 활동하다 몸이 아파 쉬면서 집안의 내력인 병으로 얼마 살지 못할 것 같은 생각이 들었다고 합니다. 배우를 그만 두고 집에서 작품을 쓰면서 죽음에 대한 공포 속에서 이 찬송가를 작사했습니다. 이 시가 찬송이 되었지만 많이 불리지는 않는데 University of Boston의 설립자인 Lowell Masson이 지금의 곡으로 만들어 사람들이 애창하는 찬송이 되었고, 미국의 25대 대통령인 윌리암 매켄리는 임종 시 이 찬송을 부르며 운명했다고 합니다. 루즈벨트 대통령도 2차대전 중 고민에 빠졌을 때 이 찬송을 부르곤 했다고 술회하였습니다.

아마 이 찬송은 요새 부르는 부흥성가처럼 기타를 치고 몸을 흔들면서 부르는 찬송은 아닙니다. 나를 놀리던 친구의 말처럼 청승맞고 조용한 곡이랄까요. 왈츠를 연주하며 몸을 흔들어 대던 안드레 류도 지금 신중한 몸짓으로 바이올린을 연주하고 있습니다.

1997년 상영된 영화 ≪타이타닉≫에서 어두운 한밤중 깊은 바다에 배는 침몰하고 바람은 사납게 부는데 사람들은 구명정에 매달려 아우성을 칩니다. 그런데 침몰해가는 배의 갑판 위에서 실내악단의 지휘자는 이 찬송을 연주합니다. 바람이 불고 배가 부서지면서 사람들이 살겠다고 아우성을 치는데 세상의 모든 것을 초월한 듯한 모습으로 몇 명의 실내악단의 연주자들이 이 찬송을 연주하고 또 연주하다가 바람소리와 함께 사라집니다. 자신들은 구명정을 포기하고 떠나가는 사람들에게는 평안히 가라는 찬송을, 그리고 구명정을 얻지 못하고 죽어가는 사람들(1,635명)의 영혼을 달래는 찬송이 바다 위로 퍼집니다.

마지막 배가 기울어지는데 찬송 연주가 멈추고 "Thank you for privilege to play"라던 지휘자의 목소리를 나는 잊을 수 없습니다. 매섭게 불어오는 바닷바람 소리에 지휘자의 목소리가 묻혀버리지만 그 말은 지옥에서 들려오는 구원의 소리 같았습니다. 그리고 이 장면은 한국전쟁 시 국군이 평양을 탈환하고 우리가 교회에 갔을 때 목사님도 사모님도 순교하시고 부목사님도 장로님도 청년회 회장도 내가 따르던 형님들도 모두 비참하게 죽고 몇 사람들만 남아 침통해진 분위기에서 우리가 부른 찬송도 〈내 주를 가까이〉 이 찬송이었습니다.

지금도 이 찬송을 들으면 머리카락이 쭈뼛해지고 목뒤가 서늘해지는 건 내가 너무 예민한 탓일까요? 내가 가장 존경하고 사랑하던 친구 김주영은 40대에 저세상으로 갔고, 인턴과 전공의를 같이 한 정명희는 50대 초반에 세상을 떠났습니다.

이제 나의 삶이 얼마나 남았는지 모릅니다. 이 남은 삶을 "야곱이 잠깨어 일어난 후 돌단을 쌓은 것 본 받아서 숨질 때 되도록 늘 찬송하면서 주께로 나가기 원합니다."라고 찬송하면서 죽음을 준비해야 할 것 같습니다.

오래전 영화에서 바닷가의 노인이 젊은이들에게 "니가 이 게맛을 알아"라고 외치던 장면이 떠오릅니다. 나도 저 교회의 강단에 올라가 제멋대로 옷을 입고 제멋대로 눈을 감고 손을 쳐들기도 하며 기타를 치고 몸을 흔들며 복음성가를 부르는 저들에게 이렇게 소리를 지르고 싶습니다.

"니들이 이 찬송의 깊은 의미를 알아?"

# 초심으로 돌아가

크리스마스 때가 되면 아름답고 깨끗한 일기장을 사기도 하고 선물을 받기도 했습니다. 그리고 1월 1일이 되면 정성스럽게 일기를 쓰곤 했습니다. 그런데 일기를 1월 1일에는 아주 정성스럽게 쓰지만 10일은 넘기기가 쉽지 않습니다. 톨스토이는 일생동안 일기를 열심히 썼다던데… 하면서 일기를 쓰겠다고 생각하지만 아주 굳게 마음을 먹어야 3~4개월 쓸 때가 있고 대개는 한 달을 넘기지 못합니다.

대학을 다닐 때 일기를 썼습니다. 장식하고 만들어낸 일기장에 쓰는 것보다 그저 대학노트에 쓰는 것이 좋겠다고 하여 한 2년을 썼습니다. 그런데 같은 방을 쓰고 있던 친구가 나의 일기책을 훔쳐보는 것을 발견한 후 일기 쓰는 것을 그만 두었습니다. 그 후 초심으로 돌아가 몇 번 일기를 써야지 하고 마음을 먹었지만 며칠 가지 못했습니다. 그렇습니다. 매년 초심으로 돌아가야지 하고 결심을 하지만 초심은 꺾어지고 흔들려 처음의 마음을 잃어버립니다.

사랑도 마찬가지입니다. 처음 남녀가 만났을 때는 온몸이 뜨겁고 이 여자가 아니면 이 남자가 아니면 못 살 것 같아 몸살을 앓습니다. 그래서 노래에도 "한 번만 더 봤으면 좋겠네. 돌아서 가는 길을 또 보네. 낮이나 밤이나 그대 생각에 어떻게 기다려…"라고 노래를 부릅니다. 오늘 지금까지 같이 있다가 내일 다시 만나기로 약속했으면서도 오늘밤 몇 시간을 기다리기가 힘들다는 젊은 남녀들의 외침입니다. 그러나 결혼하면 아내의 얼굴이 벽에 걸린 그림보다도 새롭지 않고 남편은 옆에 있으면 귀찮고, 나가면 불안한 정도의 인물이 됩니다. 그래서 사랑에도 초심으로 돌아가 Revival이 필요합니다.

우리는 많은 정치인들이 선거 때가 되면 초심으로 돌아가 열심이 국민들을 위하여 일을 하겠다고 하지만 그들도 초심을 지키기란 쉽지 않은 모양입니다.

연초가 되면 대학의 시무식에서 총장님이 훈시를 합니다. "여러분이 초심으로 돌아가 열심히 연구하고 가르치며 처음에 의사가 되어 결심했던 태도를 지켜 주시기를 바랍니다." 그러는 것을 보면 많은 사람들이 일을 하다가 보면 슬럼프와 매너리즘에 빠지고 게을러지고 타성에 젖어들어 처음 결심과는 멀어지는 모양입니다.

얼마 전 스티브 잡스의 책을 읽어 보았습니다. 그는 '조앤 시블'이라는 미국인 어머니와 '압둘파다 존 잔달리'라는 시리아인 사이에서 1955년 2월 24일 샌프란시스코에서 태어났습니다. 그들은 결혼하지 않은 사이였고 조앤의 아버지가 그 둘 사이를 반대했다고 합니다. 그래서 애를 키울 수 없어 파울 잡스와 클라라 잡스 부부에게 입양했습니다. 입양할 때 조건은 대학을 보내준다는 것이었다고 합니다. 잡스 부부는 대학을 다니지 못했고 돈도 넉넉지 않은 가정이어서 약속대로 잡스를 대학에 보내는데 고생이 많았다고 합니다. 잡스는 고등학교를 졸업하고 리드

대학 철학과로 진학을 했습니다. 그는 대학에서 철학을 공부했으나 별 흥미를 느끼지 못하고 그의 대학 공부가 부모님이 고생하는 것만큼 가치가 있다고 생각되지 않아 대학을 그만 두었습니다. 그리고 차고에서 기계를 맞추는 일에 취미를 느꼈습니다.

그는 HP에 인턴으로 들어가서 스티브 위즈니악, 로널드 웨인과 함께 애플을 창업합니다. 그러나 애플은 고전하고 그의 독선적이고 비사교적인 성격은 회사에 잘 적응이 되시 않아 자기가 창업한 회사에서 1985년 쫓겨납니다. 그는 다시 초심으로 돌아갑니다. 창고에서 애플을 창업하던 그 정신으로 돌아가 사업을 시작합니다. Next를 창업하여 Nextstep이라는 새로운 운영체제를 개발해 내고 애니메이션 제작사 Pixar가 만든 '토이 스토리'는 대성공을 거둡니다. 결국 그는 1996년 10년 만에 다시 Apple로 돌아옵니다. 다시 초심으로 돌아가 연구하고 열심히 일을 하여 성공을 한 스티브 잡스, 그는 아이폰으로 성공하여 마이크로 소프트와 양대 산맥을 이루는 재벌이 되었습니다.

많은 사람들이 새해 첫 시작을 하며 회사가 어려워질 때, 정치인들이 무슨 일을 시작하면서 초심으로 돌아가겠다고 말을 합니다. 처음 시작할 때처럼 온몸을 던지고 뜨거운 가슴을 유지하며 일한다는 것은 정말 쉬운 일이 아닙니다.

교회에서도 초심으로 돌아가야 한다고 말합니다. 우리가 처음 신앙생활을 시작할 때의 그 뜨거움, 그 열정으로 돌아가는 것입니다. 그래서 새벽기도에도 나가고 교회에도 열심히 출석합니다. 그러다가 직장일이 바쁘다고 교회에 한두 번 빠지고, 친구와 등산을 한다고 한두 번 빠지다가는 장기결석을 하고 휴학을 하는 분들이 많이 있습니다. 처음 신앙생활을 시작할 때 이 믿음이 나의 인생에 가장 중요한 것이라고 생각을 하고 매달렸지만 시일이 지나고는 그 뜨거움이 시들해지고 그저 뜨뜻미지근한 신앙생활이 되고 말기 때문입니다.

그런데 정치인의 태도는 자기 혼자에게만 미치는 것이 아니라 국민 전체 나라 전체에 그 영향이 미치기 때문에 문제가 다릅니다. 대통령에 입후보를 했을 때 국민에게 봉사하겠다는 그 뜨거웠던 가슴이 어디 가고 오로지 자기의 이익만을 위하여 일합니다. 처음에 다른 사람의 말에 귀를 기울였던 초심을 버리고 아집과 독선만을 고집하니 문제가 일어납니다. "나는 국민의 눈에 눈물이 나지 않게 일을 하겠습니다. 나는 사람이 먼저라는 생각으로 정치를 하겠습니다."라고 약속을 하고선 많은 국민을 '적폐청산'이라는 명목으로 감옥에 가두고, 많은 국민들이 영하의 추위 속에서 밤을 새우며 우리들의 이야기를 들어 달라는데도 청와대는 문을 꼭 닫고 시끄러워 잠을 못 자겠다고 불평을 했다면 이건 정말 심각한 문제입니다.

애당초 약속한 공약은 전부 거짓말이었단 말입니까. 아니면 초심을 잊었다는 말입니까. 대통령님 정말 초심으로 돌아가 후보자 시절의 뜨거웠던 가슴으로 돌아오십시오.

# 오만한 사람들

대학 때 해인사로 수학여행을 간 일이 있습니다. 아침에 스님이 절 마당을 비로 쓸고 있었는데 마당에는 가랑잎 하나도 떨어지지 않아 비질을 할 필요가 없을 것 같았습니다.

"마당이 깨끗한데 왜 또 마당을 쓰십니까?"라고 물으니 "네, 낙엽이나 쓰레기는 없어도 개미같이 작은 동물이 있으니 치워 놓아야 내가 그들을 밟아 죽이지 않지요. 아무리 작은 미물이라도 살생을 하는 것은 나쁜 일입니다."라고 스님이 대답했습니다.

벌써 몇 십 년이 지났는데도 아직도 진지했던 그 스님의 모습이 잊히지 않습니다. 몇 년 후 여름방학 때 종로에 있는 조계사에 설법을 들으려간 일이 있습니다. 그런데 설법을 가르치는 스님이 얼마나 도도하고 오만한지 정이 떨어졌습니다. 청중을 마치 바보취급을 하고 반말을 아무렇지도 않게 뱉어 버리곤 했습니다. 그 스님의 오만함 때문에 도가 통하기는커녕 자존심만 상하고 그 스님을 미워하는 적개심만 생겨 도리어 안 간 것만 못했습니다. 그래서 며칠 나가던 걸 그만두었습니다.

오래 전 젊었을 때입니다. 오하이오 교회에 외부에서 목사님이 오셔서 설교를 했습니다. 그런데 가만히 보니 피난학교에 다닐 때 나의 일년 후배였습니다. 학교가 크지 않아서 웬만한 선후배는 다 알고 또 일주일에 두 번씩 전교생이 모여 예배를 보니까 거의 모든 학생이 다 알고 지냈습니다. 그리고 내가 피난학교에서 공부를 잘해서 세브란스 의과대학에 들어갔으니 나를 많이 알고들 있었습니다.

나는 그 후배 목사님이 반가워서 예배가 끝나고 인사를 하러 갔습니다. 담임목사님이 "여기, 이 집사님인데 교회 일을 많이 하고…"라면서 채 이야기를 끝내지도 않았는데 "오 그래요. 교회 일을 잘하면 좋지… 열심히 해요." 하고는 지나치는 것이었습니다. 그리고는 나하고 마주치는 것이 꺼림칙했던지 우물쭈물하고서는 나가 버렸습니다.

나는 좀 허망했습니다. 나를 아는 척하는 것이 무엇이 그리 창피할까요? 나는 그때 그 동네에서는 유지이고 단 하나뿐인 성형외과 의사인데…. 아하, 이름 없는 피난학교에 다녔다는 것이 걸림돌이 되었구나. 지금 서울의 어느 큰 교회 목사님처럼 숭실대학을 나온 것이 창피하여 문재인 대통령이 다녔다는 경희대학에 나왔다고 하는구나. 그러나 그렇게 오만하게 선배에게 해라를 하고 지나가야 할 이유가 있을까 마음에 걸렸습니다.

교회에서 제일 금기해야 할 일이 교만입니다. 예수님은 교만한 사람을 제일 미워하셨습니다. 그리고 예수님 자신이 겸손함을 가르쳐 주셨습니다.

나는 교회에 오래 다녀서 장로도 되고 성경공부를 인도한 일도 있습니다. 그러면 교회에서나 성경공부에서 가끔 이런 질문을 받습니다.

"하나님을 알지 못하고 죽은 사람들, 오래전 고구려시대나 고려시대

사람들, 아프리카에서 복음을 듣지 못하고 죽은 사람들은 어떻게 심판을 받을까요?" 또 더 나아가서 "개미나 지렁이 같은 동물에도 영혼이 있을까요? 그들도 하나님을 알까요?"라고.

그때마다 나는 모른다고 대답을 하지요. 그것은 하나님의 일이니까 내가 알 수가 없지요. 하나님이 하시는 일을 내가 다 알려고 하는 것은 하나님께 도전을 하는 일이니까 알려고 하지도 않고 알려고 해도 알 수기 없는 것이라고 대답을 합니다. 그런데 많은 목사님이나 교사들은 마치 진실을 알고 있기나 한 것처럼 여러 말을 합니다.

성경에 보면 아브라함은 우르지방의 사람입니다. 그때 당시 우르지방은 토속신이 있었다고 고고학자들은 이야기합니다. 그렇다면 아브라함도 우상을 섬기던 사람일 가능성이 아주 많습니다. 아브라함은 하나님도 알지 못했고 구약성경이나 신약성경을 읽어본 일이 없습니다. 그러나 그는 하나님의 축복을 받았습니다. 모세도 성경을 읽어 본 일이 없이 이집트에서 40년을 살고 미디안 광야에서 양이나 치면서 40년을 살았습니다. 그러나 하나님은 그를 택하여 큰일을 맡기셨습니다. 그러니까 모세나 아브라함이 먼저 하나님을 믿은 것이 아니라 착하게 겸손하게 사는 사람을 하나님이 택하신 것이 아닐까요? 하나님이 모세를 가르쳐 세상에서 가장 겸손한 사람이라고 칭찬하지 않았던가요?

우리는 교회에 가면 집사님이나 장로님들이 자기들이 새벽기도에 열심히 다녀서 또 철야 기도를 해서 하나님의 인정을 받고 도가 튼 것처럼 어깨에 힘을 주고 새벽기도에 참석하지 못하는 사람들을 내려다보는 사람들을 만날 수 있습니다. 그런 장로님들은 두꺼운 성경을 가슴에 끼고 팔자걸음으로 개선장군들처럼 걷고 사람들이 인사를 하면 고개를 끄떡

하고는 지나갑니다. 그리고 교회 일에 감 놔라 배 놔라 하면서 말썽을 일으킵니다. 교회에서 분쟁을 일으키고 파당을 짓고 목사님을 힘들게 하는 사람들이 이런 사람들 중에 많습니다. 마치도 자기들은 하나님의 사법고시에 합격한 사람들처럼 천국입시에 합격이 되고 하나님에게서 특별한 권리를 위임 받은 듯한 태도입니다.

병원에서도 그런 의사들이 있습니다. 알고 보면 별것도 아닌데 마치 자기는 무슨 특별한 사람인 것처럼 환자들에게나 동료 의사들에게 거만 하게 구는 사람들이 있습니다. 그런 사람은 동료에게 욕을 먹고 환자들 에게도 불친절합니다. 대개는 그런 사람들이 윗사람에게는 아첨하고 밑 의 사람들에게는 가혹하게 대합니다.

얼마 전 제가 근무하는 병원에 K라는 의사를 초빙했습니다. 서울에서 갈 데 없어 하는 친구였는데 병원에 갑자기 결원이 생겨 좀 조급하게 구해온 사람입니다. 그리고 나이가 많은 내가 과장을 하는 것이 무엇하 여 오자마자 과장을 맡겼습니다. 그런데 이 친구가 얼마나 오만하게 구 는지 전공의들, 간호사들에게 과장이라면서 그야말로 갑질하는 것입니 다. 그리고 새로운 원장에게 아첨을 하고…. 그래서 과의 분위기가 아주 나빠졌습니다. 결국 K의사는 오래 있지 못하고 다른 곳으로 가게 되었 는데 내가 송별회를 해주겠다고 했더니 동료 교수들도 전공의들도 오지 않겠다는 것입니다. 결국 송별회도 못 받고 떠났습니다. 왜 그렇게 살아 야 할까요?

우리는 오만한 사람을 제일 싫어합니다. 가난한 친구에게서 장터국수 한 그릇 얻어먹으면서 다정한 이야기를 나눌 수 있지만 호텔의 뷔페를 사주면서 오만한 태도를 취하는 친구는 도리어 원수를 만듭니다. 우리는 모두 잘난 맛에 삽니다. 그런데 내가 잘났으면 상대방도 잘났다는 것을 인정해 주어야지, 상대방의 인격을 무시하면서 나만 잘났다고 하면 아무리 돈을 쓰고서도 인심을 잃는 것입니다. 예수님은 너희가 대접을 받고자 하는 대로 남을 대접하라고 하셨습니다. 즉 혼자만 잘났다고 하지 말라는 말입니다.

키가 작아서일까요. 나는 세상을 살면서 그런 사람들을 많이 보았습니다. 우리는 무엇이 되기 전에 먼저 제 자신을 알고 처신하는 사람, 겸손한 사람이 되어야 할 것입니다.

# 이단자들

나는 신학자도 아니고 목사도 아닙니다. 목사님 가정에서 태어나 어려서부터 교회에 다니고 목사님이 가르쳐 주시는 하나님의 말씀을 어미제비가 주는 먹이를 새끼제비가 받아먹듯이 받아먹으며 자랐습니다.

나는 교회에 다니는데 무슨 큰 학문적인 공부가 필요하다고 생각하지 않습니다. 초등학교도 안 다니고 겨우 성경을 읽을 줄 아는 시골 할머니가 믿는 하나님과 내가 믿는 하나님이 같은 하나님이라면 꼭 신학교를 다녀야 하고 성경공부를 해야 하고 성경학으로 석사나 박사학위를 받지 않아도 될 것입니다.

몇 년 전 신학교 교수로 있는 조카가 ≪현대 신학자 20인≫이라고 하는 책을 주었습니다. 그래도 가끔 성경에 대한 이야기를 해야 하기에 읽어 보니 도리어 신앙생활에는 방해가 되는 내용들이 많이 있었습니다. 신학자들의 주장들 중에 많이 반기독교적 요소를 포함하고 있다고 생각되었습니다. 지금 세상이 혼란하지 않다고 하는 사람은 없을 것입니다. 미국이나 한국이 정치적으로 안정이 되었다고 하면 정신이 나간 사람일 것입니다. 개신교 이민자의 나라인 미국 국회에 무슬림 연방 하원의원이 당선이 되어 사사건건 목소리를 높이는가 하면 한국은 극심한 좌우파로 나뉘어 국민이 서로 싸우고 있습니다. 목사님 신부님들도 파당을 지어 나 같은 평범한 신앙인을 헷갈리게 하고 있습니다.

나도 노무현 대통령을 좋아했습니다. 누구나 시행착오가 있듯이 그도 시행착오가 있었고 말이나 행동에 과오가 있었습니다. 그러나 적어도 그 자신은 뇌물을 받은 일은 없었다고 생각합니다. 그리고 그도 김정일을 만나 회담을 했지만 나라를 몽땅 김정일에게 바친다는 생각은 없었습니다. 미국이 우리나라한테 이란에 파병을 해달라고 했을 때 비록 비전투병이라 하더라도 파병을 했습니다. 그러나 정치인들과 언론인들이 하이에나처럼 그를 물어뜯었고 그는 견디다 못해 곰바위에서 몸을 던져 세상을 버렸습니다. 나도 그 뉴스를 듣고 마음이 아팠습니다.

노무현 대통령이 죽은 날, 그날은 충격 때문인지 조용히 있더니 노무현 대통령의 죽음을 이용하려는 정치인들이 나타나기 시작했습니다. 그러나 더 충격적인 것은 어떤 신부님이 노대통령이 죽은 것은 예수님이 십자가를 지고 죽은 것과 같다고 하는 설교였습니다. 나는 깜짝 놀랐습니다. 내 귀를 의심했습니다. 그러나 그 신부의 설교는 뉴스를 통해 여러 번 방영되었으니 내가 잘못 들은 것은 아닙니다. 그리고 목사님들 신부님들이 금수산 주석궁에 가서 김일성과 김정일에게 참배를 했습니다, 그도 아주 정중한 태도로…. 또 얼마 전 어떤 신부님이 제주도 반란사건으로 희생된 사람이 모두 예수님과 같이 공권력에 의해 희생을 당했으니 예수님과 같은 죽음을 당하였다는 말로 설교하는 것을 듣고도 나는 놀랐습니다. 그리고 데모를 하다가 물대포를 맞고 죽은 백남기 씨의 장례식에서 어떤 신부님은 그가 죽은 것은 예수님이 십자가를 지고 가신 것과 같다는 말에도 나는 놀래자빠질 뻔 했습니다.

내가 배운 이단과 참 신앙의 구분은 삼위일체를 부인하는 것과 사도신경에 나오는 신앙을 부인하는 것이 이단입니다. 아무리 그가 사도 바울이나 베드로라고 하더라도 자기가 예수님과 동격이라고 한다면 이는 이단임에 틀림없다고 배웠고 그렇게 믿습니다. 나도 대학교 일학년 때 박태선 장로교회에 나간 일이 있습니다. 새벽 4시에 일어나 마포에 있는 전도관에 가서 새벽기도를 하고 학교로 가곤 했습니다. 그가 세상을 비판하는 설교에 매혹이 되곤 했지요. 부자들, 기득권자들, 권력자들이 그들의 죄로 인하여 지옥 불에 떨어지리라는 설교를 들으면 마음이 시원했습니다. 나는 그가 한국의 요한 웨슬리처럼 복음의 불길을 일으키고 종교개혁을 할 줄 알았습니다. 그런데 어느 날, 그가 요한계시록에 동방의 두 감람나무가 나오는데 그 감람나무의 하나는 예수님이고 하나는 자기라고 했을 때 '아차, 이것이 이단이로구나.' 하고 그 교회를 떠났습니다.

지금 많은 목사들이, 신부들이 이단의 길을 걷고 있습니다. 5·18의 희생자들이 예수님이라느니 얼마 전 4·3제주도항쟁희생자들이 예수님의 희생과 같다고 설파한 강우일 신부가 이단이고 적그리스도라고 서슴없이 말할 수 있습니다.

그리고 WCC에 가담한 종교 지도자들입니다. 그들은 "인생을 선하게 사는 사람들은 그리스도인이든지 유대교인이든지 이슬람교도이든지 천국에 자리를 맡아 놓은 사람들이다."라고 주장합니다. 천국에 이르는 길이 예수님 말고도 여러 길이 있다고 가르치는 사람들입니다. 그런데 더 한심한 것은 한국의 대형교회 목사님들이 그런 모임에 참석하여 기념촬

영을 하고 또 교회와 동료 교역자들과 일반 교인들이 그런 목사나 신부에 대해 침묵하고 있다는 것입니다. 그들은 민족의 태양이라고 주장하고 영원불멸한다는 김일성과 김정일의 시체 앞에 참배를 하고는 돌아와서 무슨 큰 새로운 지식이나 습득한 듯이 북한을 찬양하는 설교를 한다는 것입니다. 여의도의 어느 대형교회 목사님은 그런 목사님의 태도에 교인들이 반발하자 당회장의 권위로 그들을 억압하며 그런 교인은 교회를 떠나라고 압박을 하고 있다는 소문입니다.

나는 구약의 이사야서, 예레미야서, 에스겔서를 읽으면 그 당시의 제사장들이 하나님께 제사를 안 지낸 것이 아니라 하나님께 제사를 지냈지만 하나님 외에도 수많은 우상들을 섬기는 죄로 나라가 망했다는 사실을 상기합니다. 이제 우리나라의 교회가 유대 말기나 예루살렘 멸망 직전의 교회들과 무엇이 다른가 하고 생각합니다.

김대중 대통령, 김영삼 대통령의 장례식에는 목사님, 가톨릭 신부님, 절의 스님이 모두 모여 기도하고 염불하면서 장례식을 치렀습니다. 그런데 그 자리에 간 목사님은 그 자리에 불러 준 것만 황송하고 명예로워서 어쩔 줄 몰라 했습니다. 이것이 우리나라 교회의 현실입니다. 밤하늘의 별들처럼 수많은 교회의 목사님들이 신문의 광고란을 꽉 채우는 많은 교회에서 어찌하여 이런 이단 신부들, 목사들에게 침묵을 하는지 모르겠습니다.

# 장로님들

맞는 말인지는 모르지만 인류역사의 전쟁 중 3분의 2는 종교로 인한 전쟁이었다고 합니다. 신앙의 깃발을 내걸고 이슬람과 기독교가 싸우고, 동방 가톨릭과 서방 가톨릭이 싸우고, 가톨릭과 개신교의 싸움에서 수많은 사람들이 죽었습니다.

그런데 가만히 보면 교회와 교회의 대립만이 문제가 아니라 교회 안에서도 분쟁과 반목이 끊이지 않았습니다. 어느 교직자가 자기가 미워하는 사람을 없앨 때 교회의 이름을 빌어 처단하기도 하고, 종교를 이용하여 무죄한 사람들을 마녀사냥하듯 죽였습니다. 그런 전통을 이어받아서 그런지는 몰라도 현재의 교회에는 싸움이 끝이 없습니다.

어떤 모임에서 논쟁하다가 싸움이 벌어지니까 어떤 어르신이 일어나서 "왜들 이래. 여기가 교회인 줄 알아. 싸울 테면 교회에 가서 싸워!"라고 야단쳤다는 말이 있듯이 조용한 교회가 많지 않습니다. 요새는 사랑의 교회와 명성교회가 분쟁에 휘말리어 법정에서 내린 판결에 불복, 상고하여 대법원에까지 갔다고 신문과 TV에서 야단입니다.

명동에 있는 어느 장로교회는 목사님이 취임하실 때 시작된 싸움이 십 수 년을 지나 그 목사님이 은퇴하실 때까지 계속되었다고 합니다. 그래서 일요일 예배를 보러 교회에 가면 길 앞에 '○○○목사는 회개하고 사퇴하라'는 플래카드가 걸려 있었습니다. 그런데 싸움의 중심에는 항상 목사님과 장로님들이 있습니다. 그리고 목사님파와 반대파들의 싸움입니다.

성경에 보면 옛날 동네에는 장로들이 있었습니다. 한마디로 동네의 어르신들로 세상을 오래 살아 농사철과 일기를 보는 지혜가 있어서 젊은이들을 가르쳤습니다. 경험으로 젊은이들을 가르친 것이죠. 그래서 마을의 지도자 역할을 했고 이들을 장로라고 불렀습니다.

우리나라의 대통령 중 3명의 장로님이 있었습니다. 이승만 대통령, 김영삼 대통령 그리고 이명박 전 대통령입니다. 그렇다고 모든 대통령이 다 진실한 기독교인으로 존경을 받은 것은 아니었습니다.

교회에서 장로라고 부르게 된 것은 베드로와 바울이 전도를 하며 초대교회를 세우고는 그 교회를 꾸려나갈 지도자로 집사와 장로를 두었습니다. 디모데전서 3장에는 교회 지도자가 되려면 "선을 행하고 집안을 다스리며 술을 즐겨하지 아니하고 싸움을 하지 않는 사람이어야 한다."고 기록되어 있습니다. 우리나라에도 교회가 들어와서 집사와 장로가 생겼고, 그들은 교회에서 권위가 있고 교회의 어른이기도 합니다. 그런데 장로님이 되면 교회에서 대접도 받고 동네에서도 좋은 사람으로 인정도 받습니다.

장로가 되면 사업하는데 도움이 된다고 국회의원 공천을 받는 것처럼 운동하는 사람도 있고, 그래서 장로가 된 사람 중에는 명함에 교회 장로라는 것을 크게 인쇄를 하고 다니기도 합니다. 한국교회에서 교회에 좀 오래 다녔거나 교회 일을 좀 하는 사람 중에는 장로가 되려고 애를 씁니다. 또 장로가 되겠다고 목사님을 압박하기도 합니다.

한국교회에는 장로님들이 많습니다. 어떤 교회에는 웬만큼 나이 드신 분들은 거의 다 장로입니다. 이 장로라는 명칭은 교회에서만 장로님 하고 부르는 것이 아니라 골프를 치러 가도 장로님이고, 식당에 밥을 먹으러 가도 장로님이고, 기차나 버스를 타도 장로님입니다. 아마 술집에 가서 술을 마시면서도 장로님일 것입니다. 실제로 식당에 가서 술을 마시면서 "장로님 한 잔 받으세요."라고 하는 장면을 보았으니까요. 물론 장로님들이 다 그런 건 아닙니다.

어떤 장로님들은 어디에서나 행세를 하려고 합니다. 식사할 때도 제일 먼저 대접을 받으려 하고 파티장에서도 상석에 앉으려 합니다. 이렇듯 장로님들이 권력이 세니 교회의 분쟁에는 항상 장로님들이 끼어있습니다. 마치도 우리나라 국회의원들처럼 교회를 자기 마음대로 하고 목사님들도 자기들의 지배 아래 두고 휘두르려고 합니다.

오래전 내가 아는 교회에서의 일입니다. 장로님들이 '목사청빙위원회'라는 것을 만들어서 면접하고 심사하여 청빙한 목사를 마치 자기 집 서기처럼 부려먹고는 한 3~4년 되면 다시 내보내고 새 목사님을 청빙하는 일을 반복하는 것을 보았습니다. 장로님들이 청빙된 목사님에게 설교는 이렇게 해라, 심방은 이렇게 해라, 교회행정은 이렇게 해라 등 말씀(지시)을 내렸습니다. 나는 그런 교회에라도 오려고 하는 목사님들을 보면서 마음이 언짢았습니다.

지금 우리가 사는 도시에도 교회들이 많이 있습니다. 또 분쟁이 있는 교회들도 있습니다. 그런데 대부분의 분쟁은 장로님들의 파워게임에 목사님들이 희생양이 되는 것이고, 장로님들의 권력 다툼인 경우입니다. 재정위원장이나 평신도 대표, 제직회장이 된 장로님은 그 권력이 교회에서는 막강합니다. 평일에 식당에서 가끔 목사님과 이런 장로님들이 식사를 하는 장면과 마주칠 때가 있습니다. 나와 동석한 다른 장로님이 "저 사람들은 매일 같이 몰려다니면서 교회에 분쟁을 일으킵니다."라고 귀띔을 해줍니다. 그런데 목사님이 그 장로님들의 뜻에 따르지 않으면 또 트집을 잡고 말썽을 일으킵니다. 심지어 교회에서 편을 가르고 고소하고 재판으로 끌고 가기도 합니다. 그리고 목사님을 바꿔 달라고 노회나 총회에 편지를 보내기도 합니다. 사도 바울은 교회문제를 세상의 법관에게 가져가지 말라고 했는데 한국교회의 장로님들은 툭 하면 고소하고 재판을 하자고 야단입니다.

나는 교회에서 시무장로의 임기가 끝난 분들은 장로라 부르지도 말고 교회의 일을 내려놓아야 한다고 생각합니다. 그리고 골프장이나 식당, 술집에서 장로님이라고 부르지도 말아야 할 것입니다.

한국교회의 장로는 장로가 아니라 마치 3선 국회의원이라도 된 것처럼 행세를 하여서 교회에 싸움이 그칠 날이 없습니다. 장로님들 제발 고정하십시오.

# 아버지날에

지난 일요일이 아버지날이었다고 합니다. 어머니날 캘린더에 표시가 되어 있지만 아버지날은 표시가 되어 있는 것도 아니고 알려주는 사람도 없어서 무슨 날인지도 몰랐는데 교회에 가니까 안내위원들이 "Happy Father's Day"라고 인사를 해서 알았습니다. 내가 어리석어서 그랬는지 몰라도 그런 날도 있었나 하고 약간은 멋쩍어 웃었습니다.

우리가 젊었을 때는 아버지날이란 것은 없었고 어버이날이라고 해서 부모의 날이었는데 이제는 어머니의 힘이 하도 강해져서 어머니날을 독립시켜 대접을 받으려고 아버지들을 슬그머니 밀어냈는지도 모릅니다. 그러니 어머니날에 얹혀 얻어먹던 저녁도 이제는 없어졌는지 모릅니다.

옛날 중학교 때 배운 '아버님도 어버이신 마라난 어머님같이 괴실이 없세라(아버지도 부모님이지만 어머님같이 사랑하리이까)'라는 고시조가 생각납니다. 이 시조를 보면 아버지도 부모님이지만 자식 사랑에 있어서 어머니 같은 사랑은 아닌가 봅니다. 그리스의 신화에서 온 오이디푸스 콤플렉스도 아버지는 원수 같고 어머니는 사랑의 대상으로 묘사하지 않았습니까.

그렇지요. 집에서도 애들은 어머니와는 친하지만 아버지는 왕따의 대상이고 아버지가 집에 들어오면 애들은 슬슬 자기들 방으로 피해 버리는 가정도 있습니다. 대학에 가느라 집을 떠난 자식들도 어머니에게 전화를 하지 아버지에게 전화하는 일은 별로 없고 비록 돈은 아버지가 주는데도 어머니를 통해서 돈을 달라고 합니다. 요새는 아버지의 개념이 달라져서 아버지가 자식의 친구가 돼주기도 합니다. 아기 때 기저귀도 갈아주고 우유도 먹이시만 그래도 자식들은 어머니와 더 가깝게 지내는 게 보통 가정의 모습입니다. 하기는 어머니들이 아버지들보다 아이들에게 정성을 다하는 것도 사실입니다.

우리 집도 아이들이 대학에 다닐 때 어쩌다 집에 오는 날이면 아내는 아이들 먹일 걸 준비한다고 아버지인 나는 영 잊어버린 양말 신세가 됩니다. 접시에 놓은 부침개를 하나라도 집어 먹으면 "여보, 그거 애들 줄 건데" 하는 호령이 떨어집니다. 그리고 아이들이 오면 제 엄마와는 재잘거리느라 요란하지만 아버지인 나와는 그냥 몇 마디 안부를 교환하고는 별 말을 걸지 않습니다.

어머니날은 꽃집의 카네이션이나 장미꽃들이 매진이 될 정도이고 식당들마다 만원이어서 식당을 예약하기도 힘듭니다. 오늘 아버지날은 꽃은 파는 사람도 사는 사람도 별로 보이지 않습니다. 식당도 평일과 다름이 없습니다. 아마 다른 날보다도 더 조용하다고 하면 엄살이 심하다고 하겠지요. 아버지날이라고 아버지를 모시고 식당에 가는 자식들이 있다면 정말 효자라고 할 수 있을 겁니다.

옛날에는 군사부일체라고 하여 아버지가 집안에서 왕노릇하였고 아버지의 권위는 절대적이었습니다. 외출하셨다가 집에 들어오시면서 하는 아버지의 헛기침에 하던 말도 멈출 지경이었지요. 하나님에게 성별이 있겠습니까만 하나님에게도 남자의 성별을 올려드려서 아버지의 권위를 세우느라고 하나님 아버지라고 불렀는지도 모릅니다. 사도 바울은 여자는 교회에서 잠잠하라고 하였고 물을 것이 있으면 집에 가서 남편에게 물으라고 했으니 사도 바울은 남성우월주의자라고 해야 하겠지요. 아마 사도 바울이 현시대에서 목회를 했다면 성공하지 못했을 것입니다. 그리고 가톨릭은 여자 사제는 없습니다. 교황은 절대적으로 남자여야 하고 사제도 Father라고 하여 남자만이 하게 되어 있지요.

교회에서 어떤 분이 Happy Father's day라고 하니까 어떤 분이 "아니 일 년 내내 왕노릇했는데 오늘 아버지날이라고 또 왕노릇해."라고 기세를 올렸지만 그 말을 믿는 사람도 없고 모여선 사람들은 "뭘 잘못 먹었나, 헛소리를 하게" 하며 웃었습니다. 아마 희망사항이라고 해도 좀 지나쳐서 "꿈 깨세요"라고 볼이라도 꼬집어보아야 할지 모르겠습니다. 말하는 사람도 말에 기운이 없었습니다. 아마 부인이 들었으면 그날 저녁은 찬밥을 먹어야 했겠지요.

물론 아직도 제왕 같은 아버지가 더러 있습니다. 아마 재벌의 회장쯤 되면 그렇겠지요. 한 50년 전만 해도 아버지의 권위는 대단했습니다. 아버지가 돈을 벌어 오고 온 집안의 일을 결정하는 집안의 기둥이었습니다. 저녁에도 아버지가 들어 오셔야 밥을 먹을 수가 있고 솥에서 밥을 풀 때도 물기가 젖은 위의 밥은 밥주걱으로 살짝 걷고 중간층 위에서 아버지 밥을 펐습니다.

그런데 이제는 사회가 변했습니다. 달구지를 타고 다니던 시대가 아니라 리모트 컨트롤 키가 있는 자동차를 타고 다니는 시대이고 남녀 평등시대가 아니라 여성상위 시대입니다. 집을 지어도 방안에 기둥이 없는 집을 짓고 여자들의 사회 진출이 남자들보다도 많은 시대입니다. 남자 실업자들이 넘쳐흘러도 여자들은 남자들보다 직장을 쉽게 갖는 시대입니다. 골든 걸들은 '내가 결혼해서 남자들 양말이나 빨게 생겼냐?' 하고 결혼을 거부하는 시대입니다. 아무리 돈을 잘 벌어 오는 중년이라도 밤늦게 술 먹고 들어와 라면을 끓여 달라고 하다가는 얻어맞는 시대이고, 50대가 넘으년 외출하는 부인에게 어디를 가느냐고 묻다가는 얻어맞는 시대입니다. 여자는 아무리 벗고 다닌다고 해도 남자가 잘못 쳐다보면 미투에 걸리고, 여자는 아무리 아버지가 비밀인 애를 낳아도 사회적으로 문제가 될 일이 없지만 남자는 미투에 걸리면 차기 대통령 유망주라고 해도 이름도 없이 사라지는 시대입니다.

얼마 전 TV에 출연한 젊은이는 지금은 완전한 여성상위 시대이고 여성들은 온갖 혜택을 누리고 있는데 남자들이 너무 차별대우를 당한다고 하면서 제발 여남평등이라도 좋으니 평등하게 취급해 달라며 사정했습니다.

오늘 교회에서 아버지날이라고 선물을 주었습니다. 그래도 포장지가 좋아 기대를 하고 집에 와서 풀어 보니 봉투에 양말이 두 켤레 들어 있었습니다. 나는 이 선물을 들고 한참 생각했습니다. 왜 아버지날의 선물로 양말을 주었을까. '옳지, 이 양말을 신고 소리 나지 않게 살살 걷거나 기라는 말인가 보다. 그래서 부인의 신경을 건드리지 말고 조심하라는 말이 아닐까' 하고 생각했습니다. 누가 요새 아버지들의 처지를 생각하고 준비한 모양입니다. 역시 조심하여 손해 볼 일은 없을 테니까.

# 나이 먹는 것도 서러운데

나는 하루에 카톡 메일을 50개 이상 받습니다. 나를 기억해주고 연락해주는 친구들이 많다는 것이 감사하지요. 그 많은 메일들 중에는 우리들에게 주는 충고가 있습니다. 노인 십계명, 나이 들어가면서 지켜야 할 것, 아름답게 늙는 법, 노인 수칙, 노인들의 몸가짐 등. 그런데 대개 그 내용들이 비슷합니다. 몸을 항상 깨끗하게 하라는 것, 매일 샤워를 하여 노인 냄새가 나지 않게 조심하라는 것, 옷을 깨끗하게 입으라는 것, 매일 적당한 운동을 하라는 것, 노인 대접을 받으려고 하지 말라는 것, 잘난 체 하지 말라는 것, 젊은이들에게 훈계하지 말라는 것, 말을 적게 하고 많이 들으라는 것, 지갑을 풀어 남을 대접하라는 것, 긍정적인 사고를 가지라는 것, 젊은 사람들의 말에 공감을 하라는 것, 새로운 것을 배우라는 것 등등입니다.

몸이야 매일 씻고 얼굴에 로션도 바르고 옷을 깨끗하게 입지만 유행따라 다닌다고 쇼핑만 하다가는 집안이 Good Will 창고가 될 수도 있습니다. 그러니 아무리 멋을 낸다고 하더라도 내가 입는 옷은 요새 최신식 유행이 아닙니다. 그러니 시대에 뒤떨어진 모습을 완전히 감추기는 힘들겠지요. 또 여자는 유행에 더 민감하고 유행이 자주 바뀌니 할머니들은 더 하겠지요. 돈은, 내가 쓰는 것이 내 돈이고, 은행에 있는 돈은 은행 돈이고, 내 주머니에 있는 돈은 언제 남의 돈이 될지 모르니 주머니를 풀어 친구들을 대접하라고 했습니다.

다 옳은 말들입니다. 그런데 은퇴를 해서 수입은 없는데 무작정 주머니를 풀다 보면 주책소리를 듣다가 노숙자 신세가 되기가 쉽고, 너무 아무 말도 없이 듣기만 하다가는 무식쟁이거나 정신이상자로 몰릴 가능성이 있습니다.

영국에서는 노인을 가르쳐 걸어 다니는 도서관이라고 한다지 않습니까. 그전에는 60년 70년을 배우고 경험하고 체득한 게 풍부한 노인들의 지식과 지혜, 명철을 젊은이들이 배우고 따라야 했습니다. 그러나 지금은 노인들에게서 배울 지식이란 사라졌습니다. 컴퓨터까지 가지 않고 스마트 폰만 열어도 웬만한 도서관만큼의 지식을 얻을 수 있습니다. 더욱이 머리가 좋고 빨리 빨리의 문화를 가진 한국 사람들에게 노인은 필요 없는 존재가 되어 버렸습니다. 그래서 노인혐오 사상을 노골적으로 드러내는 것 같습니다.

옛날에는 60이 넘은 노인이 동네에 한 두서너 명밖에 안 되었습니다. 그래서 희귀성을 지닌 노인들이 대접을 받았지요. 이제는 노인들이 너무 많습니다. 종로의 파고다공원은 노인들이 점령해버렸고 지하철을 타면 공짜 승차를 하는 노인들로 넘쳐납니다. 그래서 요새는 노인을 적대시하는 젊은이들도 많이 생겼습니다. 얼마 전 한국에 갔다 온 친구가 노인이어서 당한 수모를 이야기했습니다.

"내가 소공동에 있는 롯데백화점 10층의 칼국수 집에 들어갔어요. 그런데 종업원이 내 앞을 막고 '무엇을 드시려고 하세요?' 하기에 칼국수를 먹으려고요, 했더니 칼국수 한 그릇은 안 되는데요, 하면서 입구를 막지 않겠어요? 그러더니 자기 뒤에 서 있는 젊은이를 안내하더라구요."

"그래서 섭섭했어요?"라고 내가 물었더니 "기분이 많이 나빴어요. 나이 먹는 것도 서러운데 식당에서마저 괄시를 받다니…"라고 했습니다.

나도 지난 3월에 한국에 가서 친구와 식당에 갔습니다. 돼지갈비가 주종이지만 여러 가지 탕을 만들어 파는 집이었습니다. 둘이서 들어가니 종업원이 "고기를 구울 겁니까?" 하고 물었습니다. 아니 대낮부터 고기를 구워먹는 사람이 많겠습니까. 우리는 "아니, 그저 점심식사를 하려구요."했더니 식당 중앙에 좌석이 많이 비어있는데도 우리를 구석자리에 앉혔습니다. 우리는 마음이 불편했습니다. 그렇지만 말썽을 일으키지 않으려고 국밥 한 그릇씩을 먹고 나왔습니다.

식당에서 일하는 아주머니에게 들은 이야기입니다. 사실 식당에서 노인들보다는 젊은이들을 좋아하지요. 노인들은 많이 먹지도 않을 뿐더러 젊은이들처럼 요리도 많이 시키지 않고 남는 음식까지 싸달라고 하기가 일쑤이고 팁도 젊은이들보다는 인색하다나요. 맞는 이야기입니다. 이익을 추구하는 식당에서 노인들을 덜 반가워하는 사실을 인정하지요. 그렇다고 식당에서 들어오는 손님에게 물어서 비싼 음식을 먹는 사람만 받습니까?

얼마 전 지하철을 많이 타는 젊은이들의 항의를 들었습니다. "우리는 비싼 돈을 들여 승차권을 사서 지하철을 탑니다. 그런데 노인들은 정부에서 공짜로 지하철을 타게 하지요. 그런데 왜 돈을 내고 타는 우리가 공짜로 탄 손님에게 자리를 내주어야 합니까. 그것도 경로석을 마련해

놓았으니 그만큼만 양보를 하면 되지 않습니까?"

그 젊은이 말에 사실 할 말이 없습니다. 젊은이의 항의가 당연하기도 하니까요. 누가 늙으라고 했습니까? 그리고 당신들도 젊었을 때 많은 것을 누리고 살지 않았습니까? 그러니까 이제는 젊은이들에게 양보를 해야지요.

이제는 젊은이들에게 역차별을 당하는 시대에 살고 있습니다. 오늘도 친구에게서 카톡을 받았습니다. '나이 70에 제 발로 걸어 다니면 성공한 사람이고, 80에 부인이 차려 주는 밥을 먹으면 행복한 사람'이라고요. 맞는 말일지도 모르지요.

그런데 왜 나이 들었다고 탄식하고 자조하는 말들만 하는가요? 나는 아직도 자식들에게 밥을 얻어먹지 않았고, 도리어 자식들을 만나면 밥을 사주고 생일 때도 나는 아무 선물도 받지 못하지만 그들에게 선물을 보내주고, 얼마 안 돼도 그들에게 학자금도 보태 줍니다. 지하철에서 젊은이들에게 자리를 양보하라고 한 적도 없고 도리어 젊은이가 자리를 양보할까봐 출입문 가에 섭니다. 우리도 젊은 때가 있었습니다. 그때 우리는 나이 드신 분들을 존중했지 경멸하지 않았습니다. 이제 우리가 나이 들었다고 차별대우를 받을 이유도 없고 받고 싶지도 않습니다. 있는 그대로의 인간으로 존중을 받고 싶을 뿐입니다.

어째서? 왜? 우리가 이렇게 차별대우를 받으며 지갑을 열어야 하며, 자식들의 이야기에 동조해야 하고, 그들에게 항의에 말 한마디 못하면서 살아야 하는가요?

우리 노인들도 정부에 항의를 해야 합니다.

"노인이 돈 내고 타는 노인전용지하철을 마련해라. 우리 노인들도 돈

내고 밥 사먹고 우리 돈 내고 커피를 마신다. 그러니 우리도 젊은이들처럼 차별대우 받지 않고 살 수 있는 권리를 보장하라."고 데모라도 하고 싶습니다.

노인 십계명이니 노인수칙을 말씀하시는 선생님들이여, 우리 노인들에게 그만 잔소리하세요. 우리도 잔소리 안 할 테니. 우리도 그 정도는 알아요.

# 억척부인

내가 처음 아내를 만났을 때만 해도 아내는 다소곳하고 내성적이고 얌전한 여자였습니다. 체중이 40킬로가 될까 말까 여리고 조용한 여자였지요. 소위 무남독녀로 곱게 자라 대학을 졸업하고 약국에 취직한 순진한 처녀였습니다.

나는 외과 레지던트였고 그녀는 약국에 있어서 접촉은 별로 없었습니다. 그러나 어쩌다 직원 식당에서 식사하는 것을 보면 조것도 음식이라고 먹나 할 정도로 식판에 밥 한 숟가락, 국 한 모금, 콩자반 열 개를 담아가지고 와서 깨작깨작 했습니다. 도도하기는 이를 데가 없어서 남자 인턴들이 마음대로 말도 붙이지 못했습니다. 인턴들이 그녀를 '처마에 맺힌 고드름'이라고 불렀습니다. 차갑고 뾰족하여 잘못하면 찔린다는 말이었을 것입니다.

어쩌다가 처이모가 된 방 전도사님의 눈에 들었고, 그분의 주선으로 그녀와 만나게 되었습니다. 교회에 같이 다니면서 교제를 할 때에도 그녀는 마치 수녀원에서 갓 나온 여자처럼 느껴졌습니다.

방 전도사님이 나를 소개하기 전에 장인께서 환자로 가장하여 나에게 진료를 받고 갔다고 합니다. 물론 나는 몰랐지요. 장인의 마음에 들었던지 집안끼리 이야기가 되고 약혼을 하였습니다. 약혼을 하고 영화구경이라도 가려고 하면 장인이 "야, 해 지기 전에 들어 와라." 하고 명령을 하시곤 했습니다. 그녀는 작은 밥그릇에 담아주는 밥도 반 그릇 정도밖에 못 먹었고 김치도 물에 씻어 먹곤 했습니다. 가난한 집에서 자란 나는 저런 여자가 어떻게 세상을 살지 염려스러웠습니다. 조금 어려운 일이 있으면 그 큰 눈에 눈물을 가득 담곤 어쩌면 좋아 하곤 쩔쩔 매었습니다.

그녀와 결혼하였고, 아내는 신혼생활에도 살림은 소꿉장난 하는 것처럼 밥도 할 줄 몰랐고 물론 김치는 담글 줄 몰랐습니다. 그저 대학생 때 해 먹었는지 팬케이크나 만들어 주곤 했습니다.

그런 아내가 어린애를 갖게 되었습니다. 아내는 임신 내내 토하고 앓았습니다. 원장님이나 과장님들의 총애를 받은 아내는 툭하면 병원에 누워서 수액을 맞곤 했습니다. 그렇게 앓으면서 첫아들을 낳았습니다. 애를 낳은 지 3개월 만에 갓난애와 아내를 우리 집에 맡겨두고 나는 군의관으로 군에 입대했습니다. 아마 한 달이나 한 달반 만에 집에 한번 오곤 했습니다. 그러면서 '아내가 집안일에 잘 적응을 하는구나. 하고 생각을 했습니다. 그래도 소극적이기는 마찬가지였고 누가 조금 마음 아픈 말이나 큰소리를 쳐도 눈에 눈물이 고이곤 했습니다.

아내와 미국에 와서 나는 다시 인턴, 레지던트를 하느라 고생이 막심해서 집안일에는 신경을 쓸 수 없었습니다. 아내는 집에 무슨 일이 있어도 내 도움은 바랄 수 없었고, 애들이 아파도 또 아내가 아파도 나는 옆에 있어 주지 못했습니다.

아마 이때 아내가 혹독하게 단련이 되었을까요? 아내는 점점 강해지고 억척스러워지기 시작했습니다. 자동차운전을 배워서 아이들의 과외활동 때 데리고 다니고, 아이들이 대학에 가자 그곳까지 데려다 주고 데려 오고, 먹을 것을 실어 나르는 등 장거리운전까지 도맡아 하였습니다. 장거리운전 중에 자동차가 고장이 나서 고생도 하고 경찰에게 티켓도 받고 하면서 터프해졌다고나 할까요? 나를 리드하기 시작했습니다. 무슨 일이 있을 때면 "그건 이렇게 해야 돼요."라고 가르치기 시작하더니 시일이 갈수록 자립정신이 강해졌습니다.

나는 오하이오에서 은퇴하고 한국으로 갔습니다. 대학병원에서 학생들을 가르치며 젊은 사람들과 어울리니 나는 한국생활이 좋아졌고 미국에 들어오고 싶은 생각이 적어졌습니다. 그래서 내 몸이 허락하는 한 오래 한국에 체류하는 기간이 길어졌습니다. 미국에 나의 자식들이 있고, 집이 있고, 생활 근거가 있으니 한국에서 일이 끝나면 미국에 다시 들어오겠다는 생각으로 아내는 미국에 남아서 딸과 같이 지내게 되었던 거지요.

이때부터 아내가 주도하는 생활이 심화되었습니다. 아내는 혼자서 집안의 일과 은행일, 모든 보험의 처리, 플로리다와 뉴저지의 집 관리를 하면서 더욱더 억척스러워졌나 봅니다.

이제 내가 미국으로 아주 돌아왔는데도 집안의 모든 일은 아내의 주도하에 진행이 됩니다. 뒤뜰 죽은 나무를 잘라내고 새로 나무를 심는 것도 아내가 사람을 불러 일을 시킵니다. 은행에서도 은행원들은 아내와 이야기를 하고 나는 낯선 이방인입니다. 그렇다고 내가 불평하는 것이 아닙니다. 내가 하는 것보다 아내가 일을 더 잘 처리합니다. 사람을 부르고 일을 시키며 돈을 지불하고 일꾼들을 잘 관리합니다. 그러니 나는 그저 밥을 얻어먹는 마포백수(마누라도 포기한 백수)입니다.

며칠 전 이웃집과 사이에 고무나무가 너무 자라서 이웃집 아저씨가 그 나무를 좀 잘랐으면 좋겠다고 합니다. 아내는 나에게는 알리지도 않은 채 작업복을 입고 장갑을 끼고 톱을 들고 나가서 나뭇가지들을 잘랐는데 나는 그것도 모르고 방안에 앉아서 컴퓨터와 씨름을 했습니다. 한참 있다가 거실로 나가니 아내가 얼굴에 땀범벅이 되어 들어오면서 "아, 덥다. 고무나무의 가지가 어찌나 크게 자랐는지 잘라 주었지."라고 혼잣말을 했습니다. 나는 "뭐라고요?" 하고 물었더니 아내가 "자, 나가 보세요. 이웃집 사이에 있는 고무나무가 너무 크게 자라서 Tom이 뭐라고 하지 않아요. 그래서 내가 잘랐지요. 사람을 부르자니 또 며칠을 기다려야 하고 아무래도 내가 또 잔소리를 해야 하니까."라고 합니다.

나는 뭐라고 할 말이 없습니다. 그리고 아내를 쳐다봅니다. '아니 저 여자가 내가 처음 만났을 때 다소곳하고 얌전했던 그 여자 맞아? 새침하고 도도하여 옆에서 말도 붙이지 못하던 고드름 아가씨가 맞아? 손에 물을 묻히려 하지도 않고 김치를 물에 씻어 먹던 여자 맞아? 조금 아프면 병원에 들어가 수액을 맞으며 사람들이 갖다 주는 과일만 까먹던 그 여자 맞아?' 하고 생각합니다.

가수 최희준 씨가 "결혼 전의 고양이 같던 아가씨가 결혼을 하고 난 후 호랑이로 변했다."고 노래했지만 병원의 약국에서 보았던 다소곳하던 아가씨가 이렇게 변했다는 건 상상할 수조차 없습니다. 그렇게 조용하던 아가씨가 이제는 집안을 주름잡고 나더러 '이렇게 하세요, 저렇게 하세요.' 하고 지시하는 억척부인이 되었다니…, 참 여자는 아무리 생각해도 알 수 없는 신비한 존재입니다.

# 원주 기독병원을 찾아서

1961년 3월 29일, 나는 청량리역에서 원주로 가는 기차를 탔습니다. 강원도 태백산맥의 한 자락, 치악산 기슭에 있다는 원주, 옛날 정철이 귀양을 왔었다는 강원도로 가는 기차를 탔습니다. 내 돈이라곤 한 푼도 없이 시작한 의과대학을 졸업하고 나는 고민을 했습니다.

나는, 서울대학교에 입학하여 2년을 다녔지만 도저히 학교를 다닐 형편이 안 되자 휴학을 하고 군에 입대한 동생, 야간 고등학교에 다니면서 직장에 다니는 여동생이 있는 집안의 맏형으로서 이제는 집안을 책임져야 한다는 책임감이 있었습니다. 세브란스병원 인턴으로 합격이 되었다는 통지를 받았지만 자장면 한 그릇에 300원 하던 시절에 한 달에 5천 원의 인턴월급으로는 쌀을 살 돈도 되지 않는 월급입니다. 그래서 전주 예수병원에도 면접을 가고 대구동산 병원에도 면접을 갔으나 모두 월급이 1만5천 원 정도였습니다. 그런데 새로 생긴 원주기독병원에서 파격적으로 3만 원의 월급을 준다는 광고가 나온 것이었습니다. 이것은 세브란스 병원의 6배이고 대구 동산병원의 배가 되는 월급이었습니다.

나는 아버지와 의논하여 원주기독병원에 인턴 지망을 했습니다. 한 달에 3만 원이면 어느 정도 생활비는 될 것이기 때문이었습니다. 원주기독병원에는 4명의 인턴을 뽑는데 24명의 지원자들이 몰려들었습니다. 그래도 경쟁을 뚫고 합격이 되어 나의 일생 처음 의사로서의 삶을 살러 가는 길이었습니다. 청량리에서 원주까지는 4시간이나 걸렸는데 그것도 연착하면 5시간도 걸렸습니다.

당시의 원주기독병원은 소도시에 걸맞지 않게 깨끗하고 시설이 좋은 병원이었고, 선교사들이 많이 있고 최신시설과 교육제도가 갖추어진 병원이었습니다. 강원도의 산골에서 살던 사람들은 깨끗한 병원에 기가 죽어 신발을 벗고 발을 닦은 후 병원 건물 안으로 들어오는 환자들이 있을 정도였습니다. 서울의 세브란스병원도 수도에서 더운 물이 나오지 않는데 원주기독병원은 수도에서 더운 물이 콸콸 나왔습니다.

우리는 저녁에 도착하여 병원식당에서 밥을 먹고 정해주는 전공의 침실에서 자고 아침에 아름답게 가꾸어진 정원에 서서 밝아 오는 태양을 바라보며 Wordsworth의 시를 읊기도 하며 여유를 부리기도 했습니다.


My heart leaps up when I behold

A rainbow in the sky:

So was it when my life began;

So is it now I am a man;

So be it when I shall grow old

Or let me die!

The Child is father of the Man.

And I could wish my days to be

Bound each to each by natural piety

그때 나의 일생이 이렇듯 순수한 날들로 이어져가기를 기원했습니다. 나는 이곳에서 의학을 공부했고 환자의 치료와 수술을 어떻게 해야 하는지를 배웠습니다. 25세의 청년이었던 나는 이곳에서 청춘의 꿈을 불살랐고 결혼하여 가정을 이루었습니다.

원주기독병원 시절, 나는 정말 열심히 공부하였습니다. 밥 먹고 잠자는 시간 외에는 일하고 공부하는 시간이었고, 일주일에 52시간 근무라는 말은 들어본 적도 생각해본 적도 없었습니다. 이렇게 5년을 수도승처럼 수련하고서 외과 전문의가 되었습니다. 열심히 공부한 덕인지 수술 잘한다는 의사로 인정받았고 군의관으로 있을 때는 VIP를 담당하는 의사가 되었습니다.

미국에 와서도 영어는 제대로 못하지만 수술방에서 수술을 잘하고 좋은 의사라는 인정을 받아 어렵다는 성형외과 의사가 되었습니다. 사람은 목이 마를 때 우물을 찾지만 목이 마르지 않으면 우물의 존재를 잊는다고 합니다. 미국에 살면서 내가 졸업하고 의사가 되게 해준 연세대학교 의과대학은 잊지 않고 찾았고, 학교를 위해 미력하나마 힘을 보탰지만 원주기독병원은 별로 생각해 본 일이 없었습니다. 그런데 재작년 애틀랜타 미팅에서 원주연세의과대학의 인사들을 만나보고 한번 와 달라는 초청을 받았지만 차일피일하다가 금년에서야 처음 원주를 방문했습니다.

올해는 원주연세의과대학 모체인 원주기독병원 창립 60주년이 되는 해였습니다. Judy목사님 Murray박사님이 주동이 되어 기독병원을 세우자는 의논을 하고, 서울 세브란스병원 원장님이셨던 문창모 박사님과 함께 1959년 원주에 병원을 세우신 것입니다. 그리고 병원이 정리가 되어 교육병원으로 인정을 받고, 우리들이 인턴으로 와서 외과 전공의로 교육을 받을 수 있었습니다.

그때 원주기독병원의 Staff들은 뉴욕의 Columbia University에서 일반 외과를 마치고 외과 전문의와 성형외과 전공의를 하신 실력파 Dr. Roth, 심장내과에는 University of Minnesota의 Mayo Clinic에서 심장내과를 마친 엘리트 Dr. Mattson, 안과에는 Canada Toronto의 University of Ontario에서 안과를 마친 Dr. Rose 선생님이 계셨습니다. 외과에도 Baltimore의 Union Memorial Hospital에서 외과를 마치신 김영우 선생님, 소아과에는 캐나다의 University of Ontario에서 수련하신 문영은 선생님, 산부인과에는 Baltimore의 Great Baltimore Medical Center에서 수련을 마치신 박용건 선생님 등 쟁쟁한 분들이 계셨습니다. 서울의 어느 병원보다도 좋은 교수진을 갖추고 있었습니다. 그래서 우리들은 서울의 어느 병원에서 수련을 받는 것보다 좋은 교육을 받았습니다.

이제 이 병원은 한국의 크나큰 의과대학으로 발전했고 지난번 평창올림픽 때 의료 담당기관으로 임무를 잘 수행했습니다. 이제는 그냥 종합병원이 아니라 크나큰 메디컬센터로 발전되었습니다. 우리가 살던 전공의 기숙사도 사라지고 웅장한 건물이 도시를 압도하고 있었습니다.

나는 이번 원주기독병원 창립 60주년 기념행사에 초청인사로 참가하는 행운을 누렸습니다. 병원을 돌아보면서 젊었을 때의 추억에 사로잡혔습니다. 그때 실력을 과시하며 우리들을 가르치셨던 스승님들, 같이 일을 하며 젊음을 불태우던 동료들, 피어나는 꽃처럼 아름답고 밝은 미소로 우리를 도와주던 간호사님들, 지금은 모두 어디에 있을까요?

지나간 이야기를 젊은 후배들과 나누며 자꾸 눈물이 나오려는 것을 억지로 참았습니다. 며칠 동안의 꿈같은 시간을 보내고 지금은 한 시간이면 서울역에 도착한다는 KTX에 몸을 실었습니다.

# 여자 목사님

　고등학교를 다닐 때 성경공부를 하다가 기독교가 남성 위주의 종교이냐 아니면 여성 상위의 종교인가를 토의한 적이 있었습니다. 그해에 고등학생회 회장이 여자였기 때문에 더 중요한 문제가 되었습니다.

　몇몇 남자들은 사도 바울이 교회에서 여자는 잠잠하라고 말했다고도 하고, 남자의 머리는 하나님이니 남자는 교회에서 모자를 쓸 필요가 없지만 여자의 머리는 남자이니 여자는 교회에서 머리를 내놓지 말고 가리라는 교리를 말씀했다고도 했습니다. 더욱이 여자가 물어 볼 것이 있으면 잠잠하였다가 집에 가서 남자에게 물어보라고 했으니 여자는 무조건 교회에서는 조용히 있어야 한다고도 했습니다.

　성경은 남자 위주로 이야기가 전개되어 있습니다. 사라는 남편인 아브라함에게 주인이라고 불렀고 남편에게 복종했습니다. 남자는 여러 명의 부인을 두어도 여자가 반대를 못했고 정말 질투를 했다는 말은 없습니다. 그러나 곳곳에서 여자들이 중요한 대목을 차지하는 경우가 많이 있습니다. 아브라함도 아내인 사라에게는 쩔쩔매는 남자로 묘사가 되어 있고, 야곱도 부인이 4명이지만 라헬에게 꼼짝도 못하는 애처가랄까 공처가로 묘사되어 있습니다. 모세와 아론이 애굽에서 나온 이스라엘 민족을 인도하지만 그 누이 미리암의 세력도 만만치 않았습니다. 그래서 미리암은 반항도 합니다. 야곱의 아들인 유다지파도 며느리인 다말에게서 자손이 나와 다윗과 예수님의 조상이 되었습니다. 이스라엘은 왕이 없이 사사가 통치했을 때 가나안 왕의 압제를 받았습니다. 그때 드보라라는 여자 사사가 나라를 구한다는 이야기도 있습니다. 다윗도 여러 명의 부인을 거느리고 후궁도 많았지만 그중에서 밧세바라는 여인에게서 난 솔로몬이 왕이 되었으니 수많은 여인을 거느린 왕보다 왕을 낳은 어머니가 아주 중요하게 기록이 되어 있습니다.

역대상, 하에는 왕의 이름을 기록하고는 그 어미가 누구라는 것을 자세히 기록을 했습니다. 가장 중요한 것은 예수님의 이야기입니다. 예수님의 어머니는 마리아라는 여인입니다. 그런데 아버지가 요셉은 아닙니다. 그러나 마태복음에는 예수님의 아버지 요셉의 족보를 기록했고, 누가복음에도 요셉의 족보라고 하지만 마태복음과는 많이 틀립니다. 그래서 이 족보는 마리아의 족보를 따랐다는 이야기도 있습니다. 마리아도 유다의 후손이고, 다윗왕의 후손인 것은 틀림이 없습니다. 그래서 가톨릭에서는 요셉의 이야기는 별로 많이 나오지 않고 마리아의 이야기가 나옵니다. 그리고 마리아에게 중보기도를 통하여 우리들의 기도를 예수님에게 올려 달라고 기도드립니다.

기독교의 초기에는 교황이나 신부를 아버지라고 불렀지만, 일생을 교회를 위해 봉사하는 수녀는 Sister(누님)이라고 불렀습니다. 격이 많이 다릅니다. 남성 위주의 시대에 만들어진 제도이기 때문입니다. 그런데 근대에 와서 여자들의 힘이 강해지면서 기독교의 남성우위의 사상에 제동이 걸렸습니다.

예수님은 인간이 아니고 하나님이시니 남성과 여성으로 편을 갈라선 안 되겠지요. 그럼 인간 중에서는 누가 가장 하나님과 가까우냐 하는 것입니다. 사람에게는 어머님보다도 더 가까운 관계가 없습니다. 그러니 예수님의 어머니 마리아가 인간 중에서는 가장 하나님과 가까우니 여성 우위의 종교로 바뀌어야 되지 않겠느냐고 이야기를 합니다.

남성 위주였던 기독교를 개혁해야 한다고 Elaine Pagels 같은 여자 신학자는 주장합니다. 예수님이 세상에 계실 때 가장 사랑하던 사람이 누구였느냐 하는 것입니다. 물론 12제자 중에 요한과 베드로라고 하겠지만 마리아와 마르다도 제자들 못지않게 사랑하셨습니다. 예수님이 십자가에서 돌아가실 때 제자들은 모두 도망갔지만 마리아는 십자가 밑에서 끝까지 있었습니다. 아리마데 요셉과 니고데모가 장례를 지낼 때도 여인들은 곁에서 떠나지 않았습니다. 예수님이 부활하실 때 제일 먼저 마리아에게 나타나셨습니다. 그리고 마리아가 모여 있는 제자들에게 예수님의 부활을 알려주었습니다. 사람이 어려운 전쟁터에 갔다 왔을 때, 죽을 고비를 넘기고 살아 왔을 때 누구에게 제일 먼저 나타나겠느냐. 가장 사랑하는 사람에게 나타나지 않겠느냐고 묻습니다.

사실이지요. 자기가 가장 사랑하던 사람에게 제일 먼저 알리겠지요. 예수님은 부활하셔서 가장 먼저 막달라 마리아에게 나타나셨지요. 그러니까 막달라 마리아가 가장 가까운 사람이고 수제자가 되어야 한다는 논리입니다. 그래서 마리아복음이 있었는데 남성 위주의 초기 지도자들이 마리아 복음을 빼버렸다는 말입니다. 나는 마리아복음을 읽어볼 기회가 없었는데 구할 수 있으면 읽어 보면 좋겠습니다. 아마 남성 우월주의를 고집하던 사도 바울이 현대에 와서 목회를 하셨다면 목회에 실패하셨을 것입니다.

하여간 그래서 강단에 올라가지도 못하던 여성들이 강단에 올라가 대표기도도 하고 여자 장로가 생기더니 요새는 여자 목사님들이 많이 나옵니다. 뉴욕지구 여자목사협의회도 생기고 여자 목사님들의 힘이 강해지고 있습니다. 요새 정치에도 당 지도부에 여자들이 많이 나오고 여자 대통령도 있고 독일의 여자 총리인 메르켈도 훌륭한 총리로 인정받고 있으니 여자라고 목사님이 되지 말란 법이 있겠습니까?

나는 많은 관심을 가지고 여자 목사님들의 번영을 기다리고 있습니다. 대학에서 우등생의 자리를 여자들이 휩쓸고 있는 시대에 우수한 여자 목사님들이 나와서 쇠퇴해 가는 기독교를 부흥시켰으면 하는 마음이 간절합니다. 순복음교회의 최자실 목사님처럼….

뉴저지의 한양마트나 H마트의 입구에는 여러 교회의 목사님들의 설교 CD들이 쌓여 있습니다. 그래서 많이 가져가서 운동하면서 듣습니다. 매일 1시간 20분을 걸으면 매일 2장의 CD를 들을 수 있습니다. 그런데 아직은 좋은 설교를 하는 여자 목사님은 별로 만나보지 못했습니다. 그저 주여, 할렐루야, 아멘만을 반복하시는 목사님이 많은 것 같습니다. 새로운 시대 AI가 우리의 지능을 앞서가고 있는 시대에 침체에 빠진 기독교를 똑똑한 여자 목사님들이 많이 나와 젊은 세대들이 다시 교회로 돌아올 수 있는 바람을 일으켜 주셨으면 합니다.

# 얼굴이 두꺼운 사람들

주일날 목사님 설교의 한 부분입니다.

어느 날 목사님에게 한 청년이 심각한 얼굴로 찾아왔습니다.

"목사님, 저 같은 사람도 용서를 받을 수 있을까요?"

평소에 말이 없고 착한 청년이었는지라 목사님은 무슨 큰일이 일어난 줄 알고 물었습니다.

"형제여, 무슨 큰일이 있습니까."

청년은 창백한 얼굴로 고백하면서 눈물을 흘렸습니다.

"저는 성가대의 ○○○를 마음속으로 사랑해 왔습니다. 그 여인은 내가 다가가기에는 너무도 높은 곳에 있는 여인이어서 아직까지 말 한마디도 붙여보지 못했습니다. 그런데 어젯밤 꿈에서 제가 그 여자를 겁탈했습니다. 나는 꿈속에서도 깜짝 놀랐습니다. 제 속에 그런 악한 것이 존재하고 있는 줄 저도 몰랐습니다. 그렇게 순결하고 아름다운 여자를 겁탈하려는 잠재의식이 있는 추악하고 나쁜 사람입니다."

목사님은 한참 생각하다가 "형제여, 너무 걱정하지 마십시오. 다윗처럼 남의 아내를 빼앗은 사람도 하나님께서는 용서하셨습니다. 그러나 형제는 마음속의 죄를 자백하고 그 여자를 해치지 않았으니 하나님이 용서해 주실 것입니다." 하고 위로를 했다고 합니다. 그리고 목사님은 '참 이 세상은 너무도 불공평하구나. 많은 사람들이 큰 죄를 짓고도 의인인 척 남의 죄를 정죄하기가 바쁜데 이 청년처럼 꿈에서 저지른 잘못까지 회개하며 눈물을 흘리다니….' 생각했다고 했습니다.

아마 예수님 시대에도 뻔뻔한 사람들이 많았던가 봅니다. 그래서 너희들은 너희 눈의 들보는 보지 못하면서 형제의 눈에 있는 티를 빼라고 하느냐고 야단치셨습니다.

중학생 때 ≪50Famous stories≫라는 책에서 읽은 이야기입니다.

한 농부가 길가다가 노끈 한 토막이 버려진 것을 보았습니다. 농부는 검약한 사람이라 이 노끈을 주워가지고 집으로 왔습니다. 오다가 길에서 마을의 사람을 만났습니다. 그래서 "길에 노끈이 버려져 있기에 주워오는 길일세."하고 변명을 했습니다. 마을 사람은 대단치 않은 일이라 대답도 안 하고 가버렸습니다. 농부는 집에 가서 아마 '그 사람이 내가 노끈을 어디서 훔쳐 온다고 생각했을는지도 몰라.' 하고 생각하게 되었습니다. 그리고 다음날 만나는 사람마다 어제 장에 갔다 오다가 노끈이 길에 버려져 있기에 주워왔다고 변명하기 시작했습니다. 동네 사람들은 그저 그래서 하고는 지나갔지만 이 농부는 점점 더 강박관념에 사로잡히게 되었습니다. '사람들이 내가 노끈을 훔쳐 오는 줄로 아는 게 아닐까. 그러기에 나의 말에 대답도 하지 않지.' 하고 좀 더 열을 올려 변명했습니다. 마을사람들은 이 농부를 이상한 사람으로 보게 되고 농부는 결국 마을 사람들이 자기가 노끈을 훔쳐왔다고 생각하는 모양이라고 하여 자살했다는 내용입니다.

세상에는 이처럼 지나치게 결백한 사람도 있지만 너무도 뻔뻔한 사람들이 더 많은 것 같습니다. 그럼 어떤 종류의 사람들이 가장 뻔뻔할까요? 나는 소위 상류계통의 사람이랄까 지도계급 중에 그런 사람이 더 많다고 생각합니다.

며칠 전에 장관으로 지명된 사람들의 청문회가 있었습니다. 그들 중 몇 사람은 국회의원으로 과거에 청문위원으로 활동을 한 사람들이었습니다. 그리고 자기가 청문위원을 할 때는 상대방에게 위장전입을 했다, 탈세를 했다, 아파트 투기를 했다면서 질타를 하던 사람들이었습니다. 그런데 자기가 청문회에 서자 그렇게 뻔뻔할 수가 없습니다. 어떤 후보는 청문회 자료를 내라고 하자 못 내겠다고 버티었습니다. 이유는 자신의 개인적인 정보가 들어 있다는 것입니다. 자기가 청문위원이었을 때는 그렇게 자료를 빨리 내라고 공격하고 닦달을 하던 사람이 이렇게 태도가 바뀔 수가 있는지 놀라웠습니다. 자기는 국회의 청문회에서 통과가 안 되더라도 대통령이 강제로라도 임명을 해줄 것이라는 자신감이 있었던 모양입니다. 나는 목사님의 설교가 생각나면서 그 후보의 얼굴이 그렇게 뻔뻔하고 밉게 보일 수가 없었습니다.

그 중에 한 사람은 삼성재단이 세금을 포탈하고 증여세를 내지 않았다고 삼성의 이재용 부회장을 죄인 다루듯이 한 그 사람입니다. 그런데 바로 그 시간에 자기의 남편은 서울의 유명한 로펌의 변호사로서 거액의 수임료를 받으며 삼성을 위해 변호하고 있었습니다. 물론 그분은 청문회에서는 통과가 안 되었지만 대통령은 그를 장관으로 임명했습니다.

우리는 지난번 세월호 침몰사건 때 박근혜 대통령의 대응책이 미흡했다고 비난받으면서 탄핵의 한 요소가 된 것을 기억합니다. 문재인 대통령은 대통령이 되고 난 후 나라에 어려운 일만 생기면 외국으로 순방을 가거나 휴가를 하여 책임을 모면하고 있습니다. 북한에서 미사일을 발사하였을 때에도 북한에서 탈북한 어부들을 북한에 돌려보내서 죽게 하였을 때, 울산시장 선거에서 청와대가 개입을 하고 그것을 수사하던 A라는 수사관이 자살했을 때 모두 외국으로 순방을 가거나 휴가를 내고 청와대를 비웠습니다.

세월호 사건 때 박근혜 대통령의 초기 7시간 대응이 미비했다고 그렇게 열렬히 비난하던 사람이 어찌 나라에 힘든 사건이 터질 때마다 휴가를 가는지 모르겠습니다. 그러면서 그는 대국민담화에서 망했던 나라를 바로 세웠다고 이야기하고 청와대 앞에서 6개월간 문재인 정부 반대 태극기집회가 열리며 대통령에서 물러나라고 이야기를 하고 많은 욕설을 들으면서도 나처럼 국민의 사랑을 받는 정치인이 없는 것 같다고 말한다면 이는 뻔뻔한 대회에 출전을 하면 챔피언감일 것입니다.

옛날 사람들은 체면이란 것을 많이 생각했습니다. 그래서 가문의 체면, 선비의 체면, 나라의 체면을 생각하고 처신했습니다. 이제 컴퓨터시대가 되어서 체면이란 것이 필요 없는 것일까요? 요즘 TV에 나오는 청문회나 정치인들의 행보를 보면 참 뻔뻔하여 사람이 어찌 저렇게 뻔뻔할 수 있을까 하는 말이 저절로 나옵니다.

# 천박한 한국 언론

무관의 제왕, 총보다 강한 펜은 기자들을 가리키는 말이었고, 국민들에게 진실을 알리는 기자들의 자존심이었습니다. 자유당 정권의 탄압과 조폭들을 동원한 압력에도 불구하고 자유당의 부정부패를 캐어내 국민들에게 알리던 신문기자들을 국민은 신뢰했고 응원했습니다.

판사나, 의사, 목사, 선생, 기자들은 그들의 직업이 정직성이 요구되는 직업이기에 그들을 존경하고 그들의 말을 신뢰합니다. 그런데 그들이 명심할 것은 부패되지 않았을 때는 그들의 정직하고 올바른 행위만큼 존경을 받을 직종이지만 그들이 금품에 놀아나거나 권력에 아부하고 거짓말할 때는 존경했던 것만큼 추락하여 더욱더 민중이 미워한다는 사실입니다. 왜냐하면 그들은 대중이 그토록 믿었던 신뢰를 저버렸기에 그 배신감은 더욱더 크기 때문입니다.

자유당 때의 언론은 부패하지 않았고 어떤 정권에 치우쳐 아부하지도 않았고 부정과 손잡지도 않았습니다. 그런데 언젠가부터 한국의 언론은 병들기 시작했습니다.

언론이 권력에 얼마나 아부하는가는 나폴레옹 시대의 불란서 언론을

예로 들곤 합니다. 나폴레옹이 엘바 섬에 유배가 되었다가 탈출을 하자 불란서의 신문들은 '엘바섬의 살인귀, 섬을 탈출하다'라고 기사를 썼습니다. 나폴레옹이 파리로 진격하자 '나폴레옹 장군, 파리를 향해 진격 중'이라고 했고, 나폴레옹이 파리에 들어오자 '나폴레옹 황제, 파리에 입성하시다'라고, 기사를 썼다고 합니다. 우리나라도 언제부턴가 불란서 언론에 못지않게 권력에 아부하고 돈에 치사한 언론이 되어버렸습니다. 한국의 언론도 강한 권력자에게는 끝없이 약하고 아첨하며 좀 약한 상대는 아무렇게나 짓밟고 뭉개버립니다.

사실 말은 '아' 다르고 '어' 다르다고 합니다. 어떤 사물을 가지고 확대해석 침소봉대하고 자기 마음대로 재편집하여 자기가 싫은 상대를 짓밟을 수가 있으며 인격을 뭉개버리고 사업을 망칠 수가 있습니다. 오래전 삼양회사의 라면에 공업용 수구레를 썼다는 추측 기사로 삼양라면은 완전히 망했고, 삼양라면의 회장님은 병들었습니다. 몇 년에 걸친 재판 끝에 삼양라면이 공업용 수구레를 쓰지 않았다는 판결이 났는데도 신문은 사과하지 않았습니다. 들리는 말로는 몇 년 후 신문 한구석에 사과도 아닌 정정기사를 우표만 하게 냈지만 찾아보기도 힘이 든 신문의 뒷구석이었다고 합니다. 이때는 삼양은 이미 라면 선두주자의 자리를 빼앗기고 회사는 파산한 뒤였습니다.

어째서 공공 신문이 진원이 밝혀지지 않은 거짓 소문을 기사로 실어야 하는지는 나 같은 일반 시민이 알 리가 없습니다. 소위 '카더라 통신'의 소문을 사실처럼 기사화하고 나중에 그 기사가 허위로 밝혀져도 소문이었으니까 아무런 책임도 지지 않는 언론이 일부 사람들이 이야기하는 찌라시 언론, 쓰레기 언론입니다.

물론 다 믿을 수는 없지만 유튜브에 돌아다니는 이야기로는 웬만한 신문들은 언론 노조가 기사편성위원회를 장악하고 노조원들이 기사를 심사하여 올리기 때문에 노조가 원하는 기사, 좌편향의 기사를 내보내지 않을 수 없다는 말이 사실이라면 한국의 신문은 더 이상 국민들이 읽어야할 공론이 아닙니다. 하기는 박근혜 대통령의 탄핵 때 사실이 밝혀지지 않은 상태에서 정유라가 박근혜 대통령의 딸이라느니, 세월호의 7시간 동안 박근혜 전 대통령이 사저에서 성형수술을 받았다느니, 정씨와 불륜을 저지르고 있었다는 이야기가 언론을 통해 나왔습니다.

촛불세력이 강해지고 대통령 쪽이 침몰하는 배처럼 기울어지니까 우리나라 언론은 대통령을 완전히 물속으로 밀어 넣는데 큰 힘을 보탰습니다. 사실이 확인되지도 않았는데…. 그리고는 그런 대통령을 탄핵해야 한다는 사설과 논평을 쏟아냈습니다. 이제는 세월호 7시간 동안의 행적이 밝혀졌으며 정씨와 불륜을 하지 않았다는 사실이 판정이 났는데도 아직도 사과도 없이 우물쭈물 덮어버렸으니 그 신문을 읽은 대중은 그 기사가 어느 정도 사실인 줄 알고 있습니다.

북한이 미사일을 쏘았을 때 트럼프 미국 대통령이 미국의 안보위원회를 소집하고 일본의 아베 수상과 장시간 토론을 했는데, 새로 취임한 대통령은 일주일간의 휴가를 떠났습니다. 그런데 몇몇 야당 국회의원이 이 문제를 거론했을 뿐 한국의 언론은 잠잠했습니다. 그리고 국민의 대통령 지지도는 70%를 웃돌았습니다. 어디서 어떻게 누구를 상대로 여론조사를 했는지 모르지만 제가 아는 사람들 중에는 문대통령의 지지도가 50%도 안 되었는데….

얼마 전 살충제 계란 문제가 터졌습니다. 시작은 네덜란드에서 살충제를 뿌린 닭장에서 나온 계란이 살충제에 오염이 되었다는 것이고 이것이 독일, 불란서, 영국을 거쳐 전 유럽으로 퍼져 나갔습니다. 유럽의 국가들은 살충제에 많이 오염된 계란은 좀 버렸지만 대부분 그대로 먹었습니다. 그리고 유럽의 국가들은 이 문제를 그렇게 요란스럽게 취급하지는 않았습니다. 유럽의 국가들은 아직도 그 계란을 먹고 있으며 그 계란으로 오믈렛을 만들어 오믈렛 축제를 벌인다고 야단입니다.

그런데 한국의 신문들은 마치 제2의 광우병이 발생한 듯이 떠들기 시작했습니다. 우리나라의 양계장을 조사한 결과 13곳에서 살충제에 오염된 계란이 적출되었으며 계란 검사를 그냥 작위적으로 했기 때문에 조사를 좀 더 철저히 해야 한다는 것입니다. 우리나라의 언론은 북한의 미사일보다도 더 무서운 재앙으로 연일 신문에 대서특필하였습니다. 더 기막힌 것은 기사화하려면 좀 더 공부를 하고 자료를 찾아서 정확한 정보를 가지고 보도해야 하는데도 교수의 자격도 없고 이 문제에 대해 잘 알지도 못하는 어용교수를 인터뷰하고 이 살충제를 먹으면 얼마나 해로운지만을 집중적으로 보도하여 국민을 불안하게 만들고 선동하였습니다.

조사한 결과로는 60kg의 체중을 가진 사람이 치사량이 아니라 몸에 이상을 일으킬 정도로 먹으려면 하루에 248개를 먹어야 하고, 일생에 324만 개를 먹어야 증상이 나타난다고 합니다. 이 정도의 많은 계란을 먹는다면 그보다 먼저 계란 노른자위나 흰자위 중독증에 걸릴 것입니다. 이 살충제 계란이 유럽에서 시작이 되었기에 망정이지 미국에서 생겼다면 언론에서는 얼싸 좋다, 침소봉대의 과장과 자기 마음대로 편집이 된 기사로 국민을 선동하여서, 다시 광화문에 촛불을 든 백만의 군중이 모여 반미 구호를 외쳤을 것입니다.

정말 천박한 언론이고 치졸한 대중입니다. 나는 이것이 심도 있는 시험공부가 아니라 대강 알아서 찍기만 하면 되는 현존의 피상적인 교육과 시험방식, 오두방정을 떠는 TV의 프로그램들이 문제가 아닐까 생각을 해봅니다.

# 체급 없는 경기

운동경기에는 체급이 있는 경기가 많습니다. 권투, 레슬링, 역도, 격투기 등에는 체중에 따라 몸집의 크기에 따라 등급이 매겨지고 페더급, 라이트급, 미들급, 헤비급으로 구분하여 경기를 시킵니다. 그러나 공을 가지고 하는 운동경기인 축구나 농구, 배구, 탁구, 야구, 테니스 등의 경기에서는 몸집의 크기는 상관하지 않습니다. 체구가 200킬로가 넘는 선수와 체중이 65킬로인 선수가 맞붙어 경기를 합니다.

이런 면에서 본다면 농구 경기가 제일 불평등할 것입니다. 170센티의 선수와 2미터가 넘는 선수와 맞붙어서 공을 잡아채려고 뛰는 것을 보면 붕어와 돌고래가 뛰는 것 같지만 키가 큰 선수가 항상 리바운드를 잡아내는 것은 아닙니다.

축구도 마찬가지입니다. 유명한 안정환 선수나 박지성 선수, 이영택 선수들이 모두 장신선수들은 아니었지만 키가 큰 선수들보다 우수한 선수들이었습니다. 또 스케이트의 쇼트트랙 경기에서 키가 큰 선수들 사이에서 키 작은 한국의 여자선수들이 그야말로 제비들처럼 날쌔게 빠져나가는 것을 보면서 키가 작아 열등감에 잡혔던 체증이 확 뚫리곤 합니다. 수영도 마찬가지입니다 키 큰 선수가 스트로크를 하면 큰 노를 저어가는 배처럼 성큼성큼 헤엄쳐가지만, 키 작은 선수는 팔딱팔딱 튀는 모양입니다. 아마 키나 몸집이 작아서 유리한 경기는 체조일 것입니다. 키가 크면 재주를 넘는데 키 작은 선수들보다 지장이 있어 청소년들이 체조를 하다가 키가 훌쩍 커지면 체조를 그만둔다는 이야기를 들었습니다.

나는 테니스경기를 좋아합니다. 요새 남자 선수들 중 톱 클래스의 선수를 뽑는다면 죠코비치, 나달, 페더러를 꼽을 것입니다. 그런데 죠코비치는 키가 좀 큰 선수에 속하지만 나달이나 페더러는 큰 선수에 속하지 않습니다. 그래도 자기들보다 키가 큰 선수들과 경기를 하고 이기는 것을 보면 내가 공연이 신이 납니다. 나는 테니스경기를 볼 때 대개는 키작은 선수를 응원합니다. 키가 작은 선수들이 키 큰 선수의 옆으로 공을 쳐서 패싱을 하는 것을 보면서 저절로 무릎을 치곤 합니다. 아마도 내가 살면서 키가 작아 구박을 받은 때문이겠지요.

US Open 테니스경기에서 세레나 윌리엄스와 나오미 오사카의 경기는 라이트급과 헤비급의 경기처럼 보였습니다. 그런데 작은 오사카 선수가 빠르고 낮은 공으로 몸집이 큰 세레나 윌리엄스의 공을 치고 나가는 것을 볼 때면 신이 납니다. 또 윌리엄스는 큰 몸집에 어울리지 않게 눈물범벅이 된 얼굴로 인터뷰를 하는데, 오사카는 겸손하게 웃으며 세레나 윌리엄스를 위로합니다. 나는 이 두 사람의 상반된 장면을 보면서 완전히 거꾸로 되었구나, 느꼈습니다.

여자 테니스계에는 장신 선수들보다 키가 그리 크지 않은 선수들도 많이 있었습니다. 모니카 셀레를 비롯하여 마티나 힝기스, 저스틴 헤닌,

스테피 그래프, 가브리엘라 사바티니 같은 챔피언들은 키가 큰 선수들이 아니었지만, 키가 큰 슈나이더나 마리아 샤라포바보다 성적이 좋았습니다. 물론 운동경기에는 키가 큰 사람이 많은 이점이 있습니다. 지금 미국 선수로 활약을 하고 있는 이스너나, 쏭가, 델 페더러 등은 모두 장신이고 몸집이 좋습니다.

키가 큰 선수들의 서브는 대개 강합니다. 시속 220킬로의 속도가 나기도 하는데 그 공이 보이지도 않는다고 합니다. 그런데 키 작은 선수들의 서브는 그렇게 강할 수가 없습니다. 그럼에도 키 작은 선수들이 키 큰 선수들을 상대로 날쌔게 뛰어 다니는 것을 보면 신기합니다. 키가 작은 나는 일본 선수 니시코리를 보면서 그가 이겼으면 하는 생각을 해보곤 합니다. 아무래도 키 작은 선수가 키 큰 선수와 경기를 하려면 발도 빨라야 하고 정신력도 강해야 합니다.

테니스경기를 보면서 이 글을 쓰고 있습니다. 키가 큰 체코의 프리스코바와 그의 3분의 2쯤 될까 하는 대만의 수위 쉐 선수의 경기입니다. 그런데 쉐 선수가 키 큰 선수를 이기는 있는 중입니다. 나는 공연히 신이 납니다.

나라도 마찬가지입니다. 로마가 땅이 넓어서 천년 동안 유럽을 지배한 것이 아닙니다. 영국이나 일본, 이스라엘이 땅이 커서 강국이 아닙니다. 국민들의 정신 건강이 튼튼하기 때문에 강국이 아닌가 생각해 봅니다.

며칠 전 세계의 강국 15 나라를 열거하는데 대한민국이 그 이름을 올렸습니다. 우리나라는 정치만 빼놓으면 정말 나무랄 데가 없는 나라입니다. 공부를 해도 운동을 해도 큰 오스트레일리아나 중국, 스페인, 캐나다를 압도하고 있습니다. 공부도 잘합니다. 미국의 아이비리그의 대학에는 한국 학생들이 많이 진출하였고 공부 잘하기로 정평이 나 있습니다. 지금 서울에는 러시아나 독일, 중국에서 온 관광객들이 서울을 돌아보며 입을 벌리고 감탄하고 있습니다. 물론 여자들은 키 큰 남자들을 좋아하고 좀 바보라도 키가 커야 사회에서 인기가 있습니다. 그러나 키가 큰 사람들보다 키가 작은 사람들이 사회에서 더 많이 성공하는 것을 보면 하나님은 키가 큰 사람들에게는 여자들에게 인기가 있는 복을 주시고 키가 작은 사람들에게는 총명한 머리와 사회에서 살아가는데 열심을 주시지 않았는가 하고 생각을 해봅니다.

사회에서 살아가는 것은 체급이 없는 경기입니다. 대학에 들어가는데도 페더급, 헤비급이 있는 것은 아닙니다. 물론 신입사원의 면접 때는 키가 작은 것이 단점이 되는지 모릅니다. 그러나 일을 하는데, 공부를 하는데, 연구를 하는 데는 체급이 필요 없습니다. 그래서 인생은 체급이 없는 경기입니다. 개인의 생활도 국가 간의 경쟁도 마찬가지입니다. 우리나라도 국민들이 정신만 차린다면 선진국이 되고 강대국이 되지 말란 법이 있습니까.

# 인연

저렇게 많은 별들 중에 / 별 하나가 나를 쳐다본다. / 이렇게 많은 사람들 중에 / 그 별 하나를 쳐다본다. / 밤이 깊을수록 / 별은 밝음 속에 사라지고 / 나는 어둠 속에 사라진다 / 이렇게 정다운 너 하나와 나 하나는 / 어디서 무엇이 되어 / 다시 만나리

김광섭 선생의 〈저녁에〉라는 시입니다.

1천 억도 넘는다는 많은 별들 중 반짝이는 별 하나와 75억이 넘는다는 사람들 중 나의 눈이 그와 만났습니다. 왜 하필이면 그 별과 내 눈이 마주치고 그 별은 나를 쳐다보았을까요? 75억이 넘는 많은 사람들 중에 그가 나의 이름을 불러주었고 이렇게 많은 사람 중에 내가 그에게 손짓을 했습니다. 이것을 춘원 이광수 선생은 '전생의 인연'이라고 했습니다. 불가에서는 한번 옷깃이 스치고 눈길이 마주치는 것은 3겁의 인연이 있어야 하고, 하룻밤 같이 자는 것은 6천겁의 인연이 있어야 하며, 부부가 되는 것은 7천겁의 인연이 있어야 한다고 합니다.

그런데 1겁을, 겨자겁으로는 둘레 40리가 되는 큰 성 안에 겨자를 가

득히 쌓아놓고 3년마다 1개씩 꺼내어서 전부 없어지는 시간이라고 하고, 불석겁은 둘레가 40리가 되는 돌산을 3년마다 한 번씩 비단 옷자락으로 스쳐서 돌산이 다 닳아 없어질 때까지의 시간이라고 하니 상상할 수 없는 시간입니다. 어떤 사람은 약 4억3천2백만 년이라고 말하지만 그것보다도 더 길 것 같습니다. 그러니까 지구의 나이가 45억 년이라고 하니까 지구가 생긴 지 열 겁도 채 되지 않았겠지요.

그러고 보면 오늘 내가 만나서 인사를 하고 말한 사람이 얼마나 많은 전생의 인연을 가지고 있는지는 상상하기조차 힘듭니다. 하기는 75억의 인구 중에 내가 오늘 그를 이 자리에서 몇 시에 만날 확률을 수학자가 계산을 해본다면 몇 천만 아니 몇 억 분의 일로 나올까요? 아마도 수백억 수천억 분의 일이겠지요. 그러니 가벼운 인연이란 없는 것일지도 모릅니다. 비록 한 번 보고 말 한마디도 붙여 보지 못하고 스쳐간 그녀와의 인연도 그리 가벼운 인연은 아니었는지도 모르지요.

그런데 인연에는 좋은 인연이 있고 나쁜 인연이 있습니다. 베드로는 예수님과 만나는 행운이 있었기에 자신이 구원을 얻은 것만 아니라 예수님의 수제자가 되었고 초대 교황이 되었습니다. 안토니우스는 클레오파트라를 만났기에 악티움 해전에 패하여 옥타비우스의 포로가 되었고 클레오파트라는 자살했습니다. 제갈량과 주유의 만남은 나쁜 인연이라고 할 수 있습니다. 주유는 훌륭한 전략가였지만 빈번히 제갈량에게 패했습니다. 줄리어스 카이사르는 자신의 애인이었던 여자의 아들인 폼페이우스의 편에 있던 마르크르 브루터스를 잘못 만나서 그를 살려주고 군단장으로 중용해 주었다가 그의 칼에 맞아 생을 마쳤습니다. 살리에르는 모차르트 만나지 않으면 위대한 음악가로 칭송을 받으며 일생을 살았을 것입니다. 석가는 아난다를 만났기에 그의 위대한 설법이 문자화되었습니다. 소크라테스의 철학은 플라톤을 만났기에 후세에 전해졌고 공자도 안연을 만났기에 그의 가르침이 후세에 전해졌습니다.

우리들은 매일 사람을 만나 인연을 만들어 갑니다. 내가 오늘 만난 사람과 좋은 인연을 맺는다면 앞날에는 더 좋은 인연들을 더 많이 만들어갈 것이고, 오늘 만난 사람에게 나쁜 말을 하고 그 사람의 마음을 상하게 했다면 다음에는 더 큰 시련을 겪게 될 것이라는 생각을 하면 하루하루의 삶이 조심스럽기만 합니다. 톨스토이는 세상에 가장 중요한 사람은 지금 내가 만나는 사람이라고 했습니다. 마음에 상처를 주어 아직도 생각하면 속이 쓰라린 어떤 사람을 다시 만난다는 것은 생각만 해도 모골이 송연해지고 무서워서 가슴이 두근거립니다.

오늘 내가 아내의 마음을 아프게 했다면 내 생에 지금의 아내가 나에게 얼마나 많은 시련을 안겨 줄까요? 그전에 내가 모질게 했던 말로 아내의 가슴을 아프게 했다면 그 말이 무엇이 되어 나에게 돌아올까요? 그것도 7천겁의 인연을 어찌 감당할까요. 오늘 내가 그를 즐겁게 해주었다면 7천겁의 인연을 맺은 그가 나에게 얼마나 많은 기쁨과 행복을 갖다 줄까를 생각해 보면 이 말이 모두 사실이 아니라고 해도 심각해지지 않을 수 없습니다. TV에서 어르신들에게 '할머니 다음 세상에서도 할아버지와 만나 같이 사시겠어요?' 하고 물으면 손사래를 치며 다시는 만나지 않았으면 좋겠다던 그 할머니는 인연이라는 말을 이해했을까요? 또 그 할아버지와 무슨 사이로든지 만날 텐데….

오래전 어떤 마부가 죽어서 다음 세상에 태어났다고 합니다. 그러다가 여자가 되었는데 남편이 되는 사람이 아내를 때리면 꼭 빗자루로 때린다고 합니다. 그래서 절에 가서 스님에게 물어 보니 네가 저 생에서 마부였고 남편이 말이었는데 네가 하도 말을 많이 때려서 그 빚을 갚아야 하는데 채찍으로 때리다가는 언제 그 빚을 갚을지 몰라서 채찍으로 묶어진 빗자루로 때린다고 하더라는 것입니다.

　오늘도 신문에서는 많은 나쁜 일들이 일어납니다. 그 많은 만남들이 과거의 인연과 엮어졌고 오늘의 만남이 또 많은 만남의 씨가 된다고 합니다. 트럼프는 볼턴을 파면시켰다고 신문에서 떠들어대고 트럼프의 유명한 말, "You are fired"라고 고함치면서 만족해 할지 모르지만 다음 생에서는 그 사람들에게 당하겠지요. 민주당의 의원들 중에는 트럼프가 대통령직을 물러날 때는 감옥에 보내야 한다고 핏대를 올립니다. 그곳이 모두 전생에 맺어진 인연일까요? 김정은은 북한의 그 많은 사람들을 강제수용소로 보내고 죽이고 학대합니다. 그가 이런 전생의 인연이라는 것을 생각해 보았을까요? 그리고 그 많은 사람들에게 당할 보복을 상상이나 해보았을까요?

　상대방의 직업이 대단하지 않다고 하더라도 가진 것이 없다고 하더라도 그는 우주와 비교할 만큼의 존귀한 가치를 지니고 있습니다. 내 주위에 있는 사람들은 모두 귀한 존재입니다. '이렇게 정다운 너 하나 나 하나는 어디서 무엇이 되어 다시 만나랴'고 하는 시처럼 내 생에 다시 만나 지긋지긋하게 따라다닐지 누가 압니까.

# 제임스 본드

　며칠 전 뉴스에 새로운 제임스 본드의 영화가 나온다는 발표가 있었습니다. 마지막 제임스 본드의 이야기라고 하지만 정말 마지막이 될지는 두고 봐야 합니다. 마지막이라고 발표된 일이 과거에도 몇 번 있었지만 새로운 영화가 나오곤 했습니다. 이번 발표될 제목은 ≪No time to die≫ 라는 타이틀을 붙였고 다니엘 크레익이 주연으로 나온다고 합니다. 그가 지난번 영화 스펙터에서 제임스 본드 역을 할 때 몸을 다쳐 다시는 제임스 본드의 영화에 출연하지 않겠다고 하더니 마음을 바꾼 모양 입니다. 그리고 이번이 마지막이라고 합니다.

　제가 제일 처음 본 제임스 본드의 영화는 1963년일 것입니다. 종로 3가의 피카다리극장에서 본 영화로 ≪Return from Russia with love≫라는 제목이었는데 일설에는 그 영화가 한국에는 처음 들어 왔지만 ≪Dr. No≫라는 영화가 먼저 만들어졌다는 말도 있습니다. 나는 그때 신촌의 세브란스병원의 외과 1년차 레지던트를 하고 있었는데 미국에 올 준비를 하느라고 ECFMG라는 미국에서 인정을 하는 의과대학 졸업 시험과 같은 시험 준비를 하느라고 정신없이 바쁜 시간을 보내고 있었습니다.

　그런데 보고 싶은 영화가 있으면 공부도 안 되는 나쁜 성질을 갖고 있어서 우선 영화부터 보자고 친구를 꼬드겼습니다. 같은 방에 공군군 의관으로 근무를 하던 송성인 선생과 이번 주일 아침, 처음 나온 제임스 본드의 영화를 보자고 합의가 되었습니다. 우리는 새벽 7시가 되기 전 피카다리극장 앞에 줄을 서서 기다리다가 표를 사서 영화를 보았습니다. 서부영화는 많이 보았으나 스파이 영화는 그리 많지 않았던 시절이어서 이 새로운 장르의 영화는 우리를 흥분시켰습니다. 제임스 본드로 출연 한 숀 코널리도 훌륭했지만 러시아의 정보원으로 나온 로버트 쇼도 정말 멋진 연기를 보여주었습니다. 처음 보는 모스크바, 러시아의 기차여행, 베네치아의 바다를 보면서 촌놈인 우리는 아아, 하고 감탄을 했습니다.

　우리는 영화를 보고 와서 같은 전공의들에게 영화 이야기를 해주며 한껏 자랑을 했습니다. 그리고는 007 제임스 본드 영화가 나오기만 하면 빠짐없이 보았습니다. 다음에 나온 ≪Gold finger≫ ≪Dr. No,≫ ≪Thunderball≫ ≪Diamond Forever≫ ≪You Only Live Twice≫ 등을 보면서 숀 코널리의 팬이 되었습니다.

　그리고는 제임스 본드의 주인공이 바뀌었지요. 로저 무어라는 배우로 바뀌었는데 중후하면서도 영국풍의 신사였습니다. 그가 제임스 본드로 총 7편에 출연을 했는데 제일 많은 출연이라고 합니다. 그가 출연한 ≪Spy who loved me≫ ≪The man with golden gun≫이 아주 좋았습니다. 또 주인공이 바뀌어 '조지 라젠비'라는 배우가 ≪여황제의 비밀요원≫이라는 영화에 한 편에만 출연했는데 하얀 설원에서 스키를 타는 멋진 장면을 보여 주었습니다. 그 후 그 장면이 유행이 되었던지 눈 위를 달리며 총을 쏘고 스키를 타는 장면들이 제임스 본드 영화에 많이 등장하였습니다.

아마도 제임스 본드의 연기가 많이 힘이 든 모양입니다. 주인공은 또 바뀌어 '다니엘 달톤'이라는 배우가 두 편에 출연을 했는데 아마 007영화의 주인공 중 제일 인기가 없었던 것 같습니다. 그 다음이 미남 배우 '피얼스 브론스넌'이 제임스 본드가 되었습니다. 총 4편에 출연했는데 아마 가장 현대적인 배경과 장비가 등장한 것 같습니다. 또 북한이 배경인 ≪Tomorrow Never Dies≫에서는 북한 정보원과 싸웠고 ≪The World Is Not Enough≫와 ≪Another Day≫ ≪Golden Eye≫에도 출연했습니다. 아마 그가 제임스 본드 중엔 가장 미남인 배우일 것 같습니다.

그 다음이 현재 나오는 '다니엘 크릭'입니다. 아마 이번 영화가 4번째일 겁니다. 그는 ≪Skyfall≫ ≪Casino Royal≫ ≪Spector≫ 등 세 편에 출연했고 이번에 ≪No Time to Die≫에도 출연한다고 합니다.

정보에 의하면 제임스 본드의 영화가 26개 만들어졌다고 하는데 이안 프레밍의 소설이 처음 시작이 되었습니다. 그리고 이안 프레밍이 죽고 나서도 여러 작가가 이 이야기를 계속했고, 이렇듯 주연 배우도 6명이나 바뀌고, 감독도 탈렌스 영에서 시작하여 많이 바뀌었지만 주인공은 아직도 제임스 본드입니다. 음악도 특이하고 좋아서 한국의 자랑 김연아 선수도 007의 주제음악을 배경으로 피규어 스케이트를 타서 상을 받았습니다.

이야기는 영국 정부의 정보부 M16에 속하는 007이라는 번호를 받은 제임스 본드라는 정보원이 세계의 여러 곳에서 일어나는 테러국제범죄를 해결한다는 것입니다. 그는 업무를 수행하기 위해서는 살인도 허가한다는 'License to kill' 면허를 받았다고 합니다. 그는 세계에 안 가는 데가 없습니다. 러시아, 중동, 중국, 동남아시아, 인도, 남아메리카를 자기 마당처럼 드나듭니다. 제임스 본드는 겨드랑에 월터 PPK의 권총을 차고 다니면서 그 총으로 문제를 해결하는데 정보원들이 좋아하는 권총이라고 합니다. 한국의 중앙정보부원들도 애용하였는데 김재규가 박정희 대통령을 시해한 것도 월터 PPK였다고 합니다. 한손에 들어오는 은회색의 권총이 멋이 있습니다. 그리고 그가 타는 차는 시대에서 가장 첨단의 자동차인데 역시 BMW와 페라리가 많았습니다.

상대방 악한은 스팩터, 부루벨트, 스카라망가, 중공의 부호, 북한의 정보부, 러시아의 정보부 등이 많고 시사성이 있습니다. 그 시대의 악의 축들이 대상이 되곤 합니다. 물론 허구가 심하고 어떤 때는 만화 같은 이야기라고 웃지만 출연하는 배우들이 멋있고 미녀 배우들이 등장을 하고 스릴을 섞은 액션들이 쉴새없이 전개되어 영화를 보는 동안 손에 땀을 쥐게 합니다. 그래서 007영화가 흥행에 실패한 일은 없는 것 같습니다. 물론 예술성이 없으니까 영화상을 타는 일은 없지만.

추수감사절이나 크리스마스 시즌에는 TV에서 며칠 동안을 계속해서 보여주기도 합니다. 나는 정신 연령이 모자라서 그런지 몰라도 서부영화나 007영화를 좋아합니다. 물론 ≪폭풍의 언덕≫ ≪그리스인 조르바≫ ≪닥터 지바고≫ ≪바람과 함께 사라지다≫ ≪레미제라블≫ ≪부활≫ ≪까라마조프의 형제≫ 같은 영화도 좋아합니다. 그러나 칸느영화제 상을 탄 영화를 보면 한 번에 이해하기도 힘들지만 감탄이 나오지 않습니다. 그저 영화를 보면서 머리를 쓰지 않는 영화가 휴식이 됩니다.

한국에 있을 때 종로에 가면 지나간 영화의 CD를 만들어 파는 가게들이 많이 있었습니다. 그래서 서울에 갈 때마다 얼마씩 사들였습니다. 그리고 내가 이 영화를 좋아한다고 딸애가 사다주기도 하여 제임스 본드의 영화는 아마 20여 개를 가지고 있는데 몇 개가 빠져 전부 구비하지는 못했습니다. 그리고 아주 심심하면 이 CD를 하나씩 꺼내 봅니다. 제임스 본드도 나온 지가 60년이 넘었으니까 그때 입었던 옷이 시대가 지났고 그때 최신식이었던 전사기ᵍ가 이제는 유행에 뒤떨어졌지만 아직도 멋이 있습니다.

≪No Time to Die≫는 아마 촬영이 아직 끝이 나지 않은 모양입니다 2020년 4월 15일 개봉이라고 합니다. 그 영화를 볼 생각을 하면 벌써부터 마음이 즐겁습니다.

# 열심히 사는 사람들

아직도 어둠이 걷히지 않았는데 거리에는 차들이 분주하게 거리를 질주합니다. 나는 아침운동으로 아파트의 정원 길을 나섭니다. 아침 운동을 하지 않으면 큰 숙제를 안 한 것같이 하루 종일 기분이 개운치 않습니다. 아마 아침운동도 중독이 되는 것 같습니다. 아파트의 뒤에는 큰 정원이 있어서 한 바퀴를 도는데 920보 가량 되니까, 10바퀴를 돌고 집에 들어오면 약 1만 보가 되고 7.6킬로가 됩니다.

어두울 때 걷기 시작하면 얼마 안 있어 동이 트고 후러싱 쪽의 동쪽 하늘이 밝아오기 시작합니다. 걸으면서 사색도 하고 백일몽도 꾸고 거리의 풍경도 보게 됩니다. 아파트의 언덕 밑 큰길에는 불을 켠 차들이 쉴 새 없이 달리고, 거리 모퉁이에 있는 버거킹에도 불이 켜집니다. 조금 있으면 정류장에는 맨해튼으로 출근하는 사람들이 버스를 기다리며 줄을 서고 신문을 배달하는 사람, 짐을 싣고 트럭을 운전하는 사람들이 분주하게 움직일 것입니다. 물론 가게 문은 열리지 않았지만 장사를 준비하는 사람들은 바쁠 것입니다. 그리고 학교에 가는지 젊은이들이 백팩을 메고 거리로 나옵니다.

얼마 전 서울을 다녀왔습니다. 누가 이야기하기를 서울은 밤이 없는 도시라고 합니다. 시청 앞에 자리한 호텔 주위로 밤새도록 차들이 왕래하고 있었습니다.

TV에서 본 새벽시장에 가보고 싶어졌습니다. 그래서 구경삼아 노량진수산시장에 가보기로 했습니다. 호텔에서 여섯 시에 나와 택시를 타고 노량진수산시장으로 갔습니다.

시장에 들어서니 새벽이 아니라 벌써 대낮처럼 활기를 띠고 있었습니다. 크나큰 건물마다 물건을 파는 사람, 사는 사람들로 가득했습니다. 북적거리는 시장 안에는 사람들의 물결로 휩쓸리면서 사람들이 마구 어깨를 부딪치며 다녔습니다. 커다란 물통에 든 생선이나 궤짝에 들어있는 생선들이 펄떡펄떡 뛰는 듯 싱싱하였고, 시장에 있는 사람들도 생선마냥 활기가 있었습니다. 고무 앞치마를 입은 경매사가 목청껏 소리를 지르면 둘러선 사람들이 화답했습니다. 또 물건을 파는 사람이나 사는 사람이나 상자를 나르고 궤짝을 싣고 세상이 어떻게 돌아가든 상관이 없다는 듯 자신들의 일에 열중하고 있었습니다. '참 인생을 열심히 사는 사람들이 여기 있구나.' 생각했습니다.

나는 비린내를 몹시 싫어하는데 그날은 비린내도 신선해서 그런지 그리 비위가 상하지 않았습니다. 나는 수산시장을 기웃거리며 한참 돌아다니다가 시장 한 옆에 자리를 잡은 먹자터에서 장터국수를 먹기로 했습니다. 고급 음식점에서 먹는 것보다 이런 곳에서 먹는 음식은 특별한 맛이 있습니다. 심심한 국수에 양념장을 한 숟가락 치고 젓가락으로 저어서는 국수 한 그릇을 5분도 안 되어 흡입했습니다.

이젠 동대문시장으로 가보자 하고 좀 걸으니 지하철 입구가 나오고 나는 지하철을 타고 종로 5가에서 내렸습니다. 이곳도 아직 10시가 되지 않았는데 청계천 5가는 상자를 뜯는 사람, 가게 안의 물건을 가지고 나와 길가에서 터는 사람, 물건을 옮기는 사람, 오토바이에 짐을 가득히 실어 나르는 사람들로 분주했습니다. 머리에 쟁반 같은 것을 머리에 이고 이들에게 식사를 날라주는 아주머니들도 보입니다.

모두 젊은이들이고 노인들은 보이지가 않습니다. 그들은 모두가 자기의 일에 열심이고 불평이 없습니다. 그들에게 일주일에 52시간 근로법이라든가 근로노동법은 먼 나라의 이야기입니다. 아마 신문에 나는 민노총의 이야기나 시청 앞 민노총의 시위가 이들과는 아무런 상관이 없는 것 같습니다. 정규직이니 임시직이니 하는 구분도 없습니다. 이들의 공통점은 힘든 일을 하는 사람들이라서 그런지 행동이 거칠어 변호사 사무실이나 병원의 간호사처럼 상냥하지는 않습니다. 무엇을 물어보면 대답은 퉁명스럽고 몸짓은 투박합니다. 힘든 일이어서 그런지 쉬는 사람마다 담배를 물고 있는 것 같습니다.

나는 동대문시장 안으로 들어가 광장시장으로 갔습니다. 광장시장 골목 네거리에는 벌써 녹두지짐과 김이 무럭무럭 나는 순대와 김밥, 족발들로 가득했습니다. 언제 만들어 놓은 것일까요? 아마 새벽 5시부터 만들어 놓았겠지요. 나는 나무걸상에 앉아 지짐과 떡볶이와 순대를 조금 시켰습니다. 물론 이것을 다 먹을 수는 없지요. 그러나 아주머니의 얼굴을 보고는 좀 팔아 주고 싶었습니다. 이렇게 여러 가지를 시켰는데도 2만원이 안 됩니다. 그리고 지짐을 한입 베어 물었습니다. 기름에 절었지만 고소한 맛이 입안 가득합니다.

그런데 가슴에 뜨거운 그 무엇이 걸린 것 같습니다. 옛날 어머니가 부쳐주던 지짐이 이렇게 투박했습니다. 어머니 생각이 났습니다. 돌아가신 지가 40년이나 되었는데도 아직 어머님의 손길이 그립습니다. 나는 아주머니에게 물었습니다. 아주머니 몇 시에 나오셨어요. 아주머니는 그건 왜 묻느냐는 듯이 퉁명스럽게 한 8시 되었을까 하고 대답합니다. 그럼 언제 준비하세요. 뭐 대중 있나. 자고 일어나면 준비를 하지…. 나는 괜한 말을 지껄입니다. "옛날에 어머님이 이런 지짐을 부쳐주셨지요. 그리고 미국으로 간 지 50년이나 되고 어머님은 돌아가셨어요." 광장시장의 아주머니에게 이런 사연을 이야기하는 사람이 주책이겠지만 공연히 가슴이 짠해집니다. 아주머니는 대답이 궁했던지 그럼 아저씨는 미국에서 오셨어요 하고 물었습니다. 나는 네, 그리고 이번 금요일 다시 미국으로 갑니다,라고 했습니다. 아주머니는 순대의 가운데를 몇 점 더 잘라 주며 이것 잡수세요. 그리고 건강히 가셨다가 다시 오세요,라고 인사를 해주었습니다. 나는 남은 음식을 싸달라고 하고서 그 자리를 떠났습니다.

시장 안은 점점 더 복잡해집니다. 이곳의 사람들은 모두 열심히 일을 합니다. 그렇습니다. 그들은 아침 9시부터 저녁 5시까지 8시간 근무제도 없습니다. 그리고 점심시간도 두 시간마다 15분씩 쉬는 제도도 없습니다. 노동법도 노동 감독도 없는데 그렇게 열심히 일합니다. 나는 이들이 민주노총에서 하라는 대로 하면 어찌 될까, 아마도 시장이 문을 닫겠지요.

광장시장을 나와 종로 4가를 걷습니다. 거리가 노점들로 들어 차 있었습니다. 노점상들은 먼지에 절어서인지 아니면 생활고에 시달려서인지 밝고 행복한 표정은 아닙니다. 그래도 활기차고 열심인 표정입니다. 길

모퉁이에는 나물 몇 가지, 깐 콩 몇 사발을 놓은 할머니가 앉아 있습니다. 그것 다 합쳐도 10만 원이 채 안 될 텐데 먼지 나는 길에서 하루 종일 바람에 시달릴 노인이 안타까워 마음이 아픕니다. 그러나 내가 이 할머니를 도와줄 길이 없습니다. 이 여행객에게는 노인이 파는 상품이 하나도 소용이 되지 않는 것들입니다.

나의 지난날을 돌아봅니다. 내가 개업할 때에는 아침 6시 30분이면 병원에 나갔고 오후 5시에 사무실을 닫습니다. 저녁 회진을 돌아야 했고 집에 왔다가 응급실에서 부르면 다시 병원에 나갔습니다. 그때 나도 52시간 근무라는 것을 몰랐고 2시간 일을 하고 15분을 쉬어야 한다는 노동법도 몰랐습니다. 점심 먹을 시간이 없어 책상에 땅콩과 과자를 사다 놓고 시간이 날 때 집어 먹으면서 일했습니다. 물론 종업원들이야 내가 오전에 수술을 할 때는 일이 없었고 5시에 퇴근했지만 나는 5시에 퇴근을 하자마자 집에 간 적이 별로 없었습니다.

어제 신문에 철도노조의 파업이야기가 났습니다. 주간 39시간 일을 하는데 31시간으로 줄이라는 요구입니다. 세상이 이렇게 불공평하다니….

오늘 노량진수산시장과 동대문시장을 돌면서 열심히 사는 사람들을 보고 감동을 받고 다시 가슴이 뜨거워졌습니다.

# 4

외다리
걸상

# 거짓말

며칠 전 아침운동을 하면서 CD로 들은 목사님의 설교에는 한국민의
장점과 단점을 이렇게 말씀하셨습니다.

"한국민은 정말 위대합니다. 세계에서 가장 가난하던 나라를 40여 년
동안에 세계의 선진국으로 만들었고, IMF의 경제난을 불과 2년 만에
극복한 국민입니다. 황량했던 맨해튼의 32가에서 28가의 거리를 지금
의 상업의 중심지로 만든 한국인을 뉴욕에 모인 많은 나라의 사람들이
놀라워하고 있답니다. 그런데 단점을 들라고 한다면 한국민은 거짓말을
너무 잘합니다."

처음 한국에서 미국에 오는 사람들에게 충고할 게 있다면 미국에 가서
한국 사람에게 속지 말라는 말입니다. 나는 이 말에 전적으로 동의하지
는 않습니다. 각국 사람들이 많이 모인 병원에서 일을 하다 보면 중동에
서 온 사람들 즉 이란, 이라크, 파키스탄 사람들도 거짓말을 잘하고,
인도나 필리핀 사람들도 거짓말을 아주 잘합니다. 우리가 한국 사람들
과 섞여서 사니까 한국 사람들에게 속고 사기를 당하는 것뿐입니다. 한
국 사람들은 세계에서 지능지수가 2번째로 높다고 합니다. 노벨상을 많

이 탔다는 유대인이나 과학이 발전했다고 하는 독일 사람들보다도 지능이 높고 아시아의 선진국인 일본 사람이나 미국 사람들보다 훨씬 똑똑합니다. 사실 이렇게 똑똑한 사람들이 거짓말을 하면 지능지수가 낮은 사람이 속게 마련이겠지요.

친구 셋이 모여 거짓말 시합을 했습니다. 한 친구가 "나는 거짓말을 절대 안 해."라고 하니까 다른 친구가 "나는 나의 일생에 거짓말을 해 본 일이 없어."라고 했습니다. 마지막 친구가 하는 말이 "거짓말이 뭔데?"라고 하더라는 것입니다.

옛날 ≪리더스 다이제스트≫라는 책에서 제일 거짓말을 잘하는 사람이 중고 자동차 판매원이고, 두 번째가 보험회사 직원이고, 세 번째가 정치가라는 글을 읽었습니다. 정말 정치가는 거짓말을 잘합니다. 그리고 누가 거짓말을 잘하느냐에 따라 정치인의 능력이 결정이 되는 것 같습니다. 우리나라 대통령 한 분은 감옥에 갇혀 있을 때 탄원서를 썼습니다. 나를 석방시켜주면 다시는 정치하지 않겠다고 서약을 하고 풀려났습니다. 그리고 석방이 되자 3개월이 안 가서 정치를 시작했습니다. 대통령 선거에 패하고 나서 외유를 하면서 다시는 정치를 안 하겠다고 했지만 선거 때만 되면 다시 나타나 정당을 만들고 후보가 되었습니다. 그분은 그렇게 다섯 번째에 드디어 대통령이 되었습니다. 그리고는 "나는 나의 일생에 거짓말을 한 적이 없다. 다만 약속을 못 지켰을 뿐이다."라고 말했습니다. 아마 이쯤 되면 거짓말에 입신 정도는 되지 않을까요?

물론 거짓말에도 애교가 있는 거짓말이 있습니다. 노처녀가 시집을 안 간다는 말이나, 장사꾼이 이거 밑지고 파는 거라든가, 어서 죽어야지 하는 노인의 거짓말입니다. 그러나 그런 거짓말은 그 말을 듣는 사람에게 해가 되지 않습니다. 그리고 아침에 출근을 하면서 아내에게 "당신 오늘 예뻐 보이는데… 나 일하면서도 당신만 생각해."라는 남편의 닭살 거짓말이나 "당신 일찍 들어와요. 나는 하루 종일 당신만 기다리고 있단 말이야." 하는 앙큼한 거짓말도 거짓말인 줄 알면서도 상대방을 행복하게 해주는 말이기도 합니다.

그러나 대부분의 거짓말은 상대방에게 해를 입히거나 상대방에게 손해를 끼치는 것입니다. 유통기간이 지난 물건에 날짜를 바꾸어 파는 것, 중국산 고기를 국산이라고 속이는 것은 물건을 사가는 사람에게 해를 미칩니다. 내가 당선이 되면 정직한 군수가 되겠다고 거짓말을 하는 사람은 몇 만 명을 속이는 것이고, 내가 당선이 되면 진정한 국민의 공복이 되겠다고 거짓으로 말하는 국회의원은 몇 십만 명을 속이는 것이며, 나라를 잘 다스리겠다고 공약을 하고 옳지 않은 정책으로 자신의 이득을 챙기는 대통령은 전 국민에게 해를 끼치는 것입니다. 그러다 보니 온 사회가 거짓말속에 싸여 있는지 모르겠습니다.

한국에서 일을 하면서 가장 힘든 것이 진단서 쓰기였습니다. 그리고 가짜 진단서를 써달라는 사람들이 많이 있었습니다. 누구와 싸우다가 코피만 나도 코뼈가 부러졌다고 진단서를 써달라고 하고 3주, 4주 진단서를 써달라고 우겨대는 것입니다. 그리고 자기 말대로 듣지 않으면 사무실 문 밖에서 소리를 지르거나 고객 만족센터에 민원을 제기하는 것입니다. 그래서 고객만족 센터에 민원이 여러 번 올라갔고 사유서를 쓰기도 했습니다.

얼마 전 '정규재 펜 앤 마이크'에 나온 보고서에는 2015년 자동차보험, 상해보험, 생명보험 등을 통한 보험사기가 77,112건이고 사기금액이 3

조4천억 원이라고 했습니다. 참으로 어마어마한 숫자입니다. 그런데 이 보고서는 보험사기로 적발이 된 숫자이니 적발되지 않은 숫자까지 포함하면 천문학적 숫자가 될 것입니다. 보험사기 중 몇 %가 적발된 것인지를 생각해보면 보험회사가 유지되는 것이 기적이기도 합니다. 같은 보고서에서 한 해에 사기범죄가 291,128건, 위증이 3,420건, 무고가 6,244건이었다고 하니 적발되지 아니한 것까지 합하면 얼마나 되는지 모르겠습니다. 이중 22.4%만이 처벌을 받고 나머지 77.6%는 유야무야가 되었다고 하니 놀랍습니다.

가까운 일본에서는 사기건수가 5,000건 정도 되고 법정에서의 위증이나 무고는 10여 건이었다고 합니다. 일본의 인구가 우리 남한의 배가 넘는데 이 정도라면 사기건수는 우리나라가 일본의 100배, 위증이나 무고는 7천 배나 된다고 하는 부끄러운 통계를 어떻게 해석해야 할까요? 우리는 일본사람이 부도덕하여 2차대전 중 한국의 젊은 여자들을 위안부로 보내고 남자들을 징용으로 보내어 학대를 한 사람들로 매도를 하는데 그들은 거짓말은 할 줄을 모르나 봅니다.

왜 그럴까요? 우리나라 사람들이 특수한 거짓말의 DNA가 있는 것일까요? 거짓말하는 부모님 밑에서 자란 자식들이 거짓말을 하고, 거짓말하는 선생님에게서 배운 학생들이 거짓말을 하고, 거짓말하는 정치 속에서 사는 국민들이 거짓말을 하는 것입니다. 우리는 매일 TV나 신문에서 우리나라의 국회의원들의 거짓말을 듣습니다. 장관이나 정치인들의 거짓말을 듣습니다. 그리고 거짓말이 탄로가 나면 '아니면 말고' 하면서 아무 일도 없었다는 듯이 자기 자리로 돌아가 버리는 정치인들을 보면서 거짓말은 해도 되는구나 하는 국민 정서가 생기지 않았나 생각합니다.

주머니에 돈이 좀 있다고 신사가 아니듯이 국민의 GNP가 좀 높아졌다고 선진국이 아닙니다. 갖추어야 할 도덕적 기준, 가치를 갖추지 못하면 GNP가 3만 불, 아니 4만 불이라도 다른 나라들에게 존경받는 국민이 되지 못할 것입니다.

# 백일몽

　어려서 아저씨들이 흥얼거리는 노래 중에 "만약에 1백만 원이 생긴다면 흥 비행기도 하나 살 테야 피아노도 하나 살 테야…"라는 이런 노래가 있었습니다.

　어머님이 그때 콩나물을 10전어치씩 샀으니까 아마 그때의 10전이 요새 2000원 정도가 되겠고 그때 돈 100만원이면 요새 20억 원은 될 것 같습니다. 20억이면 큰돈입니다. 요새 재벌들이나 정치인들은 억을 껌값이라고 하고, 문대통령이 원자로 건설을 중단시켜서 2천억의 손해를 보았다고 하니 요새 사람들은 2천억쯤은 우습게 보는 모양입니다. 그러나 2천억은 많은 사람들이 평생을 벌어도 만져보지 못할 큰돈입니다. 유튜브에 떠돌아다니는 말로는 이명박 전 대통령이 조가 넘는 돈을 횡령했다고 하니 이제는 조가 되어야 큰돈이라고 생각해주는 모양입니다.

　하기는 미국에서도 인플레가 되어 내가 처음 미국에 왔을 때는 가솔린이 갤런당 15전이고 우표가 4전이더니 이제는 가솔린이 갤런당 3불을 호가하니 물가가 20배는 올랐습니다. 그래서 옛날에는 Millionaire라고 하더니 이제는 1백만 불로는 부자축에는 들지도 못하고 Multi millionaire

라고 하여 몇 천만 불이 되거나 몇 억 불은 가져야 부자 축에 끼어 준다고 합니다.

그러나 한국이나 미국에서나 금수저를 물고 태어나지 않는다면 일생 동안 1백만 불이 든 저금통장은 만져 보지 못하고 사는 사람들이 대부분입니다. 일년 연봉이 6~8만 불 받는 사람이 거지처럼 살고 중고차만 끌고 다니면서 월급의 반을 저축한다고 하더라도 10년에 40만 불, 25년을 지축해야 1백만 불을 저금할 수 있습니다. 물론 이 말은 말이 그렇다는 것이지 그렇게 할 수 있는 사람이 거의 없습니다.

한국에서도 마찬가지입니다. 의과대학 초임교수의 월급이 한 500만원 정도이니 승진하여 1000만원을 받는다 치더라도 집세 내야 하고, 차 타고 다니고, 아이들 교육비와 보험비 등 이럭저럭 쓰고 나면 저축을 할 수 있는 것이 아니라 가계 빚이나 안 지면 다행일 것입니다. 그러니 노래가사처럼 10년이 가도 백년이 가도 10억이 넘는 집을 한 채 살 수 있는 돈을 만져 볼 길이 없습니다. 그러니 애당초 태어날 때부터 부모님이 금수저를 물려주든가 특수한 재간을 타고 나서 손흥민처럼 공을 잘 차거나 추신수처럼 야구공을 잘 때리거나 인물이 잘나서 영화배우로 픽업이 되거나 하지 않으면 개천에서 뛰어오르는 용이 될 수 없습니다.

그런데 길이 있긴 합니다. 금수저를 하나 물려받는 방법으로 사법고시에 합격하여 검사나 판사가 되어 돈 많은 집의 사위로 들어가는 것입니다. 그밖에 방법으로는 작은 판잣집에 살면서 로또를 사서 긁어보는 일인데 로또에 맞는 것이 사법고시에 합격이 되는 것보다 더 힘들다고 하더군요. 한국의 로또는 맞아봐야 20억, 30억이어서 집이나 한 채 사고 구멍가게 하나 차릴 정도이지 팔자를 고칠 수 있는 돈은 못 됩니다. 그에

비해 미국의 로또는 몇 십만 불을 하던 로또가 사람의 욕심을 자극시켜서 이제는 툭하면 200만이니 500만 불이니 하여 인간의 무한한 욕심을 자극합니다. 얼마 전에는 1.6billion짜리 로또를 사우스캐롤라이나에 있는 사람이 타서 횡재를 했다는 소식입니다.

그런데 100만 불이면 그게 얼마입니까. 대충 계산하여도 한화로 천억 원입니다. 이만한 돈이면 인생의 운명을 바꿀 정도가 되지 않을까요? 물론 정치인들이나 재벌에게는 껌값이겠지만…. 그래서 로또를 파는 가게 앞을 지나다 보면 크나큰 행운을 꿈꾸는 사람들이 줄을 서서 낡은 지갑에서 돈을 꺼내어 로또를 사는 것을 볼 수 있습니다.

"만약에 백만 원이 생긴다면은~" 하고 노래를 흥얼거리던 아저씨들처럼 오래전에 친구들과 저녁을 먹으면서 로또에 대한 이야기를 한 일이 있습니다. 그런데 한 친구가 로또를 열심히 산다고 하면서 "야, 내가 10불을 들여 3일이나 4일 동안 행복해질 수 있는 일이 이밖에 또 있겠냐? 로또를 사서 지갑에 넣고서는 만일 이 로또가 맞아주기만 한다면 아아, 생각만 해도 흥분이 되어 잠이 안 오거든. 그러니 10불을 주고 3일 동안, 아니 4일 동안 이렇게 행복하고 나를 흥분하게 하는 꿈을 살 수 있겠어."라고 했습니다. 나는 그 친구 말이 옳다고 생각되었습니다.

우리가 2시간짜리 영화를 한 편 보는데 12불 50전을 주어야 하고, 한 서너 시간 백일몽을 꾸게 하는 마약은 그보다도 훨씬 비쌀 것입니다. 또 친구들과 골프를 한 번 치는 데는 100불 이상이 듭니다. 그저 한 다섯 시간 즐기는 것뿐인데…. 그런데 10불을 주고 3일이나 4일 동안 행복한 백일몽을 꿀 수가 있다면 'Not bad' 하고 중얼거릴지 모릅니다.

100만 달러 이상의 로또에 당첨된 사람들이 심장마비로 죽었다느니 로또에 당첨이 되고는 암에 걸렸다느니, 심장마비가 오거나 부인과 이혼하고 가족이 불행해졌다느니, 돈을 펑펑 쓰다가 몇 년이 못 가 파산하고 말았다느니 하는 이야기들이 많이 있습니다.

나는 포도나무에 오르지 못한 여우가 먹음직한 포도를 포기하면서 '아마 저 포도는 실거야'라고 했다는 여우를 생각합니다. 로또에 당첨되고 불행해진 사람과 그렇지 않은 사람들과 비교하는 통계가 없으니 믿을만한 말은 못 된다고 생각합니다. 로또에 당첨이 되기가 벼락을 맞는 일 정도로 힘들다고 하니 어떤 사람이 나는 벼락에 맞아 보았는데 로또에는 당첨이 되지 않았다고 말해 모두가 웃었다고 합니다. 그러나 오하이오의 어떤 할머니는 두 번이나 로또에 당첨이 되어 화제가 된 일이 있기도 합니다. 그러니까 그런 행운을 거머쥐는 사람이 있기는 있습니다.

로또를 사는 것도 부지런해야 합니다. 일주일에 두 번은 로또 상점에 가서 '공짜를 좋아하는 사람이구나.' 하는 얼굴을 점원에게 보이며 로또를 사야 하고 또 로또가 맞았는지 맞지 않았는지 알아보아야 합니다. 그리고 거의 매번 당첨이 되지 않았을 때 너무 실망을 하지 말고 다시 용기를 내어 점심 한 끼 맛있게 먹을 수 있는 돈을 투자해야 합니다. 그런데 나는 게을러서 '로또를 한번 사보아야지, 그리고 백일몽을 꾸어 보아야지.' 하고 생각하면서도 실천은 잘 못합니다.

나도 로또를 사서 3일이나 4일간을 행복한 백일몽을 꾸어 볼까 합니다. 다음 주에는 하나 사야지, 아니 그 다음 주에는 하나 사야지 하고….

# 시리아 난민과 한국의 피난민

오늘, 나는 TV의 뉴스에서 불란서와 독일, 헝가리를 떠돌며 TV 카메라를 힘없이 쳐다보는 소년을 보고 있습니다.

1950년 겨울, 아침을 먹다가 갑자기 피난길에 오른 우리는 피난 보따리도 챙길 시간이 없어 눈에 보이는 이불과 옷 몇 가지를 들고 추운 겨울에 길을 나섰습니다.

그때의 내가 저런 모습이었겠지요. 밥을 언제 먹어 보았는지 기억도 없고 북에서 들려오는 대포소리에 밀려가는 길도 모른 채 철로만 따라 남쪽으로 걸어오던 피난길. 지나가던 미군이 깡통 하나를 던져 주면 먹이를 본 병아리들처럼 몰려가선 과자 한 개라도 같이 나누어 먹던 피난길. 지금 TV에 나오는 시리아의 소년과 나의 눈망울이 아마도 닮았으리라 생각됩니다.

1951년 3월 중순, 대구의 봄은 추웠습니다. 대봉동 철망으로 둘러친 미 8군부대의 길 건너에는 수백 명의 일일 노동자들이 그날의 일거리를 얻으려고 넓은 길을 메우고 있었습니다. 어쩌다 미군이 트럭을 몰고 나오고 군복을 입은 통역관이 "20명!" 하고 손가락을 펴 보이면 날쌔게 트럭에 올라타야 했습니다. 그 20명 안에 들지 못하면 어깨를 축 늘어트린 채 다음 기회를 기다려야 했습니다. 키도 작고 몸집이 작은 나는 번번이 날쌔고 힘 있는 젊은이들에게 밀려 떨어지고는 멀거니 철망 건너 미군부대 안을 쳐다보곤 했습니다.

안젤리나 졸리가 2013년 아카데미 주연상 시상식에서 "나는 어린 나이에 데뷔하여 영화에 출연하면서 힘들다는 생각을 했습니다. 그런데 세세 여러 곳을 여행히면서 다른 사람들의 삶을 보면서 나의 책임을 생각했습니다. 전쟁과 기근, 가난과 성폭력들이 난무하는 세상에서 살아남은 사람들을 만나보면서 먹을 것, 입을 것, 내가 살 집이 있다는 것이 얼마나 행복한 일인지 알게 되었습니다. 나는 나 같은 사람은 운이 좋게 태어나 좋은 기회를 얻고 돈을 벌고 영화를 만들고 잘 살아왔는데 세상 저쪽에는 나와 같은 여인이 나와 같은 재능과 욕망이 있어서 나보다 더 좋은 영화를 만들 수도 있고 연설도 할 수 있을 텐데도, 저 여인은 철망 저쪽에 앉아 어린애에게 먹일 것과 잠잘 장소를 염려하며 언제나 내가 살던 집으로 돌아갈 수 있을까를 걱정해야 하는지…. 누가 우리의 운명을 이렇게 갈라놓았는지 잘 알 수 없습니다."라고 했습니다.

나도, 오늘 아침 TV에 나오는 저 맑은 눈망울을 가진 소년과 내가 어떤 차이가 있기에 1951년 철망 밖에서 철망 안의 사람을 부러워하던 소년이, 지금은 뉴욕의 고층아파트에 앉아 아침에 계란과 빵, 커피와 과일을 먹으면서 TV를 보고 있을까? 철망 안의 저 소년이 지금부터 30년 후에는 지금 난민의 고통을 잊고 가족과 함께 행복한 웃음을 웃으며 가족들과 식사를 할 수 있을까 생각하게 되었습니다.

지금 미국에서는 시리아 난민의 미국 입국을 반대하는 목소리가 높습니다. 트럼프 대통령은 이슬람교를 믿는 난민을 받아들이지 말아야 한다고 목소리를 높이고 미국의 중·하류의 시민들은 이슬람 난민을 받지 말아야 한다며 트럼프를 지지하고 있습니다. 물론 그 다수 시민의 마음을 이해합니다. 그 많은 이슬람 난민들이 미국에 들어오면 그들을 먹여 살릴 천문학적 재정은 어찌 마련할 것이며, 그들이 장차 일으킬 이슬람교와 기독교 국가인 미국과의 마찰이 걱정되는 것도 사실입니다.

오래전 지미 카터 대통령 때 쿠바에서 감옥의 죄수들을 미국으로 보냈고 인도주의적 입장에서 그들을 받아들였다가 겪은 혼란을 기억합니다. 제2의 파라다이스라고 하던 마이애미는 범죄의 도시로 변했고, 관광을 왔던 독일인은 강도를 당하고 칼에 찔려 죽고, 이는 미국 사회와 국제 사회에 큰 물의를 일으켰습니다. 그래서 많은 마이애미의 부자들이 서쪽 끝인 내이플로 이사를 했습니다. 그리고 마이애미, 할리우드, 포드 라우더 데일의 분위기가 많이 바뀌었습니다.

그런데 가만히 생각하면 이런 난민과 이민이 나라의 역사를 바꾸었습니다. 지금의 이라크 땅인 우르지방을 떠나온 아브라함은 팔레스타인의 원주민을 몰아내고 히브리 민족으로 채웠습니다. 물론 그 후 약 450년의 역사가 흐른 후이기는 하지만….

야곱은 70명을 데리고 이집트에 난민으로 갔지만 이집트의 역사를 바꾸고 말았습니다. 그 후 모세와 그 후계자인 여호수아는 가나안의 원주민들인 가나안, 브리스, 여부스, 히위, 아모리, 암몬, 블레셋 족속을 밀어재끼고 자기들의 땅으로 삼아 3000여 년이 흐른 지금까지 싸움을 하고 있습니다.

영국에서 메이플라워호를 타고 미국 땅으로 건너온 난민은 수천 년을 이 땅에서 살아온 아메리칸 인디언을 밀어내고 자기들의 땅이라고 우기고 있으며 이 땅으로 오는 이민을 선별하고 제한해야 한다고 야단입니다. 남미로 온 스페인 사람들은 멕시코, 알젠틴, 중미의 대부분을 자기들의 식민지로 만들어 버렸고, 포르투갈도 커다란 땅 브라질을 차지했습니다.

이렇게 난민과 이민이 세계의 역사를 바꾼 것을 우리는 여기저기에서 볼 수 있으며, 그 난민은 원주민을 멸망시키거나 쓸어버리고 자기들의 땅으로 만든 것이 사실이긴 합니다. 노예로 불러들인 흑인 때문에 사회가 복잡해지고, 아시아의 이민을 받아들이고는 백인들의 일터가 적어지고, 좋은 대학의 학생들은 아시아인들이 차지하여 백인들은 갈 자리가 없어져서 하버드나 예일에서 아시아인 학생 수를 조절하자고 야단이기도 합니다.

알라를 위해서라면 목숨을 버리기를 주저하지 않는 이슬람 교인들이 많이 들어오면 뜨뜻미지근하게 일요일 교회를 들락거리는 기독교인들을 몰아내 버리고 미국이 50년이나 100년 안에 이슬람 국가가 될지도 모릅니다. 그런데 이런 역사의 흐름을 사람이 막을 수 있을까요? 오스트레일리아도 뉴질랜드도 아프리카의 많은 나라도 미국대륙도 난민과 이민들이 만들어냈고 원주민이 필사적으로 막으려 했어도 불가능했습니다.

TV의 화면에 비치는 눈망울이 큰 소년을 보면서 저 난민들이 정말 새로운 역사를 만들어내는 씨앗이 될 수도 있겠구나 생각하니 불쌍한 마음만을 가졌던 내가 혼란스러워지기만 합니다.

# 열등감

열등감이 없는 사람이 있을까요?

어떤 사람이, 귀족의 집안에서 태어나 용모마저 출중한데다 건강하며 재산이 많고, 행복한 가족 속에 살고, 지식이 해박하고 높은 자리에 올라서 권력을 휘두르다가 와석종신하여 평안하게 죽을 수 있을까요? 그런 사람이 있다면 그는 사람이 아닐지 모릅니다. 성경에서도 흠이 없던 욥을 사탄이 질투하여 혹독한 재앙 속으로 몰아넣었습니다. 완벽하게 행복한 사람이 있다면 사탄이 그 사람을 그냥 두었을 리가 없을 것 같습니다. 아마도 인간은 어딘가 모자라게 만들어지고, 열등감은 모든 인간의 필수품일지 모릅니다.

세계를 쥐고 흔들었던 아돌프 히틀러도 열등감에 시달렸다고 합니다. 학교에서의 열등감이 그를 괴롭혔고, 미술학교에도 떨어져 그의 자존심은 짓밟혔습니다. 이혼한 어머니가 유태인과 어울려서, 그 열등감이 6백만의 유대인들을 학살하고 전 세계를 전쟁으로 몰아넣었다고 합니다. 아인슈타인 박사도 학교에서 열등생이었고 인물이 잘났다고 할 수는 없을 것입니다. 그가 명예로운 삶을 살았지만 돈이 많은 재벌도 아니었고 권력을 가진 사람도 아니었습니다. 그가 마릴린 먼로를 만난 일이 있다고 하지만 지성적이 아닌 마릴린 먼로의 환심을 살만큼 섹시하지는 못했을 것입니다. 트루먼 대통령도 소아마비로 절뚝거리는 다리로 남들보다 더한 노력으로 열등감을 승화시켜 대통령이 되었다고 합니다.

그러고 보면 큰일을 한 사람들 중에는 어딘가 부족하여 열등감을 가지고 산 사람들이 많습니다. 대부분의 우리를 괴롭히는 것 중에서 큰 것이 열등감일는지 모릅니다. '내가 뭐 가진 게 있어야지' '내가 뭐 아는 게 있어야지.' '우리 집이 가난해서' 등등 열등감과 좌절감이 사람을 주저앉히고 앞으로 나가지 못하게 합니다.

누구나 다 열등감이 있지만 이 열등의식을 어떻게 소화하는가에 따라 그의 생애가 결정이 될 것입니다. 홍길동이 큰 인물이고 의적이고 좋은 일을 하였지만 그가 서자라는 열등감을 극복했더라면 양지의 사회에서 더 좋은 일을 하였을는지 모릅니다.

간질을 앓았다는 차이콥스키도 이 좌절감을 극복하여 위대한 음악을 작곡하였고, 베토벤도 귀가 들리지 않는 좌절감을 극복하고 월광곡과 교향곡 9번을 썼다고 하지 않습니까. 그러니 열등감은 독이 될 수도 있고 약이 될 수도 있습니다.

오래전 영스타운 교회의 이정기 목사님이 나더러 "이 장로님도 열등감이 많지요?" 하고 물었습니다. "네, 저는 열등감의 덩어리입니다."라고 대답하고는 웃었습니다. 정말 나는 자랑할 것이 없습니다. 돈도 없고 인물도 별로이고 천재는 더더욱 못됩니다. 나는 일생에 한 번도 내가 잘났다고 큰소리 쳐본 일도 없습니다. 비록 화장실에서 혼자 있을 때라도…

내가 태어났을 때도 우리 집은 가난했을 것입니다. 밥걱정이야 했겠습니까만 내가 사물을 알았을 때는 매우 가난했습니다. 물론 그때는 모든 사람이 어려워서 2차 대전 중 고생하지 않은 한국 사람은 거의 없었을 것입니다. 해방과 더불어 우리 집은 더 많은 고생을 했습니다. 더욱이 준반동의 집으로 낙인 찍혀서 평양에서의 삶은 비참했습니다.

월남하여 피난생활을 하고, 고학으로 대학을 다닐 때도 큰소리치며 살 형편이 못되었습니다. 고등학생 시절의 패기도 대학생활의 낭만도 없이 그저 좌절감 속에서 살았습니다. 평양에서도 고생했지만 대구에서 피난살이하면서 제본소에 다닌 일이 있습니다. 제본소에는 여자 직원들이 대부분이고, 남자는 여자의 3분의 1정도밖에 안 되었습니다. 그때 같이 일하던 친구들은 대개 키도 크고 인물도 번듯하고 집안 형편도 우리 집보다는 좋은, 대구가 고향인 친구들이 많았습니다.

지금 여러 해가 지난 후 그들이 잘못되었다는 이야기는 아니지만 그때 같이 일하던 친구들 중엔 나를 보면서 부러워하는 친구들이 많은 것이 사실입니다. 그리고 보면 나의 열등감은 어느 정도 약이 되었다고 해야 할까요? 그들 중에는 조폭이 되어 삶을 망친 친구도 있고, 인쇄소의 공장장이 된 친구도 있고, 조그만 가게에서 장사를 하는 친구도 있습니다.

그런데 열등감은 독이 될 때가 더 많습니다. '내가 뭐' 하는 열등감 때문에 유영철은 애꿎은 여자들을 살해했고, 아버지에게 야단을 맞은 아들은 아버지를 흉기로 때려 죽였습니다.

일본인들이 우리에게 열등감을 심어주었습니다. 일제는 일본인을 일등 국민으로 우리를 이등국민으로 선언하고 우리들에게 '조센진와 다메다요(한국인은 틀렸어)'라고 꾸짖고 비웃었습니다. '조센진와 기다나이요(한국인은 더러워요), 조센진와 쇼가 나이요(한국인은 어쩔 수가 없군), 또 무식하다'고 하면서 우리 민족을 열등감으로 염색해 버렸습니다.

이들에게 36년이나 세뇌된 우리는 열등감이라는 병이 들어서 '우리 같은 엽전이 별수 있어.'하며 자학했고, 백인은 우리와 다른 천사의 족속인 줄 알고, 중국인에게는 대국인이라고 머리를 숙였습니다. 운동선수들은 우리나라에서는 펄펄 뛰다가도 외국에 가면 주눅이 들어 쩔쩔매곤 했습니다.

아마도 우리가 자신감을 가지게 된 건 박정희 대통령이 우리 군인들을 월남전쟁에 파병하면서부터가 아닐까 싶습니다. 한국전쟁 때 참전했던 필리핀 군인과 태국 군인들에게 쩔쩔매던 우리가, 월남에 가서 보니 우리가 저들보다 못하지 않고 도리어 우수하다는 생각을 하게 된 것입니다. 이제는 세계 어디에나 한국인이 없는 곳이 없고 '늦게 배운 도둑질이 날 새는 줄 모른다.'는 식으로 미국에 가서는 Two job을 뛰면서 1년에 하루도 쉬지 않는 식당과 세탁소에서 극성맞게 일을 했습니다.

이제는 세계의 열 번째 안에 들어가는 경제대국이 되었습니다. 우리가 30년 전에 '우리가 잘 났어.' 하고 거드름을 피우며 힘든 일을 하지 않았다면 아직도 그냥 엽전으로 남아 있었을는지도 모릅니다. 그래 나 엽전이다, 그저 일거리나 줘라, 그래 나 못났다, 그러니 여자들과 놀러 다니지 않고 공부하고 일이나 하지 하던, 열등감을 이겨낸 헝그리 정신이 오늘의 우리를 만든 것입니다.

우리 젊은이들은 옛날의 우리들처럼 열등감은 없을 것입니다. 그러나 인간에게 누구나 있는 열등감이 없을 수 있겠습니까. 그 열등감을 약으로 승화시키는 지혜를 가지고 도약했으면 좋겠습니다.

# 외다리걸상

걸상은 다리가 네 개가 있어야 평형을 이루고 안정되게 앉을 수가 있습니다. 다리가 세 개면 불안하고 뒤뚝거리고 다리가 두 개 달린 걸상에는 앉을 수 없습니다. 더구나 다리가 하나만 있으면 스스로 서 있을 수도 없을 것입니다. 우리들이 먹는 음식에도 네 가지 맛, 맵고 짜고 시고 단 네 가지 맛이 조화가 되어야 맛이 나지 맨밥에 고춧가루만 넣거나 식초만 뿌린다면 먹을 수가 없을 것입니다.

정부도 마찬가지입니다. 입법 사법 행정부가 있어야 하고 네 번째 권부라고 하는 언론이 모두 제 기능을 하고 평형을 이룰 때 안정된 사회라고 할 수 있습니다. 행정부는 나라를 잘 운영하고 입법부는 국민을 잘 살게 해줄 법을 만들고 또 행정부의 정책을 보완하고 견제하는 역할을 해야 합니다. 사법부가 권력기관과 결탁하여 판결을 하는 것이 아니라 법대로 재판을 하여 사법부의 위엄과 공정성을 유지해야 합니다.

옛날 신문기자를 무관의 제왕이라고 불렀고 펜은 총보다 강하다고 하여 기자들의 기개가 높았습니다. 그래서 자유당 정부 때 조폭들이 판을 칠 때에도 기자들은 매를 맞으며 정부를 비판하고 우리에게 올바른 정론을 일깨워 주었습니다. 그래서 기자들은 존경을 받았고 그들은 자존심을 지켰습니다. 그런데 언젠가부터 기자는 헛소문을 만들어 내는 비리의 주인공이나 정부에 아첨하는 정부의 시녀라는 말이 들리면서 요새는 기자라고 하면 좋은 인상보다는 좋지 않은 인상을 받습니다. 광화문에 300만이 모여도 한 10만이 모였다고도 하고 정부를 비판하는 태극기의 데모는 아예 발표도 않습니다. 그리고 서초동 법원 앞에서 조국 수호의 집회는 13000평방미터의 면적에 200만이 모였다고 뻥을 치기도 합니다.

아마 요새 한국 사회를 안정된 사회라고 말하는 사람은 없을 것입니다. 북에서는 핵무기와 탄도 미사일을 갖추어 놓고 북한의 고위관계자는 서울을 불바다로 만들어 버리겠다고 큰 소리를 치는가 하면, 식량난에 허덕이는 북한 국민을 위하여 쌀 5만 톤(1200억 원이 넘는)을 보내면 누가 너희더러 묵은 쌀 보내 달랬느냐고 시비를 걸고, 그래도 미국과의 대화를 하게 하려고 애쓰는 문 대통령더러 오지랖 넓게 그러지 말고 우리 편에 확실히 서라고 면박을 줍니다. 그리고 우리 대통령의 말을, 삶은 소대가리가 웃을 일이라고 막말을 합니다. 그런 기사를 아무 여과 없이 신문은 내보내면서도 야당의 목소리는 못 들은 척합니다.

지금의 여당이 야당일 때는 제왕적 대통령이라고 비판을 하고 그것이 탄핵의 한 원인이 되었는데 지금은 모든 정치가 대통령과 청와대밖에 보이지 않습니다. 대통령은 모든 정책을 결정하고 심지어 국민이 반대를 하고 죄를 지어 기소가 될 형편인 조국 씨를 법무부 장관으로 임명했습니다. 검찰 개혁을 할 수 있는 사람은 대한민국에서 조국 씨밖에 없다고 하면서…. 어떤 부서에서든지 장관 스스로 정책을 세우거나 해결을 하는 일이 있기나 한 것인지, 장관들은 청와대의 지시대로 정책을 발표하고 그 정책을 변명하려고 애를 씁니다. 청와대에서 대통령은 경제가 안정되고 실업자 수가 줄었다고 하는데 사람들은 경제가 나빠지고 실업자 수가 는다고 합니다. 국회에서는 아무 말이 없고 신문이나 TV에서도 아무런 코멘트가 없습니다. 야당이 국회를 보이콧하고 국회에 제출하려는 법안이 악법이라고 하는데 그 악법이 무엇인지 신문에서는 설명이 없습니다.

그리고 청와대에서 장관이나 대법관에 지명된 사람들을 국회에서 인준을 하지 않아도 청와대에서 임명을 강행합니다. 그전에는 총리 지명자가 십여 년 전에 교회에서 신앙 간증한 말이 문제가 되어 낙마했는데 지금은 불법 전입, 탈세, 뇌물수수, 병역기피가 아무런 문제가 되지 않는 모양입니다. 국민의 생활은 점점 나빠지고 실업자 수는 늘어가고 경제성장은 바닥이고 수출이 줄어드는데도 대통령은 담화에서 실업자 수가 줄고 경제는 좋아져서 호황을 이루고 있으며 사회에서 경제가 나쁘다고 떠드는 것은 일본과 야당의 행패 때문이라고 역설합니다. 심지어는 대통령의 지지도가 거리에서는 20%도 안 되는데 리얼리터나 갤럽에서는 대통령의 지지도가 50%가 넘는다고 합니다. 일본이 수출 제재를 한 것은 위안부에 대한 사과를 하지 않아 우리가 압력을 가했더니 창피했던지 수출규제를 했다고 하는데 유튜브에서는 생화학 무기에 사용되는 불소를 북한에 몰래 빼돌린 것이 탄로가 나 일본이 유엔 제재를 받지 않으려고 수출규제를 했다고 합니다.

어느 이야기가 설득력이 있는지는 중학생 정도면 이해할 수 있을 것 같습니다. 신문에서 조용하니 나 같은 백성은 더욱이 알 길이 없습니다. 국회에서는 여당은 청와대에서 나오는 법안이나 인물의 지명에 모두 찬성이고 외교도 대통령 따로 장관 따로 하는데 장관은 무엇을 하는지 알

길이 없습니다. 다뉴브 강에서 사고가 났다고 외무부 장관은 며칠씩 다른 여성 장관들과 동행하여 부다페스트에 가서 식당입구에서 웃으면서 사진을 찍고 있었습니다. 아마 우리나라에서 그 일이 제일 큰 국제문제인 것 같습니다. 북한에서 목선이 내려왔는데 군도, 경찰도 모르고 주민이 신고를 해서 알았고 통일부 장관은 그 배를 빨리 태워 버려야 한다고 하니 그 일이 통일부에서 해야 하는지도 모르겠고 그것을 증거로 조사해야 히는데 왜 빨리 태워버려야 한다고 하는지도 모르겠습니다. 국방부 장관은 우리나라의 영토인 인천시 소속인 함박도를 우리나라 땅이 아니라 북한 땅이라고 하고 북한이 전쟁을 일으켜도 우리나라의 요청 없이는 유엔이 방어를 할 수 없다고 하니, 이게 어느 나라 장관들인지 알 수가 없습니다.

사법부에서도 혼란과 혼선이 대단한 모양입니다. 그전에는 유전무죄 무전유죄라고 하더니, 이제는 우파유죄 좌파무죄라고 하여 우파 성향을 가진 사람은 혐의만 가도 구속을 하고 좌파 성향의 사람은 증거가 될 만한 것을 가지고 달아나는데도 증거 인멸의 의도가 없다고 합니다. 여러 가지 죄로 기소가 된 조국 씨는 자기 마음대로 검찰을 출입하고 집회 위반으로 경찰의 고발을 받은 전광훈 목사는 바로 수갑을 채워 경찰서로 끌고 갔습니다.

그들은 모두 정부의 영향 아래 있어서 자기들 마음대로 못한다는 것입니다. 나는 우리나라가 국회도 사법부도 언론도 없이 청와대라는 외나무걸상에 앉은 것 같아 불안하기만 합니다. 마치 노동당이 나라를 다스리는 것처럼 우리나라도 더불어민주당이 나라를 다스리는 건가요? 이건 외다리걸상처럼 위험한 겁니다.

# 한국과 일본

　지금 서울에서는 일본을 두둔하면 만고의 역적 친일파로 몰려 군중에게 둘러싸여서 돌을 맞아 죽을지도 모릅니다. 마치 중동지역에서 간음하다가 붙잡힌 여자를 돌로 치라는 율법에서처럼.

　우리나라는 일본과 어찌할 수 없는 운명으로 이웃해 있습니다. 일본과의 인연이 다 아름다웠던 건 아닙니다. 삼국시대 때는 우리의 앞선 문명과 문화를 일본에 전해주었고, 백제에서는 불교를 전해 주었으며, 임진왜란 때 끌려간 도공들이 세계적인 일본의 백자를 만들었습니다.

　부정적인 면으로는 도요토미 히데요시가 일으킨 임진왜란으로 임금이 의주로 도망가고 나라가 황폐화하는 환란을 겪었고, 1910년 8월 22일 일본에 의해 우리나라는 일본과 강제병합이 되고 36년간 일본의 식민의 노예생활을 해야 했습니다. 그런데 그때 우리나라 정치가 잘되고 국민이 행복하고 국민이 단결했을 때 일본이 무력으로 합방했느냐고 물으면 할 말이 없습니다.

　합병될 당시 우리나라는 러시아나 중국, 일본 등 누가 손으로 밀어도 쓰러질 만큼 허약하고 병들어 있었습니다. 위정자들은 학정으로 백성들을 괴롭혔고 백성들은 옛날 예루살렘 백성들처럼 "차라리 나라가 망했으면 좋겠다."라고 생각했습니다. 내부의 배반자 매국노들의 협조로 일본에게 합방이라는 허울 좋은 조약으로 총 한 방 쏘지 못하고 나라를 내주었습니다. 그 자리에 고종황제도 있었지만 한일합방에 반대한다는 말 한 마디 하지 못했다고 합니다. 우리는 일본 정부의 잔인한 만행을 잊지 못해 아직도 속병을 앓고 있습니다.

전쟁은 잔혹합니다. 구약성경 여호수아서에 보면 이스라엘의 장군이 가나안을 정복할 때 정복한 성의 주민들을 남녀노소 모두 죽이되 남자를 알지 못하는 여자들만 살려놓아 위안부로 삼았습니다. 일본은 한국에서 한 것과 마찬가지로 아니 좀더 잔혹한 짓들을 중국과 필리핀, 동남아에서도 저질렀습니다. 중국에서 생체실험을 한 일이 폭로되고 필리핀에서 잔혹한 학살을 자행했습니다.

1337년에서 1455년까지 계속되었다는 백년전쟁에서 영국과 불란서는 불구대천의 원수가 되어야만 했습니다. 2차 대전 때 유태인을 가스실에서 집단학살하고 유태인의 몸에서 기름을 짜서 비누를 만들었던 독일, 이스라엘은 도저히 화해를 못할 원수로 남아 있어야 했습니다. 그런데 지금 유럽에서 영국과 가장 가까운 나라가 불란서이고, 유태인들은 아우슈비츠를 잊지 말자고 하면서도 이스라엘은 독일과의 외교적으로 가까운 나라 중 하나입니다.

우리나라는 해방이 된 지 80년이 가까운데도 일본과는 세상을 같이할 수 없는 원수로 여기고 있는 사람들이 있습니다. 일본정부에게 과거 일제강점시대의 식민지정책과 탄압을 사과하라고 합니다. 그런데 해방 후 이승만 대통령 때도 일본 수상이 과거의 일본의 잘못된 일에 사과를 했었고, 박정희 대통령 때도 한일조약을 하기 전 일본의 사과의 말을 들었습니다. 전두환 대통령 때도 나카소네 수상과 일본 왕의 사과를 들었고, 기회가 있을 때마다 일본의 수상이 유감의 말을 했습니다.

그런데 한국에서는 일본의 사과가 아직도 미흡하다는 것입니다. 더욱이 국민을 자극하고 선동하는 좌파일수록 일본에 대한 그 요구가 거셉니다. 지금은 2차대전 때 일어난 위안부문제를 사과하라는 것이고 일본 정부가 사과하고 보상한 것에 만족하지 못한다고 소녀상을 만들어 일본 대사관 앞과 거리에 세우고 미국에도 만들어 세웠습니다. 그리고 행사 때마다 일본을 매도합니다. 위안부 다음 이슈로는 일제강점기 때 징용으로 끌려가서 노예와 같은 노동을 하고 부상을 당한 사람들에 대한 사과와 보상을 하라고 합니다.

그런 다음은 무엇이 들고 나올까요? 우리나라의 농산물을 모두 빼앗아간 공출문제가 나올 것이고, 우리들의 숟가락과 밥그릇을 빼앗아 간 일이 나올지도 모릅니다. 그때마다 일본의 수상은 사과하고 보상을 해야 할 것 아닙니까. 나는 언제까지 우리가 과거사에 얽매어 나라의 경제, 외교, 교육에 발목을 잡는 반일운동을 해야만 하는지 답답합니다.

얼마 전 KBS의 교양강좌에 나온 강사는 해방이 된 후 북한은 일제의 잔재를 완전히 제거했는데 한국의 정부는 친일 기득권 세력과 손을 잡았으니 대한민국에서는 부정, 부패, 정경유착, 인권 유린들이 있었다고 하는 말에 아연했습니다. 그런 사람들을 진보라고 합니다.

나는 과거의 부끄러운 식민지 역사만 부둥켜안고 매일 일본에게 사과하고 또 사과하라는 사람들이 진보라고 생각하지 않습니다. 그들이야말로 수구이고 침체된 보수입니다.

이제 우리는 "과거 일본 수상들과 일왕이 사과한 것을 그대로 받아들이고 잊지 말자 일제 식민지, 기르자 우리 국력, 다시는 외적의 침략을 받지 않는 부강한 나라를 만들자."고 젊은이들에게 가르쳐야 합니다. 그리고 수세에 몰린 일본에게 손을 내밀고 함께 발전해가고 21세기의 패권국가로 동남아와 우리나라를 위협하는 중국에 맞서야 합니다.

사실 우리가 경제를 발전시킬 때 얼마나 많은 일본 제품을 모방했으며 일본의 문화를 카피했습니까. 한국의 TV 프로그램 중에도 일본에서 모방해서 가져온 일이 얼마나 많습니까. 한국의 금성 라디오와 텔레비전은 얼마나 많이 일본 제품들을 모방했습니까. 마치 지금 중국 사람들이 우리 제품을 모방하고 모조품을 만들어 내는 것처럼 우리도 그렇게 하지 않았습니까. 지금 세계적인 상품이 된 라면도 일본에서 그 기술과 방법을 수입한 것이 아닙니까. 이제는 과거의 원한은 원한대로 가슴에 묻어 두고 손을 잡고 중국과 북한을 견제해야 하며 경제, 외교에서도 손을 잡아야 합니다. 또다시 과거의 문제를 꺼내들고 반일을 외치며 죽창으로라도 항거하겠다는 생각을 버리고 국익을 도모해야 합니다.

일제강점기 때 친일파들인 그때의 경찰과 판검사, 도지사, 일본군 장교도 거의 다 죽었습니다. 또 희생당한 우리의 누님들 위안부와 징용으로 끌려간 아저씨 형님들도 거의 다 죽었습니다.

이제 친일파 색출에 매달리지 맙시다. 일본을 그래도 필요한 이웃나라로 인정하고 협조할 것은 하며 살아야 합니다. 역사는 잊지 말아야 하되 나라 안에서 당파싸움으로 국력을 허비하여 스스로 쓰러지는 나라로 전락하지 말아야 합니다.

# 고교생이 쓴 SCI 논문

　지금 한국에서는 고등학교 학생이 쓴 SCI 논문으로 사회가 시끄럽습니다. SCI(Science Citation Index)이란 말은 과학인용 색인으로, 1960년대에 시작한 미국에서 과학과 기술적 가치가 높다고 인정되는 해외 논문들을 데이터베이스로 저장하여 다른 논문에 인용이 될 만한 가치가 있는 논문을 게재하는 학술지를 말합니다.

　한국의 각 학회에서도 자기들의 기관지가 SCI의 인정을 받으려고 많은 노력을 하고, 대학의 교수님들도 자기의 논문이 SCI에 게재가 되면 아주 명예스럽게 생각하고, 또 자신의 박사학위나 석사학위의 논문이 SCI에 게재되기를 희망합니다. 그래서 대학원이나 박사학위 코스를 밟는 연구원들이 SCI에 게재될 만한 논문을 쓰려고 치열하게 노력하고 연구합니다. 그럼에도 웬만한 병원에서는 SCI에 게재가 될 만한 논문이 되기는 어렵습니다.

　그런데 한 고등학교 2학년 학생이 단국대학교 병리학 교실에서 2주간 인턴을 했다는데 논문의 제 1저자가 되고 이를 배경으로 고려대학교에 입학하고, 부산대학교의 의학대학원에 시험도 안 보고 입학이 되었다는 것입니다. 더 신기한 것은 이렇듯 우수한 학생이 한 번도 언론에 노출이 안 되었다는 것이고, 아직까지 조용히 학교만 다녔다는 것입니다. 이런 천재가 있으면 기네스북에 오르고 언론이 호들갑을 떨고 미국의 우수대학에서 경쟁하듯 입학을 시킬 텐데 말입니다.

미국에서도 대학생이 SCI에 게재될 논문을 쓴다는 건 쉽지 않은 일이고, 더욱이 제 1저자가 된다는 것은 매우 어려운 일입니다. 그런데 한국의 고등학교 2학년 학생이 그 어려운 연구를 해낸 것입니다. 논문 제목도 어마어마하여 eNOS Gene polymorphism in peri-natal Hyopoxic-Ischemic Encephalopathy(출산 전 허혈성 저산소소뇌병증에서 혈관 내피 산화질소 합성효소 유전자의 다형성)이라고 하며 웬만한 사람은 한국어로 설명을 해도 무슨 말인지를 이해하지 못할 것입니다. 이 실험에는 완전히 달이 차지 않은 신생아 37명과 54명의 달이 찬 신생아들의 혈액검사가 필요한 실험이었습니다. 우선 91명의 신생아들이 필요한 실험인데 단국대에서는 하루에 수백 명의 산과 환자가 있어서 2주 안에 미숙아 37명의 허혈성 신생아가 있었는지, 또 일주일 내에 이 91명을 충족시킬 만한 분만이 있었는지도 의아합니다. 또 피검사를 하고 보고를 받고 경과를 2주일 내에 보고, 분석할 수 있는 시설과 준비가 갖추어져 있는지도 의아합니다.

나는 어떻게 해서 이 신생아 환자를 토대로 실험하는 일이 임상실험 윤리위원회의 승인을 받았는지도 모르겠습니다. 또 있다고 하더라도 의사도 아닌 고등학교 학생이 신생아실에 가서 마음대로 피를 뽑을 수 있으며, 장 교수님이 혼자서 이 실험을 다하셨는지 도저히 알 수 없는 일입니다. 그리고 30여 개의 참고문헌을 고등학교 2학년 학생이 2주일 내에 읽고 자기들의 실험과 비교고찰을 할 수 있었는지, 도저히 상상할 수가 없습니다. 이 논문의 특성상 이 실험에는 여러 명의 소아과의사와 임상병리과 의사들이 동원되었을 것입니다. 장 교수님의 말대로 고등학생이 하도 착실하여 제 1저자에 게재를 해주었다고 하면 단국대학의 의과대학생, 소아과 전공의, 임상병리의 조수들은 2주일 동안 실습을 한 인턴보다도 불성실하였다는 말인지도 이해할 수 없습니다.

이것은 도저히 불가능한 일이라고 나는 단언할 수 있습니다. 당시 병리학회 회장이며 서울대학교 병리학교수인 서정욱 교수는 이 논문은 실험기간과 논문 작성에 약 7년이 소요되는 논문이라고 했습니다. 단국대학의 장 교수는 조민에게 아니면 당시 서울대학 교수인 조국 씨에게서 어떤 혜택을 보려고 이 논문을 그에게 바친 것일까요? 이런 논문을 준다고 하면 석사학위나 박사학위를 얻으려는 사람들이 돈 보따리를 들고 장 교수님의 연구실 문을 두드렸을 텐데 그것보다도 큰 혜택이 과연 무엇일까요?

만일 이 논문이 아무런 하자가 없이 이루어졌다면 장 교수님은 단국대학 학생들을 무시하고 단국대학 병원의 전공의들, 조교들, 젊은 교수들을 완전히 무시하여 고등학교 2학년 학생보다도 못한 취급을 하였다고 생각할 수밖에 없습니다.

며칠 전 서울대학교에서 촛불집회가 열렸습니다. 연사 중 한 명이 이런 말을 했습니다. "나는 부끄럽지만 석박사 코스 2년생입니다. 그런데 이 논문을 읽어 보려고 했는데 너무 어려워서 읽혀지지도 않았고 이해가 되지 않았습니다." 그렇겠지요. 굉장히 높은 수준의 논문이었으니까요. 나도 이 논문을 읽어 보았는데 물론 의학논문이니까 이해는 했습니다.

참 많은 실험과 연구를 하여 도출해낸 논문이라는 생각을 하였습니다.

고등학교 2학년 학생이 이 논문을 썼다면 정말 자랑스럽습니다. 그리고 이런 천재는 한국의 부산대학교에 있을 게 아니라 하버드대학에서도 모셔 갈 일이고 영국이나 독일에서도 스카우트하려고 야단이었을 것입니다. 한국에는 천재들이 너무 많아서 그런지 이런 논문이 SCI에 게재가 되었는데도 조용했습니다. 아마도 소문이 나지 않기를 바랐을까요? 그런데 의문스러운 것은 이런 논문을 쓴 고등학생이 어찌 소문도 없이 부산대학교 의학대학원으로 갔는지 의문입니다. 서울대학교나 연세대학교에서도 스카우트하려고 야단이었을 텐데.

들리는 말에 의하면 이 학생이 계속 장학금을 받았다는데, 이런 천재가 장학금을 받는 것이야 당연하겠지요. 나는 이 천재 학생이 부산대학교에서 유급했다는 것도 이해가 됩니다. 원래 천재는 전체적으로 다 잘하는 상식인이 아니기 때문입니다. 단지 이런 천재가 이때까지 아무런 소문도 없이 학교를 다녔다는 게 신기할 뿐입니다.

그런데 이 학생이 성냥개비로 비행기를 만드는 것이 가능하다고 할지라도 2주간에 이런 실험을 할 수는 없다는 것이 나의 상식입니다. 아무리 천재라고 해도 사과나무를 심고 2주일 만에 사과가 열리게 할 수는 없기 때문입니다. 그리고 한국에서 10여 년을 의과대학 교수로 일한 나의 의견으로는 이런 논문이 2주일 내에 완성한다는 것은 불가능한 것이라고 생각합니다.

나는 이 일을 미국이나 외국의 여론에 내놓고 토론을 해보았으면 합니다. 그래서 이런 일이 가능하고 내가 무식하다고 하면 그 부끄러움을 감내하고 조민 양에게 사죄하겠습니다.

# 386세대

386세대란 말이 있습니다. 밀레니엄인 2000년에서 보았을 때 당시에 나이가 30대나 40대, 1980년대에 대학에 다녔고, 1960년대 태어난 사람들을 386세대라고 합니다. 지금은 나이가 들어 586세대라고도 하는데 60줄에 들어선 사람들도 있습니다. 이들을 민주화투쟁을 하여 독재정권과 싸운 민주화 운동의 중심이라고 합니다. 그리고 그들의 자존심이라고 할까, 기개는 국민의 다른 세대들을 압도하고 있습니다.

사실 군사정부에 반대하는 데모는 60년대에도 있었고 70년대에도 있었습니다. 그런데 60년대 데모나 70년대 데모는 그냥 학생들이 주먹구구식으로 거리로 뛰쳐나와 경찰에게 붙들려 매 맞고 군에 끌려갔습니다. 그때의 학생들의 데모는 군사정권에 반대하는 데모였지 친북, 친중의 사상은 별로 없었습니다. 물론 몇몇 사람은 그때도 좌익사상을 갖고 있었지만요.

그런데 386세대의 80년대 데모주동자들은 주체사상으로 무장이 되어 있었고 한총련 전교조 민총련 같은 단체로 조직이 되어 있었습니다. 물론 내가 지금 증명할 수는 없지만 이북의 후원도 받았다고도 하고 주체사상 교육도 받았다고 합니다. 그래서 그런지 386운동권 인사들 중에는 선명한 좌파가 많습니다. 그리고 그들의 데모 활동 후 얼마 안 있다가 진보정권이 들어서면서 운동권의 학생들은 정치계로 뛰어 들었습니다. 국회의원 보좌관을 하고 비서를 하고 정계에서 활동을 하였지요.

지금 한국에서 뉴스의 초점이 된 조국을 비롯하여 안철수, 임종석, 우상호, 원희룡, 이인영, 송영길, 이재명, 안희정, 유시민, 표창원, 임수경, 오세훈 등등의 국회의원들이고 청와대의 보좌관들이 거의 다 386세대입니다. 그래서 기득권 중에서도 가장 수혜를 받은 기득권입니다. 그런데 문제는 마치 자기들이 민주사회를 이룩한 것처럼 자기들만이 정의이고 다른 세대들은 모두 청산해야 할 적폐인 것처럼 행세를 한다는 말입니다. 그리고 지금 사회의 논란이 되는 내로남불이 제일 심하다는 말입니다.

지금 문제가 되고 있는 사회의 기득권들이 만들어내는 사회 범죄 문제들이 386의 정치인들의 사건이라는 것입니다. 그들이 성토하고 비판하였던 부정부패를 가장 많이 저지르고 있는 세대들이 386세대들인 것도 사실입니다. 그래서 많은 사람들이 다음 총선에서는 386이 아닌 다른 세대들로 물갈이를 해야 한다는 사람들이 74.2%나 된다고 합니다.

이들은 민주사회를 이루는데 공헌을 했습니다. 그러나 어느 사회나 50대의 연령을 가진 사람들이 사회의 중심인물이 되는 것은 사실이 아닙니까. 그런데 이들은 마치 자기들만이 정의의 구현자들인 것처럼 행세를 하고 내로남불, 위선적이고 독선적이고 배타적인 경향이 많다는 것입니다.

지금 회자되는 대표적인 게 조국의 사태일 것입니다. 얼마 전 조국을 비판하는 국회의원에게 표창원이라는 사람은 말했습니다. 상대방 정치인을 말할 때에는 예의를 갖추어야 한다고. 정말 그가 그런 말을 할 자격이 있을까요? 오래전 그는 박근혜 대통령의 누드그림을 희화화하여 국회전시장에서 전시한 일도 있습니다. 그리고 문재인 대통령과 그림 앞에서 웃으며 악수를 했습니다. 이것이 내로남불의 표본입니다.

그들은 강한 민족주의로 반일, 반미 사상이 강합니다. 그러니까 얼마전 일본의 수출규제사건이 났을 때 조국은 죽창을 들고라도 싸워야 한다고 입에 거품을 물지 않았습니까. 그리고 마치 자기들이 우리나라를 올바른 사회로 만들고 가난했던 나라를 선진국으로 만든 것처럼 행세합니다. 그리고는 다른 세대들이 들어오지 못하도록 만들고 있습니다.

지금 국회에는 50대들이 차지하고 40대나 30대들이 얼마 되지 않아 기를 펴지 못하고 있다고 합니다. 그리고 그들은 신세대들이 진출하지 못하게 길을 가로막는 장애물이 되고 있는 것도 사실입니다. 들리는 바에 의하면 80년대의 학생운동은 북한에서 주체사상을 교육 받았으며 북한에서 후원을 받았다고 의심을 받고 있습니다. 어느 시대의 학생운동을 하던 사람들보다 좌경화되어 있는 것이 사실이기도 합니다. 조국, 임종석, 임수경들이 돋보이는 좌파인사들이 아닙니까. 이들은 학생운동을 조직화하여 다른 세대들이 벌였던 학생 운동보다 정부를 무력화하는데 성공하였고 김영삼과 김대중 정부의 후원을 받으면서 정계에 들어왔습니다. 그리고 노무현 대통령 때 성장했습니다.

많은 386세대들이 김영삼 대통령의 후원을 받고 정계에 들어 왔다고 알려져 있습니다. 물론 386 세대들이 모두 좌파라는 말은 아닙니다. 나경원이나 오세훈 같은 사람도 있지만 많은 386 운동권 사람들이 극렬한 좌파라는 것을 부인할 수 없습니다. 지금 우리나라는 좌파들이 득세하여 반미 친북으로 기울어져 있는데 이들의 중심이 386세대인 것은 틀림이 없다고 생각합니다. 그러나 이들은 50대 중반이고 앞으로도 몇 십 년 정권을 내어주지 않겠다고 공언하고 있습니다. 이렇게 좌경화된 세대가 정권을 잡고 있는 것이 우리나라의 불행입니다.

386 세대들이 장악하고 있는 곳은 국회뿐이 아닙니다. 이들은 사법부, 언론, 시민단체, 민노총, 교육계, 연예계 등의 지도부를 장악하고 있으며 이들의 영향력은 온 나라를 덮고 있습니다. 지금 70대 80대가 땀을 흘리고 발전시킨 나라를 386세대가 잘 이끌어주기를 희망합니다. 그들이 이제는 주먹을 쥐고 거리에서 경찰차를 때려 부수던 행동을 버리고 나라를 바로 이끌면 우리나라는 더욱 발전할 것이라고 믿습니다.

혁명가는 혁명으로 역할을 끝내야 합니다. 혁명가가 정치를 하면 올바른 사회, 평화로운 사회를 만들 수 없습니다. 프랑스혁명이 그랬고 러시아혁명이 그랬고 북한이 그랬습니다. 이제는 자기들이 데모를 할 때 책상에서 공부를 한 사람들, 자기들이 최루탄을 던질 때 실험실에서 연구를 하던 사람들에게 경영을 물려주고 뒤로 물러나야 한다고 생각합니다. 그래서 386세대가 아닌 다른 308세대 - 80년대에 태어나고 2000년대에 학교에 다니고 지금 30대인 젊은이들에게 물려주고 386세대도 제 2선으로 물러났으면 하는 생각입니다.

# 미남 보존협회

  한국 사람들은 똑똑하다고 합니다. 세계에서 두 번째로 똑똑한 민족이라고 합니다. 미국 사람들의 평균 IQ가 98인데 한국 사람들의 평균 IQ는 106이라고 합니다.

  미국의 고등학교에서는 한국 학생들이 판을 치고, Ivy League의 대학에도 한국 학생들이 많습니다. 인터넷이 제일 빠른 나라가 한국인 것처럼 한국인의 지성이 번쩍거립니다. 오래전 황우석 박사의 줄기 세포의 논문 조작이 여론화되었을 때입니다. 서산의 바닷가에서 조개를 잡는 아주머니도 마이크를 주면 줄기세포에 대해서 한마디씩 하는데 뉴욕에서 양복을 입은 사람에게 Stem cell에 대해서 물으면 자신 있게 말하는 사람이 많지 않았습니다.

  그런데 한국에서는 남자들보다 여자들이 훨씬 더 똑똑합니다. 남녀 공학인 대학에 가서 보면 1등에서 10까지는 여자들이 대부분이고 남자 이름은 듬성듬성 있습니다. 제가 졸업을 할 때도 우리 반의 수석은 여자가 차지했습니다. 지금 한국은 여자 상위사회입니다. 우리 친구들을 봐도 대부분은 공처가입니다. 전화를 해서 만나 점심을 하자고 해도 부인의 허락이 떨어져야 대답을 들을 수 있고, 회의가 있으니 나오라고 해도 부인의 허락이 있어야 참석합니다. 식당에 가서도 부인이 정해주는 음식이나 먹습니다. 남자가 여자에게 손을 대면 성추행으로 당장 경찰에 잡혀가고 신문에 나지만 여자가 남자에게 손을 대면 방어하지 못한 남자가 바보입니다.

얼마 전 전북대학 학생들이 미 대사관 담을 넘어 대사관으로 쳐들어가며 "Yankee go home!" 하고 외쳤습니다. 그런데 사다리를 타고 넘어가는 걸 보고도 경찰은 뒷짐을 진 채 아무런 제지도 하지 않았습니다. 그들을 잡아 내리려고 손을 대면 성추행으로 몰리기 때문이라서 그랬다고 합니다. 이게 경찰의 해명인지 변명인지 모르겠습니다. 경찰의 해명대로라면 경찰은, 여자가 음주운전을 해서 잡혔을 때 도주해도 성추행 문제 때문에 붙잡지 못하고 여자가 길에서 폭행을 해도 경찰은 가만히 보고 있어야만 하는 건지요?

그래서 그런지 한국 여자들의 기개는 대단합니다. 한국 정당의 대표들은 여자들이 많습니다. 정의당 대표도 그렇고, 얼마 전까지 더불어민주당의 대표도 여자였고, 지금 야당의 야전사령관인 원내대표도 여자입니다. 국회에서 제일 말을 잘하는 전희경 의원도 여자입니다. 그런데 이렇게 똑똑한 여자들이 행하는 태도를 이해할 수 없을 때가 많습니다. 무슨 시사회를 하거나 배우가 무대 앞에 나와서 인사를 할 때면 우르르 몰려나가 "오빠 오빠!"를 외치며 발을 동동 구르거나 거의 미친 사람처럼 달려 나가는 사람들 또한 대부분 여자들입니다. 무슨 시상식 때 배우들이 나타나는데 떼 지어 몰려가서 아우성을 치는 것도 여자들입니다. 열린 음악회나 노래자랑, 가요무대 같은 데서도 노래를 따라 부르고 손

뺨을 치고 거의 일어나다시피 하면서 춤을 추는 사람들도 여자입니다.

조국이라는 사람이 온 나라를 시끄럽게 하던 때입니다. 방송에 나온 패널리스트들이 하는 이야기를 들으며 가슴이 막막했습니다. 지금 한국의 조국 수호를 외치는 사람들의 대부분이 중년 여자들이라는 것입니다. 그 이유는 자기들과 연령대가 맞는데다가 조국이 키가 크고 잘생겨서 인기가 있다는 것입니다. 그가 무슨 짓을 했든지 그의 사상이 무엇인지가 중요하지 않고 그저 잘생겼으니까 지지한다는 것입니다. 그래서 중년 여자들은 왜 보수의 정치인은 하나같이 못생겼느냐? 홍준표나 황교안 같은 사람은 별로 매력적이지 않다, 조국이나 임종석 같은 남자들은 매력적이지 않느냐 합니다. 그래서 그런 사람들의 이야기가 먹혀 들어간다는 것입니다. 그래서 생긴 것이 '전국미남보존협회'입니다. 그것도 '전국미남보존협회'라고 쓰인 옷을 입고 조국 수호를 외치면서 데모를 하고 있었습니다.

나는 기가 막혔습니다. 앞으로는 무슨 정치적인 경륜을 갖고 정치를 하는 것이 아니라 그저 인물이 잘 생기면 국회의원에 출마하고, 대통령에 출마하면 되겠구나 하는 생각까지 들었습니다.

오래전의 이야기입니다. 조지 부시와 클린턴이 대통령 선거전을 할 때였습니다. 클린턴이 클리블랜드에 유세를 왔는데 병원의 간호사들이 유세장에 갔다 왔다고 하면서 빌 클린턴과 앨 고어가 젊고 잘 생겼다며 그를 지지한다고 큰소리를 쳤습니다. 내가 너희는 그 사람의 정책이나 경륜이나 인격을 보고 투표를 하는 것이 아니라 그 사람의 생김새를 보고 투표를 하느냐 하고 힐난했더니 그중의 한 간호사가 "그럼 조지 부시나 빌 클린턴이나 정책의 차이가 뭐가 있느냐? 둘 다 경제를 부흥시키겠다는 것인데 나는 미국을 대표하는 대통령이 잘생겼으면 좋겠다."라고 대들었습니다. 나는 할 말을 잊어버렸습니다. 아마 지금 전국미남보존협회 회원들도 그런 생각인가 봅니다.

지난번 선거는 홍준표보다 문재인이 잘 생겨서 그에게 투표를 한 것입니까. 그런 자유한국당은 임종석이나 조국보다 잘생긴 배용준이나 송중기를 초빙하여 대통령 후보로 삼아야 대통령 선거에 이기겠네요. 나라가 이렇게 어지러운 때에도 아무 생각 없이 먹고 마시고 춤추고 노래로써 살아가는 한국시민들의 참 모습을 보는 것 같아 암담했습니다.

나는 무엇이 똑똑하다는 의미인지 모르겠습니다. 한동안 트럼프와 김정은이 서로 막말을 주고받으며 언제 폭격이 이루어질지 모르는 긴장상태에 있을 때 유럽에 살충제에 감염된 계란이 퍼졌다고 하니까 마트에서 여자들이 정부당국에게 계란이 감염되지 않도록 조치를 취해 달라고 야단이었고 계란 값이 오른다고 아우성쳤습니다. 그런데 정부에 전쟁의 위험이 없도록 해달라고 하는 여자 단체들을 하나도 보지 못했습니다.

세계에서 가장 IQ가 높다고 하는 홍콩에서는 여자들이 거리에 나와 자유를 부르짖으며 싸우고 있습니다. 우리나라 여자들은 잘생긴 미남자 조국, 그가 어떤 짓을 했는지도 알려고 하지 않고 전국미남보존협회를 만들어 그를 수호하자고 하고 있습니다.

정말 누가 똑똑한 것일까요?

# 부모님과 자식들

"낳으실 때 괴로움 다 잊으시고 기르실 때 밤낮으로 애쓰는 마음 진자리 마른자리 갈아 뉘시며 손발이 다 닳도록 고생하셨네. 하늘 아래 그 무엇이 넓다 하리요, 부모님의 은혜는 가이 없어라."

며칠 전 어머니날, 곳곳에서 어머니날을 축하하는 행사가 있었습니다. 고운 옷을 입은 어린이합창단의 노랫소리가 울려 퍼집니다. 그런데 노래를 부르는 어린이도 듣는 어른들도 정말 노랫말처럼 부모님의 은혜를 마음속에 담고 있을까요? TV에 출연하는 어린이들이나 방청석의 어른들이 모두 심각한 얼굴이 아닌 어린이들의 재롱을 보는 듯한 즐거운 표정입니다.

옛날 유교에서는 효를 아주 중요한 법으로 여겼습니다. 불효자식이라고 낙인이 찍히면 그 동네에서는 쫓아내었다고 합니다. 기독교인의 계율인 십계명에도 제 5계명이 '네 부모를 공경하라'입니다. 하나님을 공경하는 다음에 나오는 중요한 계명이지요. 명심보감에 "아버님 나를 낳으시고 어머님 나를 기르셨으니"라고 가르쳤지만, 요새의 젊은이들은 그건 3500여 년 전의 이야기이고, 부모님 자기들이 좋아하다가 낳은 거지…라고 생각하는 걸까요? 툭하면 "부모가 돼서 그것도 못해요. 낳았으면 책임을 져야지."라고 대드는 자식들이 많이 있습니다.

얼마 전 황창연 신부님은 "옛날에는 부모님이 40이나 50세에 돌아가셨으니 효도했지만 지금은 부모가 100세를 사니 효도를 할 수 없다. 부모님이 나를 낳아 20년 키워주었으니 우리도 부모님을 20년 정도 봉양하면 되었지 어찌 40년, 50년 봉양을 하겠는가?"라고 하셨습니다. 물론 웃자고 한 말이지만 그 속에 뼈가 있는 것도 사실입니다.

통계에 의하면 일류대 1학년에게 부모님이 몇 살까지 살았으면 좋겠느냐고 물었더니 5년 전에는 63세 정도 살아서 모아 놓은 돈 다 쓰지 말고 어느 정도 남겨주고 돌아가셨으면 좋겠다고 대답을 하더니, 작년에는 61세까지 살았으면 좋겠다고 했다니 자식들이 오래 사는 부모를 반기지 않는 것도 사실입니다.

모파상의 ≪여자의 일생≫이라는 책에는 쟌느라는 여인이 사랑하는 남편의 배반으로 상처를 받고 하나뿐인 아들에게 온 정성을 기울이며 삽니다. 그리고 아들이 해달라는 것은 모두 해줍니다. 그러면서 살다가 성장한 아들이 자기가 사랑하는 여인과 멀리 가 버리고 계속 돈만 요구합니다. 어머니는 자기가 가진 모든 재산을 모두 아들에게 주고 외롭고 불쌍하게 늙어간다는 내용입니다. 마치 한국의 부모님들과 비슷한 이야기입니다.

옛날에 고려장이라는 것이 있었습니다. 힘들고 가난하게 사는 사람들이 더 이상 부모님을 모시기 어려우면 산속에 갖다버리는 풍습이었습니다. 그런데 요새는 산속에 갖다버리는 것이 아니라 요양원이라는 곳에 버립니다. 얼른 생각하면 아주 문화적이고 인간적인 방법입니다. 요양원에도 등급이 있어서 재산이 많은 사람들이 가는 실버타운이 있고 한 달에 얼마씩 내야 하는 고급 요양원이 있습니다. 물론 돈은 부모님들 자신이 내야 하겠지요. 자식들이 내주는 경우가 얼마나 될지는 모르겠지만 아주 드물 것이라고 생각됩니다. 또 국비로 운영하는 요양원도 있습니다. 아마 이런 요양원에서 사시는 분들은 죽지 못해 살고 있다고 한다면 지나친 말일까요? 실버타운으로는 자식들이 아직도 살아있는 부모의 재산의 힘 때문인지 면회를 오는 사람들이 있겠지만, 국비로 운영되는 요양원에는 젊은 자녀가 찾아오는 일이 거의 없다고 요양원 직원은 말합니다. 그러니 가진 돈을 다 자식들에게 물려주고 국비로 운영이 되는 요양원에 가서 구박을 받지 말고 스스로 요양원에 갈 돈은 가지고 있어야 할 것입니다.

오늘 아침 TV에는 부모가 자기의 재산을 지금 물려주어야 할 거냐 아니면 죽을 때까지 가지고 있을 것인가를 토의하고는 투표를 했는데 81%는 죽을 때까지 가지고 있어야 한다, 19%만이 자식들이 필요할 때 주어야 한다고 했습니다.

자식들이 독립해서 나가면 대개는 소식이 없습니다. 자식들이 연락할 때는 돈이 필요할 때뿐이고, 그렇지 않으면 몇 달이 흘러도 전화 한 통 안 한다는 부모님들의 하소연입니다. 대학에 간 자식들도 그렇다고 합니다. 물론 공부를 하느라고 또 친구들과 사귀느라고, 바쁘게 지내느라고 그러겠지요? 소식이 없다가 편지가 오면 내용은 비슷합니다.

아버님 어머님 건강하십니까? 이 아들은 잘 있고 공부도 잘하고 있습니다. 잠시도 아버님과 어머님의 사랑을 잊어 본 일이 없습니다. 항상 부모님을 사랑하는 마음을 품고 살고 있습니다. 그런데 이번에 꼭 사야할 물건이 생겼습니다.

어려우시겠지만 돈을 보내 주십시오. 학교를 졸업하고 돈을 벌면 부모님을 잘 모시겠습니다.

아마 거의 위와 같은 내용일 것입니다. 그러나 대학을 졸업하여 취업하고 결혼해서 아이라도 낳는 후에는 언제 이런 편지를 부모님에게 보냈느냐고 오리발을 내밀 것입니다. 이런 사실을 잘 알게 된 부모들도 이제는 돈을 잘 내놓지 않으려고 합니다.

이제는 자식들이 부모를 생각하는 마음이나, 부모들이 자식들을 생각하는 마음이 많이 달라진 세상입니다. 물론 내 부모님은 안 그러시겠지, 내 자식들이 설마 그러러구 생각하지만 통계를 보면 설마가 사실일지도 모른다는 생각이 들기도 합니다.

왜 인심이 이렇게 달라졌을까요? 아마도 사람들이 너무 똑똑해졌기 때문이 아닐까요? 똑똑한 자식들 중 효자가 적다지요. 공부를 잘해 칭찬받으며 자라서 서울대학교에 가고 유학을 간 자식들일수록 여우같은 여자가 낚아채가고 여우같은 여자에게 홀린 잘난 아들은 여우같은 여자와 처갓집에 드나드느라고 부모님의 생일 따위는 잊어버리고 만다는 것입니다.

얼마 전 문재인 대통령의 어머니가 세상을 떠났습니다. 그런데 문재인 대통령이 야당의 대표를 지내고 대통령 후보가 되고 대통령이 되고 난 후에도 부인과 아들딸의 이야기는 많이 들었지만 어머니에 대한 이야기는 들어 본 일이 없습니다. 그리고 요양원에서도 가족이 없는 줄 알았다는 관계자들의 이야기에 정말 잘난 아들에게서 효도를 받지 못하는구나 하고 생각했습니다. 그래서 옛말에는 구박 받고 집에서 자란 자식이 효도를 한다고 하더군요, 그것이 사실인지는 모르겠지만.

# 이름

사람이나 어느 상품, 사업체는 모두 이름이 있습니다. 그리고 이름을 지을 때는 그 주인공이 크게 성장하기를 이름 속에 담고 또 희망합니다. 그래서 어떤 이름은 너무 거창합니다. 이름이 좋으면 부르기도 좋고 듣기도 좋습니다.

요즘 우리나라에서 가장 많이 회자된 조국은 이름이 좋아서 그가 어떤 짓을 했든지 많은 사람들로부터 지지를 받는지도 모르겠습니다. 그리고 옛날의 조조나 조비, 조홍같이 두 자의 이름이 황제의 이름이라서 더 인기를 끄는지 모르겠습니다. '조국을 사랑하는 모임'은 마치 애국자들의 모임처럼 부르기도 좋고 정말 나라를 사랑하는 모임으로 오해를 할 수도 있습니다.

오래 전 우리 집안에서 가장 세력이 있고 권위가 있는 큰아버님이 나를 사랑하셨다고 합니다. 나의 바로 위의 형님과 나 사이에 형님이 하나 있었는데 어려서 죽었기 때문에 형님과 나 사이에는 7년의 공백이 있었습니다. 그래서 집에서 몹시 기다리던 아들이 나오자 큰아버지는 나의 이름을 거창하게 지었습니다. 우리 형님의 이름은 광해(光海, 빛나는 바다)이고, 누님을 금해(錦海, 비단 같은 바다)라고 지으셨는데 나의 이름을 용해(龍海, 바다에서 떠오르는 용)이라 지으셨습니다. 그런데 이름이 너무 커서 그랬는지는 몰라도 인물은 그에 못 미쳐서 용은 못 되고 이무기 정도 되었나 봅니다.

이름이 좋다고 다 잘 되는 것은 아닙니다. 오래전엔 시장에 가면 돗자리를 깔아 놓고 이름을 지어주는 사람들이 있었습니다. 그것도 그냥 이름을 지어주는 것이 아니라 생년월일을 적어 주면 사주에 이름이 맞아야 한다고 했습니다. 그런데 그의 선전 입간판에는 정일권이나 이형근, 이범석이란 이름들이 적혀 있었습니다. 그런데 정일권 장군이 참모총장에서 물러나면 그 이름이 사라지고 다음 참모총장이 된 백선엽이란 이름이 뒤에 붙곤 했습니다. 그 시장의 작명가는 별로 인기가 없었고 성북동에 있는 백운학이란 사람이 이름을 잘 짓는다고 소문이 났습니다. 백운학이라는 사람은 사람의 이름만 지어주고도 돈을 재벌처럼 벌었습니다. 시집을 못 간 처녀들, 시험에 합격하지 못한 사람들이 이름을 새로 지으려 그의 사무실에 몰려들었고, 그의 사무실에 예약을 하고는 몇 달을 기다려야 한다는 이야기도 있었습니다.

이름을 잘 짓는다고 훌륭한 사람이 되는 것은 아닙니다. 김정일이라는 이름은 너무도 평범한 이름입니다. 김정일이라는 이름은 내가 아는 사람 중에도 여러 명 있습니다. 북한의 독재자 김정일은 향락을 즐기면서 살았습니다. 북한에서는 김정일이라는 이름을 가진 사람들은 모두 이름을 고쳐야 하는 등 그 이름을 못 쓰게 했다고 합니다. 미국에서는 David, John, Samuel, Peter란 이름이 유독 많습니다. 그런데 Samuel 이란 이름을 가진 사람이 모두 위대한 지도자가 되는 것도 아니고,

David란 이름을 가진 사람이 모두 다윗 왕처럼 훌륭한 사람이 되는 것도 아닙니다. John이란 이름은 너무 많아서 병원의 응급실에 성명 미상의 환자가 오면 John Doe 1, John Doe 2라고 이름을 붙이기도 합니다. '김정숙'이란 이름이 좋다고 합니다. 그래서 김정일의 어머니 이름도 김정숙이었고, 문재인 대통령 부인의 이름도 김정숙인지도 모릅니다. 그런데 내가 유년주일학교에서 어린이들을 가르칠 때 김정숙이 너무 많아서 김정숙1, 김정숙2로 번호를 붙이기도 했습니다.

요새는 젊은 부모들이 아름답고 부르기 쉬운 이름으로 지어준다고 샛별, 별하나, 보람이, 고은이 같은 이름을 지어 줍니다. 정말 아름답고 부르기 좋고 잘 지은 이름입니다. 그런데 문제가 있습니다. 부모들이 어린이들의 이름을 지어줄 때 고민하고 생각하고 지어 주어야지 남들이 아름답다고 하니까 우리 아이도 샛별이, 옆집 아이도 샛별이라 짓는 게 유행이어서 김정숙1, 김정숙2 정도가 아니라 샛별이 5, 6, 7, 8이 되어 골치가 아프다는 말입니다.

오래 전엔 여자 이름의 끝 자를 '자'를 쓰는 일이 많았습니다. 그래서 여자 이름에 선택이 별로 없어서 영자 명자 숙자 경자가 전부였습니다. 그래 대구에 살 때 남학생들이 여학생들을 놀리면서 "얘, 자야!" 하고 부르면 앞서 가던 여학생들이 모두 뒤를 돌아보는 일도 있었습니다. 얼마 전 한국의 여자 골프 선수들이 너무 골프를 잘 쳐서 이번 대회에는 누가 이길 것 같으냐고 하니까 어떤 사람이 "아마도 이정1, 2가 다 이기겠지."라면서 한국사람 후욕을 했다고 보도가 되었습니다. 그런데 정말 이정연 2가 우승을 했다고 합니다. 경기 후 그 사람은 "보라. 내가 이정1이나 2가 이길 것이라고 했지 않냐."며 변명을 했다는 말입니다.

사실 우리가 이름을 지을 때 쓸 수 있는 말이 그리 많지 않습니다. 더욱이 성씨를 빼고 나면 한 자나 두 자밖에 선택의 여유가 없습니다. 그렇다고 아들의 이름에 내 이름을 주어 '이용해 Jr'라고 붙이기도 좀 거시기 합니다. 내가 뭘 그리 잘났다고 나의 이름을 자식에게까지 주어 아들까지 이무기가 되게 하고 많은 사람들에게 이용당하라고 '이용해'라는 이름을 주겠습니까. 그래서 이름을 지을 때면 고민을 해야 합니다. 유영철은 이름은 좋지만 살인자의 이름이고, 이완용도 좋지만 매국노의 이름이라서 아들에게 그런 이름을 주고 싶지는 않습니다. 아무리 그 이름이 좋아도 '김일성'이란 이름을 지어 주기도 마땅하지가 않습니다.

그러고 보면 김샛별, 이샛별이란 이름을 짓게 되고 김샛별1, 2, 3, 4가 나오게 되는 것입니다. 요새 신문을 보면 '조국'이란 이름이 좋은 이름임에는 틀림이 없습니다. 그래서 그 이름이 유행이 될 것 같았는데 희대의 범죄자 사기꾼이란 죄목으로 재판 중에 있으니 앞으로 그의 이름을 쓸 사람이 많을 것 같지가 않습니다.

이름이 중요한 것은 아닙니다. 아무리 성경책에서 이름을 빌려 왔다고 하더라도, 그리고 David라고 지었다고 해도 그가 다윗왕처럼 되는 것이 아닙니다. 좋다는 이름을 자녀에게 지어주기보다는 나의 삶에서 모범이 될 만한 행동을 보여주어야 합니다. 이름을 '조국'이라고 하고 애들과 딸의 이름도 외자를 붙여 황제의 이름을 붙여주어도 이름대로 세상을 살 수 있는 것도 아니고, 그런 사람이 될 수 있는 것은 더더욱 아닙니다. 성경에도 예수란 이름을 가진 사람이 여러 번 나옵니다. 그러나 누구나 예수 그리스도가 되는 것은 아니지 않습니까.

# 오자(誤字)


나는 글을 쓰면서 오자를 많이 냅니다. 그래서 출판사의 이선우 사장님에게 말을 많이 듣습니다. 어떤 때는 나의 원고지가 거의 붉은 색으로 채색이 되는 때도 있다고 합니다. 그래서 조심을 하는데도 책이 나오면 오자가 생기는 수도 있고 잘못된 내용이 나오는 수도 있습니다. 물론 철자법이 달라져서 옛날 배운 대로 글을 쓰다 보면 잘못된 곳이 있기도 하지만 나의 실수가 많습니다. 어떤 때는 머리에 떠오른 생각을 잊어버리기 전에 써 놔야지 하는 급한 마음에 컴퓨터를 두드리다 보면 오자를 내기도 합니다. 물론 내가 꼼꼼하지 못한 성격 때문에 서두르다가 오자가 나기도 하지요.

지난번 책은 특히 오자가 많았습니다. 원고를 쓰면 금방 USB에 저장해 없어지지 않게 해야 하는데 대개는 글이 끝날 때까지 써 내려가다가 무엇을 잘못 만졌는지 원고가 다 날아가기도 하고 글이 엉망이 되기도 합니다. 그러면 참 화가 나서 '이 바보, 이 멍청이' 하고 내 뺨을 내가 때리기도 하지만 엎질러진 물이어서 다시 어찌 할 수 없습니다. 그래서 성을 가라앉히려고 씩씩거리기도 합니다.

지난번 책은, 책을 내려고 컴퓨터에 저장해놓았던 원고를 아침에 일어나 수정하려고 컴퓨터를 켰는데 컴퓨터가 먹통이 되어 있었습니다. 아무리 애를 써도, 절교를 선언하고 가버린 매정한 여인처럼 돌아와 주지를 않습니다. USB에 그때그때 저장을 해 놓으면 되는데 글을 하나 쓰고 저장하기는 무엇하고 해서 한 권의 책이 마무리된 후에 저장을 해야지 했던 게 잘못이었습니다. 한 두어 시간을 만지다가 포기하고 Best Buy에 컴퓨터를 고치는 데가 있어서 가지고 갔더니 자기는 한글 컴퓨터는 언어가 통하지 않아서 못 고치겠다고 하면서 이 컴퓨터는 CPU가 망가져서 복원을 하기는 힘이 들 거라고 했습니다.

　다시 여기저기 다른 곳을 알아보았으나  한글 컴퓨터는 플로리다에서는 고칠 수가 없다는 것입니다. 그래서 서울에 가야 할 일이 생겨 컴퓨터를 가져가기로 했습니다. 그 컴퓨터는 10년이 지난 것이어서 무겁기도 무거웠습니다. 예전에 내가 근무하던 병원의 컴퓨터 전문가에게 의뢰했더니 컴퓨터가 7년 이상이 되어서 고치기가 힘들고 돈이 많이 들 테니 컴퓨터를 새로 하나 사라고 하는 것입니다. 나는 컴퓨터가 문제가 아니라 그 속에 든 원고가 문제라며 사정을 하여 정말 노트북을 하나 사는 돈을 주고 간신히 복원하였습니다.

　솔직히 복원했다고는 하지만 화면이 제대로 뜨지도 않았습니다. 컴퓨터를 고쳐준 사람은 이건 언제 또 고장 날지 알 수 없으니 빨리 정보를 빼내라고 겁을 주었습니다. 나는 겁이 나서 서둘러 그냥 USB에 옮겼는데 그 후 다시 원고를 읽고 고칠 시간이 없습니다. 여행 중이라 컴퓨터를 구할 수도 없습니다. '에이 모르겠다.' 하고 USB를  출판사에 보냈습니다. 그리고는 오랫동안 여행 중이라 원고를 교정하지 못하고 책을 냈습니다. 책은 표지가 아름다워 읽어 보지도 않고 나누어 주었습니다. 출판사에 부탁하여 미국으로, 한국의 서울, 대전, 부산, 대구로 다 보내버렸습니다.

책을 나누어 준 후 얼마 있다가 친구에게서 전화가 왔습니다. 오자를 여러 곳에 발견했다고 종이쪽지에 적어 주었습니다. 나는 부끄럽고 창피했습니다. 그리고 그렇지 정성을 기울이지 않으면 이런 일을 당하는 구나 자책을 했습니다. 오자만이 아닙니다. 내가 잘못 알고 고치지 않은 것도 있었습니다. 그 책을 읽은 사람이 이런 무식한 사람을 보았나 하고 흉을 보아도 할 말이 없습니다.

저희가 어렸을 때는 교과서에도 오자가 있어서 정오표가 책 뒤에 붙어 나오기도 했습니다. 사람이 말을 한번 하면 다시 주워 담을 수가 없다고 합니다. 그러나 글을 프린트하여 책으로 내면 이것은 정말 취소할 수 없습니다. 말은 녹음을 해서 '당신이 한 말이 녹음이 되었습니다'라고 해도 '아니다'라고 우겨대는 정치인들이 있지만 책을 제작하고 프린트된 글은 아무리 뻔뻔한 정치인이라도 아니라고 우겨 댈 수는 없을 것 아닙니까.

제가 아는 어떤 작가는 원고를 한번 쓰고 나면 다시는 읽지 않는다고 합니다. 왜냐하면 원고를 다시 읽고 고치기 시작을 하면 고치고 또 고치고 나중에는 원고를 새로 쓰게 되고 결국은 버리게 된다는 것입니다. 물론 그런 사람은 꼼꼼하고 양심적인 사람이어서 그렇겠지만 나 같은 사람도 나의 원고를 읽기 시작하면 고치고 또 고치다가 화가 나서 파기해버리는 경우가 있습니다.

지난번 책에서 〈흑인들의 위력〉이라는 제목에서 〈바람과 함께 사라지다〉의 저자를 '마가렛 미첼'이 아닌 '스티븐'이라고 썼습니다. 한번 조심스럽게 교정을 보았다면 이런 잘못은 찾아냈겠지만 컴퓨터의 고장 때문에 고생을 하다가 '에이 그만 두자'라고 했던 게 크나큰 실수를 하게 된 것입니다. 이것은 오자가 아니라 잘못된 것이니 교정을 본 사람을 원망할 수 없습니다. 친한 친구가 지적을 해주어서 찾기는 하였지만 책은 벌써 거의가 다 나간 상태였습니다. 이미 모든 책이 한국과 미국 각지에 흩어진 후이니 책을 다시 수거를 할 수도 없습니다. 그저 '나는 바보입니다'를 감수할 수밖에 없었습니다.

그러다가 보니 겁이 납니다. 지난날 낸 많은 책들 중엔 이런 잘못이나 오자가 얼마나 많았을까 생각하니 진땀이 납니다. 어제는 밤에 또 꿈을 꾸었습니다. 꿈은 학생 때로 내일 시험을 보는 날인데 노트를 잃어버린 것입니다. 아무리 찾아도 노트를 찾을 수가 없습니다. 옆의 학생들은 공부를 하는데…. 안달이 나서 노트를 찾아 헤매다가 꿈이 깨었습니다. 아마도 오자나 잘못을 하고 안달을 하는 게 꿈에 나타난 모양입니다. 스마트폰으로 카톡을 하면 가끔 오자를 지적해 주기도 합니다. 그러나 컴퓨터의 철자법 고치기로 들어가면 틀린 자를 고쳐 준다고 하지만 그리 도움이 되지 않습니다. 다시 초등학교에 다닐 수도 없고 속이 상합니다.

가끔 아내와 논쟁을 합니다. 그러면서 "여보 당신이 아까 이런 말을 했지 않아요." 하고 물으면 아내는 아니 "메떡같이 말을 하면 찰떡같이 알아들어야지, 액면 그대로 듣고 화를 내요? 왜 어금니가 귀밑에 있는지 알아요. 좀 새겨들으라고요." 하고 오금을 박습니다. 그러나 책은 무엇이라고 말을 해야 할까요. 그저 독자님들께 사죄할 수밖에 없습니다. 아직도 습작 정도의 글이니 넓은 이해심을 가지고 읽어 달라고요.

# 전국 어린이 연대

오래전 광우병 파동 때 광화문 앞길에는 수십 만 명이 모여들어 미국산 고기를 먹지 말자는 구호를 외치며 광우병이 든 소고기를 미국에서 수입하는 정부의 이명박 대통령을 탄핵하자고 야단을 쳤습니다.

어떤 여배우들이 연단으로 나와서 미국산 소고기를 먹느니 차라리 청산가리를 입에 털어 넣겠다는 만화에도 안 나올 이야기를 했는데 거기에 박수를 치고 환호한 한국의 국민들은 세계의 조소거리가 되었습니다. 미국산 소고기를 먹느니 차라리 청산가리를 입에 털어 넣겠다던 여배우는 강남에서 미국산 소고기로 만드는 햄버거 가게를 운영했고, 미국에 가서 햄버거를 맛있게 먹는 사진을 셀프 카메라로 찍어 올려놓기도 했습니다. 정권이 바뀌자 정부에서 하는 여러 프로그램에 나와 촬영도 하고 또 위원회의 위원도 되었습니다. 또 그때 시청 앞에는 유모차에 어린 애기들을 태우고 나와 '우리 애들을 살려주세요.'라고 데모대에 참여했던 사람들이 있습니다. 젊은 아줌마 부대들입니다.

정말 그들은 많은 사람의 동정을 받았을까요? 아닙니다. 세계의 많은 사람의 비웃음을 받았습니다. 그들은 미국에서는 광우병 환자가 한 명도 없었다는 기사를 읽어 보기나 한 걸까요? 미국에는 한국 사람이 약 240만 명이 산다고 합니다(2017년 통계). 그런데 등록이 되지 않은 사람들까지 합하면 더 많을 것입니다. 이 대량 이민의 역사가 50년이 넘는다고 하는데 그 오랫동안 그 많은 사람들이 미국에서 소고기를 먹었어도 광우병에 걸렸다는 보고가 없습니다.

한국의 미세먼지는 대단합니다. 조금만 있어도 눈이 아프고 숨을 쉴 수가 없습니다. 이 미세먼지의 80% 이상이 중국에서 옵니다. 그리고 일 년에 14,000명 이상이 미세먼지로 인한 호흡기질환으로 사망한다고 합니다.

한국의 여자 분들이여, 당신들은 '우리 애들을 살려 주세요.' 하고 중국 대사관으로 달려가서 항의를 해보신 일이 있나요? 어찌하여 한국의 어머니들은 그렇게 편협하신가요? 아마 미세먼지가 미국에서 불어온다고 하면 곧장 미대사관으로 가서 데모를 하시겠지요. 광우병 때처럼…. 어찌하여 중국에는 그렇게도 관대하신가요?

한국 사람들은 똑똑합니다. IQ가 106으로 세계에서 두 번째로 높다고 합니다. 그런데 여자들이 더 똑똑하다고 합니다. 한국의 남녀공학 대학에서 1등에서 10등까지는 거의 여자들이라고 합니다. 그래서인지 지금 한국은 똑똑한 여자들이 지배하는 여성상위 사회이기도 합니다. 그렇듯 똑똑한 한국여자 분들이 벌이는 퍼포먼스를 보면 너무 기가 막혀 할 말이 없습니다. 영화배우나 가수들을 따라 다니며 "오빠 오빠" 하고 야단을 치다가 길에 쓰러지는가 하면, 열린음악회나 노래자랑이나 음악회에 가서도 손을 흔들고 일어나 춤을 추며 악을 쓰는 것도 거의 여자들입니다.

지금 한국에서는 조국이라는 정치인 한 사람 때문에 야단이 났습니다.

그의 어디까지가 진실이고 어디까지가 거짓말인지 판단이 어려울 정도로 그의 비리는 양파껍질처럼 벗겨도 벗겨도 끝이 없습니다. 아마 그가 다 없어질 때까지 벗겨도 진실이 나오지 않을 거라는 말이 나올 정도입니다.

그를 지지하는 사람들도 있습니다. 문재인 대통령을 지지하여 소위 대가리가 깨져도 문재인이라는 '대깨문'들도 있습니다. 그 사람들은 사회주의 사상을 가지고 한국이 북한의 통치하에 들어가도 자유주의 사회보다는 사회주의나 공산주의가 좋다는 사상을 가진 사람들입니다. 굶고 못 살더라도 내가 가진 사회주의 사상을 고수하겠다는 사람들이니 반대를 할지언정 무시를 할 수 없는 숫자이고 단체들입니다. 그들에게는 진실은 필요하지 않습니다. 오로지 사회주의 공산주의 사상이 중요하며 조국 씨가 국회에서 선언했듯이 우리 사회는 사회주의가 필요하다고 생각하는 사람들입니다.

그런데 얼마 전 TV 화면에 어린이들 몇 명이 등에 '전국어린이연대'라고 쓰여진 옷을 입고 조국 수호를 외치는 장면을 보았습니다. 그리고 어린이들이 합창을 하는데 조국 수호, 자유한국당 해체, 검찰 개혁을 외치는 노래를 들으면서 오싹 소름이 끼쳤습니다. 열 살도 안 된 어린이들이 무슨 정치적인 이념이 있겠습니까. 그 어린이들이 자유 민주주의가 무엇인지 사회주의가 무엇인지 알 리가 있겠습니까. 그들이 조민이 썼다는 SCI 논문이 무엇인지, 버닝썬, 신라젬 Fund가 무엇인지 알겠습니까. 그들이 검사의 공소권이나 압수 수색을 알겠습니까. 어찌하여 어린이들을 이렇게 정치에 이용을 합니까.

이것은 북한에서 사용하는 방법입니다. 내가 북한에서 초등학교에 다닐 때 열 살도 안 된 어린애들을 모아 놓고 '김구·이승만 타도, 조선을 침략한 미 제국주의 트루먼 대통령 타도'를 외치게 한 북한의 수법이 생각이 나서 소름이 끼쳤습니다. 전교조 선생님들, 그대들은 학생들을 가르치고 옳은 길로 인도한다는 인간적인 양심이 있지 않습니까. 당신들은 당신의 자녀들에게 공부를 포기시킨 채 하루 종일 길바닥에서 황교안 나경원 타도를 외치며 더운 먼지 속에 서 있게 하고 싶으십니까. 어찌하여 이렇게 철이 없는 어린이들조차 공부시간을 포기한 채 길거리로 내모십니까. 그 이린이들은 광화문 근처에 사는 어리이들이 아닙니다. 먼 곳의 학교에서 동원한 버스를 타고 몇 시간을 와서 그 뜨거운 햇빛에 앉아서 자기들이 무엇을 하고 있는지도 모르면서 조국이라는 사람이 누구인지, 그가 무슨 짓을 했는지도 모르고 "조국 수호, 검찰 개혁, 자민당 해산"을 외쳐야 하는 현상을 만드십니까.

그 어린이들의 어머니는 무엇을 하는 분들입니까. 그 똑똑한 어머님들이 자기애들을 공부도 안 시키고 거리로 내모는 일에 동참하는 겁니까. 당신의 애들은 개천의 이무기나 미꾸라지를 만들고 자기의 애들은 외고를 보내고는 만져보지도 않은 SCI 논문의 제1저자로 만들어 시험도 보지 않고 그 힘들다는 의학대학원에 보낸 사람에게 박수를 치겠습니까. 그리고 지금의 교육감들은 자기네 자식들은 모두 특수 고등학교에서 교육을 시키고는 앞으로는 영재고등학교를 모두 폐쇄시키겠다는 법을 만든다는 것을 모르십니까.

똑똑하다는 여성들이여, 이 나라가 어디로 흘러가고 있는지 한 번이라도 생각해 본 적이 있습니까. 그래서 전국어린이 연대라는 옷을 입혀서 조국 같은 범법자를 보호해야겠다고 거리로 내몰고 있는 겁니까. 마치 광우병 때 유모차에 애들을 태우고 나왔던 것처럼 말이지요.

# 탈북자의 설움

　나라를 잃은 사람은 불쌍합니다. 2000년 전 나라를 빼앗기고 유럽과 아프리카지역을 돌며 유리걸식하던 유대의 디아스포라도 비참했고, 1974년 사이공의 함락 이후 작은 보트를 타고 동남아를 헤매던 월남 사람들도 비참했습니다. 나라를 빼앗기고 쫓겨났지만 어디에 갈 곳도 없었고 아무도 맞아주는 사람이 없는 천덕꾸러기였습니다. 그들을 환영하는 나라는 아무 곳에도 없었고 모두 귀찮아하였습니다. 그들은 잡혀온 노예가 아니었지만 거지보다도 못한 존재였습니다.

　그런데 자기의 나라가 있는데도 무국적자로 취급 받으며 설움을 받는 사람들이 있습니다. 바로 탈북자들입니다. 대한민국 헌법에는 "북한을 포함한 한국 땅에서 출생하고 대한민국에 거주하는 사람은 대한민국 국민이다."라고 명시되어 있지만 북한에서 출생하고 북한에서 살다가 대한민국으로 온 사람들은 국민 취급을 받지 못합니다.

　우리도 한국전쟁 당시 북한에서 대구로 피난 와서 피난민수용소에 있다가 삼덕동의 철도 관사의 석탄광을 빌려 살던 때가 있었습니다. 물론 화장실도 없고 수돗물도 없었습니다. 화장실에 가려면 주인의 눈치를 보고 괄시를 받으며 하루에 한 번 정도 일을 치르고 나머지는 동네 전선주가 화장실이었습니다. "내 참말로 피난민 때문에 몬 살끼다. 디럽고 냄새나고 시끄럽고 참 우얄꼬."라며 주인아주머니는 짜증을 내곤 했습니다. 물론 그렇지요. 물이 없으니 목욕도 못하고 세수도 고양이세수나 하고 전선주에 소변을 보니 동네에 냄새가 진동하고…. 그렇지 않아도 쫄쫄 나와서 자기들도 만족하지 않은 수돗물을 피난민들이 줄을 서서 받아가곤 했으니까.

그래도 지금의 탈북민들보다는 훨씬 좋은 신세였을 것입니다 지금의 탈북민은 그때 우리가 당한 처지보다도 더 힘들 것입니다. 북한에서 목숨을 걸고 탈북을 하여도 누구의 말처럼 지옥과 같은 여러 고비를 거쳐야 자유를 찾을 수 있습니다. 중국에서 붙잡혀 북한으로 송환이 되어 죽을 수도 있고, 여자는 인신매매로 팔려 갈 수도 있습니다. 많은 여자들이 중국 남자들에게 강간당하고 성노예처럼 살고 있다고 탈북자들이 증언합니다. 잘못하여 장기 상인들에 걸려서 죽임을 당하기도 한다고 탈북자들은 TV에서 진술합니다. 어찌어찌 고행 끝에 태국으로 빠져나와 한국에 들어오게 되어도 한국정부나 사회에서는 귀찮다고 고개를 흔듭니다.

며칠 전 TV에서 중국을 빠져 나와 베트남까지 온 사람들이 그곳 경찰에게 체포되어 다시 북송될 처지에 놓였습니다. 그들이 베트남 경찰에게 매달리며 살려달라고 애원하는 모습이 방영되었습니다. 또 얼마 전 동해의 고기잡이배를 타고 왔던 청년 2명은 북한의 눈치를 보기에 바쁜 문재인 정부에 의해서 다시 북송이 되었고, 북송이 된 지 3일 만에 공개 총살이 되었다는 뉴스를 들었습니다. 김대중 정부 때 어선을 타고 탈북한 어부가 중국에서 한국 영사관에 갔는데 "왜 이렇게 귀찮게 하느냐?"는 영사관 직원의 폭언에 통곡했다는 기사를 읽은 일도 있습니다. 몇년 전 식당에서 일을 하던 종업원 10여 명이 탈북하여 한국에 왔는데 한국의 민변 변호사들을 그들이 한국에 온 것이 강압에 의해서 왔다고 억지를 부리면서 다시 북송을 해야 한다고 사회적 논란을 일으킨 일이 있습니다. 그래서 그 여자들은 공포 속에서 지낸다고 알려지기도 했습니다.

서울 관악구 봉천동에서 42세의 한성옥이라는 탈북자 여성과 6세의 아들이 굶어 죽었다고 합니다. 그는 한 달에 9만 원짜리 월세 방에 살았는데 집세와 전기세가 18개월이나 밀리고 수돗물이 단수가 된 지 몇 달이나 되었다고 합니다. 단수가 되었는데도 연락이 없어 어찌 되었는가 하고 수도국 직원이 들어가 보니 죽은 지 2개월이 되는 것 같았는데 시체가 미라처럼 말라 있었다고 합니다. 집안에는 먹을 것이 하나도 없고 고춧가루만 한 주먹 남아 있었다고 합니다. 저금통장에는 3,858원이 있었으나 전부 찾아 쓰고 잔금은 0원이었다고 합니다.

우리나라에는 시민단체가 많이 있습니다. 그 시민단체들은 자기들만이 사회악을 제거하고 불행한 시민들을 살피며 올바른 사회를 만든다며 기세가 등등합니다. 그들은 깃발을 높이 들고 데모 때마다 시위대에 앞장을 서기도 합니다. 그 덕인지 참여연대의 인사들이 문재인 정부의 중요한 지위에 많이 발탁되기도 했고, 지금의 서울시장도 참여연대 출신이기도 합니다. 일제강점기 위안부를 위한 시민단체는 동상을 여기저기 세우고, TV에 인터뷰를 하고, 집회도 매주일 합니다.

그런데 어찌하여 시민단체들은 한결같이 탈북 여성들이 중국에서 성노리개로 팔려가는 것은 외면하시나요? 그들이 이야기하는 시민의 자격은 무엇이고 어떤 사람들이 시민단체의 구조 대상이 되는 것인가요? 탈북자를 위한 지원금은 고작 1년에 5억으로 책정되었다고 하며 한 달에 10만원(94달러)가 전부입니다. 탈북자들이 도움을 청하려고 가면 그 절차가 여간 힘들고 까다롭다고 합니다.

　한성옥 씨의 경우, 이혼하고 지금은 혼자서 아들 하나를 데리고 산다고 하지 그럼 중국에 가서 이혼서류를 떼오라고 했다니 이런 처사가 어디에 있습니까. 차라리 거절을 하지요. 한국의 관공서에 가면 '친절히 모시겠습니다'라는 표어가 붙어 있고 접수구의 여자는 친절합니다. 그러나 수속은 여간 까다롭지 않습니다. 미국의 사회사업 사무실도 불친절하기로 소문이 나있지만 플로리다의 사무소에는 서류를 잘 기재 못하겠다고 하면 도와주기도 합니다. 그러나 한국의 관청은 말은 친절하지만 쌀쌀하기가 이를 데 없습니다. 도와준다는 것보다는 자기의 책임이 아니면 싹 거절해버리고 돌아서곤 합니다. 그러니 어릿어릿한 탈북자가 관청에서 어떻게 대우를 받았는지는 물어보지 않아도 뻔할 것입니다.

　문재인 대통령은 후보시절이나 지금이나 사람이 먼저라고 이야기합니다. 탈북자는 사람이 아닌가요? 문재인 대통령에게 사람은 어떤 사람을 말하시는 것인가요? 세월호의 가족들을 말하는 것인가요? 5·18광주 희생시민의 일가친척들을 말하시는 것인가요? 탈북 어부를 국제법도 무시한 채 가면 죽을 줄 알면서 돌려보내는 게 사람을 생각하는 것인가요?

　영하 9도의 추운 일기 속에서 광화문 거리에서 철야기도를 하면서 얇은 담요 한 장을 덮고 추위에 떨며 대통령과 면담을 하자는 시민들은 물론 사람이 아니겠지요. 자유를 찾아 탈북하여 한국에서 살아보겠다고 대한민국을 찾은 김정은의 배반자들은 사람이 아니겠지요. 평화적 통일은 김정은의 눈치를 보고 그의 비위를 맞추기 위하여 쌀이나 퍼다 주고 유엔 몰래 돈이나 주는 것이 아니라, 북한에서 자유를 찾아 목숨을 걸고 대한민국을 찾아온 그들을 따뜻하게 맞아 주는 것이 평화적 통일의 지름길이 된다고 생각을 합니다.

# 방관증

세상에는 여러 가지의 난치병이 있습니다.

14세기에 유럽을 휩쓴 페스트가 유럽을 황폐화시켰는데 유럽 인구의 3분의 1이나 되는 사람의 생명을 빼앗아 갔다고 합니다. 확실하지는 않지만 찬란한 잉카문명을 세웠던 잉카족이 자취도 없이 사라진 것은 전염병 때문일 것이라는 이야기를 합니다. 멕시코나 중남미에 가면 돌로 쌓아올린 잉카문명의 유적만 남아 있을 뿐 그 후손이 누군지도 모릅니다. 20세기 초에 세계를 휩쓴 인플루엔자가 제1차 세계대전 때 전쟁으로 죽은 사람보다도 더 많은 사람을 죽였다고 합니다. 소설에 보면 18세기에서 20세기 초엽까지 결핵으로 죽은 사람도 제2차 세계대전 때 전쟁으로 죽은 사람들보다도 훨씬 많다고 했습니다.

1980년대는 후천성면역결핍증이 인류의 종말을 가져올 것이라고 언론이 떠들었습니다. 그런데 사실 이런 전염병도 무섭지만 지금 이 사회에 유행하고 있는 'I don't care syndrome'이라는 병이 더 무섭습니다. 이 병은 치료법이 있는 것도 아니고 특효약이 있는 것도 아닙니다. 예방주사는 더더욱 없습니다.

이 병은 IT문화가 발전될수록 병세가 심해지고 사회에 점점 더 만연해지는 것 같습니다. 이 병은 개인 중심의 이기주의와 자포자기, 우울증, 고독감, 무력증이 혼합된 현대인들의 난치병입니다. 이웃집에 도둑이 들어도 우리 집이 아니면 됐지 알게 뭐야 문을 걸어 잠그고, 이웃집에 싸움이 나서 악을 쓰는 소리가 들려도 내가 알게 뭐야 하고 내다보지도 않습니다. 이웃 아파트에 불이 나도 우리 집이 아니면 됐지 알게 뭐야 하고 소방차가 들어와야 할 입구에 차를 세웁니다. 그래서 같은 아파트의 옆집에서 사람이 죽어 한 달이 넘었는데도 아무도 모르고 살기도 합니다. 실제로 탈북자 모자가 죽은 지 거의 두 달이나 되어 미라가 되었는데도 옆집에서는 몰랐다고 합니다.

얼마 전 노소영 씨가 박물관에서 강의를 하며 IT문화가 발전되고 정보가 많이 전달되는데 사람들은 더욱더 고독해진다고 하는 이야기를 들으면서 공감을 했습니다.

몇 년 전 대여섯 살 되는 어린애가 철로 길로 아장아장 걸어가고 있었습니다. 그런데 저쪽에서 기차가 달려오고 있었습니다. 이 위험한 순간에 철도원 김행균 씨는 자기 몸을 던져 어린이를 구하고 자기는 양쪽 다리를 절단 당하는 부상을 입었습니다. 그런데 사람들이 김행균 씨를 철로에서 꺼내고 응급조치를 하는 사이 어린이의 어머니는 어린이 손을 잡고 살랑살랑 걸어서 경부선 기차를 타고 뒤도 돌아다보지 않고 가버렸습니다. '우리 애만 살았으면 됐지, 내가 알게 뭐야' 병이었습니다. 김행균 씨는 십여 차례나 되는 수술을 받고 결국 양쪽 다리가 없이 일생을 살아야 했지만 그 오랜 치료를 받는 동안 그 아이의 어머니는 전화 한 통, 카드 한 장 보내지 않았습니다. 김행균 씨는 불구의 몸으로 살고 있는데 그가 구해낸 어린이는 어디서 무엇을 하며 살고 있는지 어린이의 손을 잡고 사라진 어머니는 무엇을 하고 사는지 알려지지 않습니다.

한국에 다녀온 사람들은 하나같이 한국 사람들이 사납더라고 이야기합니다. 지하철을 타면 자리를 잡으려고 몸싸움을 하는 아줌마들과 아저씨들, 남대문시장에서 물건 흥정하는 사람들은 얼굴에 살기마저 느꼈다고 합니다. 동네에 장애인시설과 요양원이 들어오는 것을 반대하는 사람들, 광화문에서 경찰차를 뒤집어엎고 몽둥이를 휘두르는 민노총 아저씨들을 보면 살벌합니다.

우리는 정치인들이 부패했다고, 대통령이 무능하다고, 독재를 한다고 야단입니다. 그런데 국민이 한번 자기들의 권리를 행사할 선거 때가 되면 선거는 안 하고 등산을 가거나 골프를 치러 가는 사람들이 많이 있습니다. 그래서 투표율이 아주 낮은 때는 40%, 많이 올라야 60%밖에 안 됩니다. 선거하는 날은 공휴일이니까 놀러가는 것이 투표를 하는 것보다 중요하다고 생각하는 모양입니다. 그리고서 당선된 국회의원들이 돼먹지 않았다고 뒤에서 욕만 합니다. 불평을 하지 말고 투표를 안 한 사람들이 모두 나가 투표를 했다면 자기들이 원하는 정부가 만들어지지 않았을까요? 아무리 당의 공천을 받고 나왔다고 하더라도 정말 옳은 사람을 뽑을 수 있었을 것입니다. '내가 알게 뭐야' 하고 기권한 사람들 때문에 조폭 같은 전과자들이 당선되고 나라는 어지러워지고 국민들의 살림살이는 힘들어집니다.

지금 한국사회가 안정되었다고 하는 사람은 아마 없을 것입니다. 경제는 힘들어져 간다고 하고, 남남 갈등은 심해지고 질서는 문란해집니다. 북한의 김정은은 남한을 얕보고 미사일을 쏘아대고 방사포를 쏘아

댑니다. 한국의 대통령에게 "삶은 소대가리가 웃을 소리를 한다."고 노골적으로 경멸하는 소리를 하고 남북한이 한 약속을 휴지처럼 코를 풀어 버립니다. 그래도 한국 정부나 관리들은 아무 말이 없습니다. 도리어 우리에게 포를 쏘아대도 지금은 우리가 인내할 때라고 김정은을 옹호해 줍니다.

정치를 하는 사람들의 비리, 악행들이 신문이나 TV에 논란이 되고 있습니다. 그런 사람들을 비난하면서도 선거 때는 놀러가 투표하지 않거나 친구의 아는 사람이니까 지지해 준다는 태도, 내가 알게 뭐야 하고 방관하는 사람들이 선거가 끝난 후 정부를 원망하고 자기가 투표한 국회의원을 뒤에서 욕하는 것은 옳지 않은 태도입니다. 이것은 사회나 정부를 원망만 하고 내가 알게 뭐야 하고 방관만 해서는 고칠 길이 없습니다.

멀지 않아 한국에서는 총선이 있다고 합니다. 이제는 국민이 공부를 해야 합니다. 선거법을 공부하고 지난번 국회의원이 의정생활에서 무엇을 하고 어떤 법을 발안했는지 알아야 합니다. 입후보자가 자기와 악수를 했다고 그 사람은 괜찮아 하고 투표하는 어리석은 태도를 버려야 합니다. 우리 지역에 입후보한 사람에 대해 알아보고 내가 알게 뭐야 하지 말고 모두 나가서 투표를 해야 합니다. 한국 사람의 지능지수가 세계에서 두 번째로 높다고 하지 않습니까. 이 좋은 머리를 가지고 내가 알게 뭐야 하고 뒤로 물러난다면 그 책임은 방관자인 자신에게 있습니다.

'I don't care syndrome'을 고쳐야 나도 살고 나라도 살지 않을까요?

# 수구꼴통

몇 년 전, 수술을 하나 끝내고 다음 수술을 기다리며 외과의사 대기실에 앉아 있었습니다. 젊은 교수 한 분이 "교수님의 책을 읽어 보니 교수님은 보수이신 것 같아요."라고 했습니다. 그러니까 옆에 앉아 있던 좀 가까운 교수가 농담으로 "그렇지요. 아주 수구꼴통이지요. 그것도 아주 심한 꼴통이요." 하며 웃었습니다. 내가 왜 꼴통인가 하는 것을 그 자리에서 설명을 하기는 좀 복잡하여 "글쎄 진보가 무엇을 이야기하는지 모르겠지만 19세기에 쓴 맑스 이론과 볼셰비키 공산이론에 붙잡혀 옛날 등사기에 찍힌 주체사상만 보는 것보다는 20세기에 나온 컴퓨터로 찍힌 실용주의를 따라가는 것이 좀 더 진보적이지 않을까요?"라고 말했습니다.

그렇습니다. 나는 운명적으로 수구꼴통입니다. 할아버지가 목사님인 가정에서 태어났고, 부모님이 모두 감리교인이었고, 아버님은 평양 기독병원에 근무하셨습니다. 내가 부모님은 선택하여 태어나지 않은 이상 나는 운명적인 수구꼴통인 것만큼은 틀림없습니다. 우리 집안은 지금의 사회라면 아주 평범하고 모범적인 시민이었습니다.

그때 9살의 소년인 나뿐만 아니라 대부분의 북한 주민들이 공산주의가 무언지 사회주의가 무엇인지 알 리가 없었습니다. 그런데 해방이 되고 얼마 있더니 공산주의가 어쩌니 저쩌니 하더니 하루아침에 우리는 반동분자의 가족이 되어 집을 빼앗기고 거리에 나앉게 되었습니다. 어느 날 완장을 찬 노동당 간부들과 민청의 회원들이 우리 집에 오더니 우리가 덮고 자는 이불과 숟가락만 주면서 나머지 가구와 집을 접수한다고 하고는 어머니와 우리를 집밖으로 내쫓았습니다.

오갈 데가 없어진 우리는 어머님이 병원 당국에 사정사정하여 기독병원의 직원식당 한구석 식모들 방에서 겨울을 났습니다. 학교에서 선생님의 귀여움을 받던 나는 소년단의 분단위원이 되어 가슴에 한 줄 반의 표식을 달고 학교에 다녔습니다. 그런데 아마 4학년 2학기 때 해방이 되고 일 년 후였습니다. 담임이던 여선생님이 종료시간에 나를 앞에 세우더니 "너는 출신 성분이 나빠서 소년단 위원이 될 수 없어." 하면서 가슴에서 분단위원의 표식을 떼어 버렸습니다. 그렇게도 나를 사랑해 주고 친절하던 선생님이었는데 그날은 얼음공주가 된 듯 차가웠습니다. 나도, 친구들도 무슨 영문인지도 몰랐고 나는 그냥 서러워서 울었습니다.

그 후부터 나는 학교의 천덕꾸러기가 되었습니다. 할아버지가 목사이고 아버지가 서울로 남하한 반동의 가정이었기 때문입니다. 이 출신 성분과 불량시민이라는 꼬리표는 중학교에 들어간 후에도 따라 다녔습니다. 초등학교를 5년으로 졸업하고 중학교에 갔으니 지금의 초등학교 6학년의 나이입니다. 일요일 학교 행사에 나오지 않고 교회에 갔다 왔다는 죄로 금요일 자아 비판대에 올랐고, 동급생이 나에게 손가락질을 하면서 "동무는 사상이 돼먹지 않았단 말이야. 우리 소년단원이 조국의 건설을 위하여 일하고 있는데 아편이라는 기독교에 취하여 일요일 학교의 행사를 외면하고…." 운운하면서 나를 출단을 해야 한다고 비판을 하더니 나를 소년단에서 출단시켰습니다. 소년단에서 출단된 나는 행사에는 참관인으로 참석이 되었지만 토론에 참여하거나 지도위원을 뽑는 데는 참가할 수 없었습니다.

나의 앞길은 막막했습니다. 그 당시 북한에서는 중등교육까지가 의무교육이니까 중학교는 졸업을 할 수가 있었겠지만 고등학교에 진학할 가망성은 없었습니다. 똑똑하던 형님은 소위 운동권 학생이었는지 체포가 되어 어디론가 끌려갔고, 우리 집은 툭하면 구장과 내무서원이 검문하는 집이 되었습니다. 구장과 내무서원이 우리 방을 조사하고 단칸방인데도 벽장을 열어보고 옷장 문을 열어 보곤 했습니다. 참 구박받고 감시받는 가족으로 4년 반을 살았습니다.

그러다가 한국전쟁이 났습니다. 우리는 말은 못했지만 미군 폭격기가 대동강 다리를 폭격하는 것을 보고 기뻐했고, 국군과 유엔군이 평양에 들어올 때는 길에 나가 환영을 했습니다.

어머님은 돌아가실 때까지 형님의 이름을 불렀습니다. 그런데 평양이 해방이 되고 한 달반밖에 안 되었는데 다시 후퇴를 한다는 것이었습니다. 그러니 죽음을 무릅쓰고 그 추운 겨울에 평양을 떠나 서울까지 이리 돌고 저리 돌아 2주일을 걸어올 수밖에 없었지요. 월남한 나와 우리 가족은 갖은 고생을 했습니다. 또 온갖 고생을 하면서 고등학교를 다니고 대학을 다녔습니다. 그리고 나는 평생을 반공주의자로 살아왔습니다.

얼마 전 박경리 선생님과 박완서 선생님이 "나는 젊었을 때로 돌아가고 싶지 않다. 그 힘든 고생을 다시는 하기 싫기 때문이다."라고 술회하셨습니다. 누가 나에게 "당신은 만일 다시 피난을 가야 한다면 가겠습니까?" 하고 묻는다면 나는 다시 피난 짐을 지고 평양에서 서울까지 걸어서 피난길에 오를 것 같습니다. 비록 길에서 죽는 한이 있더라도 다시는 공산주의 정권하에서는 살지 못할 것이라고 고백할 수밖에 없습니다.

많은 사람들이 금강산 관광을 다녀왔고 나에게도 평양을 방문할 기회가 있었지만 나는 북한 정부에 단 1달러도 주지 않겠다고 결심했기에 북한 방문을 거절했습니다. 나의 생명을 바쳐서라도 한국이 공산주의 사회가 되지 않도록 싸울 것이지만 만약 공산주의가 된다면 나는 제일 먼저 숙청 대상이 될 것입니다. 북한을 싫어한다고 평양을 버리고 탈북했고 기독교인이고 의사라는 부르주아 계급이고 지식인이고 스스로 공산주의를 미워하는 반동분자이기 때문일 것입니다.

지금 한국에서는 강남 좌파라는 말이 있습니다. 부르주아의 계급에 속하면서도 북한 사회를 찬양하는 이율배반적인 사람들입니다. 나는 그들이 공산주의 사회가 무엇인지 알지도 못하는 어리석은 사람들에 불과하다고 생각합니다. 공산주의는 부르주아인 지주나 자본가가 척결의 대상이 된다는 것을 모르는 모양입니다.

나는 다시는 내 친구가 단에 올라 "동무는 사상이 되어 먹지 않았단 말이야!" 하며 손가락질하고 우리 집을 빼앗는 사회에서 살고 싶지 않습니다. 물론 나의 삶에서 그런 일이 일어나지 않기를 기도드리지만.

# 선해야

　선해야, 나는 너를 볼 때마다 너의 이름을 부를 때마다 가슴에 모래바람이 지나가곤 한다.

　아직도 나의 가슴에는 한국전쟁 때 부모님을 잃어버리고 안성 고모님댁에 얹혀 살 때 내가 어디라도 갈라치면 다 해어진 옷을 입고 손가락을 입에 물고서 겁을 잔뜩 먹은 얼굴로 오빠! 부르던 생각이 나곤 한다. 음성 초가집에 모여 앉아 큰 함지박에 밥을 비벼서 근 20명이 둘러앉아 밥을 먹을 때면 어린 너는 몇 숟가락을 먹지 못하고 물러나야 했지. 그 많은 피난민 중 너나 나는 양지의 사람들은 못 되었지. 할 수 없이 내가 아버지를 찾으러 간다고 나설 때 너는 너무 서러워서 돌아서서 펑펑 울었지. 나는 아버지를 찾자마자 너희들을 데려와야 한다고 발버둥질을 쳐서 아버님은 며칠 만에 너희들을 찾으러 가신 거란다.

　우리가 그렇게 고생하면서도 나는 연세대학교 의과대학에 다니고 명해는 서울대학교에 입학했는데 우리 일이 너무도 힘이 들어서 너를 전혀 보살펴 주지 못했구나.

지금도 생각하면 미안하기 짝이 없단다. 네가 결혼하고 나는 곧바로 공부한다고 너를 비롯하여 부모님을 떠나 미국으로 와버렸고, 부모님의 임종조차 보지 못했구나. 너는 어려운 가정을 돌보며 민경이와 성혜를 키우고 공부시키느라고 고생을 많이 했지. 아마 그때 끼니를 제대로 얻어먹지 못해서 너는 평생 몸이 수척하고 허약하기만 했나보다.

그래도 넌 착하고 영리했다. 그런 역경을 이겨내면서 어머니를 보살피고 가정을 잘 이끌어내었다. 푸시킨의 시처럼 견디기 힘든 역경도 끝이 있게 마련, 모든 것은 순식간에 지나간다. 그리고 지나간 것은 또다시 그리워지리니 하는 이야기처럼 모두 지나가 버리고 우리의 머리에 눈이 하얗게 내렸구나.

가끔 한국에 갈 때 너를 만나 네 가냘픈 손을 잡을 때마다 가슴이 헉하며 눈물이 나려고 한단다. 이제 은퇴를 하고 태평양을 사이에 두고 있으니 만나기가 쉽지 않겠지. 그러나 누가 오빠라고 부를 때마다 나는 네가 부르는가 하여 뒤돌아보곤 하는구나.

지난가을 떠나 올 때 내 손을 잡고 "오빠 또 언제 봐…." 하면서 네 눈에 안개가 낄 때 나의 눈에도 안개가 자욱하여 저 길 건너 건물이 보이지 않았단다. 부디 아프지 마라. 그리고 몇 번이라도 더 만나보기를 기원한다.

이 책을 너의 이름으로 너에게 주련다. 앞으로 몇 번이나 책을 더 낼지 모르지만 내가 책을 줄 때마다 책을 쓰다듬는 너의 모습이 나의 가슴을 아리게 하는구나. 건강하고 행복하기를 기도한다.

경자년 초, 오빠가

이용해 열네 번째 수필집

물처럼
살고 싶다

이용해 열네 번째 수필집

물처럼 살고 싶다